徳間文庫

風神秘抄 上

荻原規子

徳間書店

カバー・本文イラスト　佐竹美保
カバー・口絵・目次・扉デザイン　百足屋ユウコ（ムシカゴグラフィクス）

目次

人は見ね　人こそ知らね
ありなしの
われは匂《にほ》ひぞ
風のもて来《こ》し！

人は見ね　人こそ知らね
偶然かはたは鬼神《きしん》か
来しと見しそのたまゆらに
業《わざ》ははてつる！

ポオル・ヴァレリイ『風神』より
堀口大學《ほりぐちだいがく》訳

第一部

落武者《おちむしゃ》

第一章　平治《へいじ》の乱

1

夜明けとともに紫宸殿南庭《ししんでんなんてい》に集結した兵《つわもの》たちは、形勢が逆転したことをすでに知っていた。

彼らが守護する大内裏《おおうち》に、今となっては帝《みかど》も上皇《じょうこう》も不在だった。

一本御書所《いっぽんごしょどころ》におられた上皇は、夜陰にまぎれて「御室《おむろ》」仁和寺《にんなじ》へ向かわれ、黒戸《くろど》の御所におられた今上《きんじょう》の帝は、かもじを召して女房装束を召して、女車《おんなぐるま》で出られたそうだ。おん年十七ではあり、中をあらためた武士は変装をころりと信じたという。

これらは、内部の裏切り者の手引きで起こったことだった。今上の帝の行幸《ぎょうこう》先は賀茂川《かもがわ》の東、六波羅《ろくはら》。平清盛《たいらのきよもり》の私邸が、行幸によってにわか内裏《だいり》となったのだ。平氏が逆臣誅伐《ちゅうばつ》の宣旨《せんじ》を手に入れるのは時間の問題だった。

「頭殿《こうのとの》は、組む相手をまちがわれたな」

そんなことが言えるのは、左馬頭《さまのかみ》義朝《よしとも》の嫡子、義平《よしひら》くらいなものだった。源氏の棟梁が下す判断は、坂東《ばんどう》武者《むしゃ》にとって宣旨よりも正しいのだ。足立四郎遠元《あだちのしろうとおもと》は聞こえなかったふりをしたし、もちろん草十郎《そうじゅうろう》も兄にならった。

もっとも、悪源太《あくげんた》義平とて、政争に頭を悩ます人物ではなかった。この十九歳のあばれん坊は、できるかぎり派手なけんかがしたいだけだった。

「どうでもいいがな、おれたちには。ようやく平氏に打ってかかれるぞ。総大将は清盛でなければ嫡子の重盛《しげもり》にちがいない。京《みやこ》でお歯黒《はぐろ》をさしたやつらに、武士というものを見せつけてくれようぜ」

勢ぞろいした兵の数は八百近くだが、紫宸殿の広大な南庭は、その勢《ぜい》を数少《かずすく》なに見せている。これから三手に分かれて大内裏《おおうち》の東三門を押さえるとなれば、ますます小勢《しょうぜい》だ。その中に坂東育ちの精兵《せいびょう》は二百あまり。それでも、義平はこの事態にますます発奮するようだった。

「こちらから攻め出て、のんびり熊野《くまの》からもどる平氏をたたっ斬《き》るのが一番よかったがな。だが、まあいい、重盛につっこむぞ重盛に。おのれら、おれの動きについてこいよ」

彼の周囲にいた男たちは、みな自分に言われたと思って奮い立った。義平はそういうものをもつ若者だった。生まれついての統率力、陽性の人柄とみなぎる気迫。十五歳で叔父との戦《いくさ》に勝利し、鎌倉悪源太と呼ばれた理由もそこにある。

（おれだって……）

草十郎は今年十六歳だった。京《みやこ》へ上《のぼ》ったのはふた月前、鎧《よろい》を着たのは半月ほど前の三条殿《さんじょうどの》焼き討ちが初めてだ。一人の相手も斬らなかったが、もう初陣《ういじん》はすませたと考えていた。

馬をもたない雑兵《ぞうひょう》の身では、鎧装束《よろいしょうぞく》といっても、袖板《そでいた》をつけない腹巻鎧《よろい》に筋甲《すじかぶと》、両の籠手《こて》と脛当《すねあて》という装備だ。それでも、革と鉄の小札《こざね》をつらねた腹巻はずしりと重く、この重さは血筋の自覚をうながすものだった。萌黄匂《もえぎにおい》のおどしは新しいが、腹巻鎧そのものは、足立の祖父が陸奥《むつ》遠征に従軍して賜《たまわ》った由緒ある品なのだ。

本家でなく草田《そうだ》で育ち、腹ちがいでろくろく顔を知らなかった自分を、四郎遠元が「うちの弟だ」と紹介してくれるのもうれしかった。足立四郎遠元は義平が叔父を討つときから同行し、義平のとりまきからも一目《いちもく》おかれる人物だ。その彼が、たいそう気さくにひきたててくれたので、草十郎は京へ出てくることができたのだった。

正面にかまえる、草十郎の目には館にも映る瓦《かわら》屋根の承明門《しょうめいもん》から、ものみに出ていた兵が走りこんできた。六波羅勢《ろくはらぜい》がついに動いたのだ。坂東の一党が下知《げち》を待たずに馬の鞍《くら》に手を掛《か》けたとき、門外であがったどよめきが耳を打った。

平氏の大軍勢が発するときの声だった。

大将の「えいえい」のかけ声のもとに「おう」と合わせる軍勢の発声。三度のくり返しにおよんで、それは長々と残響を保つ。肌がざわつくのを感じながらも、草十郎はこの強力な波動に魅せられて耳をすました。

幾《いく》百千の男ののどからほとばしる音声《おんせい》によって、この場が空間ごとつくり変えられていくのがわかる。丹《に》ぬりの柱や青々とした瓦屋根の並ぶ、典雅《てんが》一方だった大内《おおうち》裏が共鳴《ともな》りする波長を変え、尖った息づかいの行き交う戦場《いくさば》に——血に飢えた容赦のない空間にぬり替えられていく。

当然のこと、戦闘に応じる草十郎たちも叫ばなければならなかった。腹の一番底から、魂の底から声をしぼり出す。ときの声を発することで、兵は自分自身をもぬり替えるのだ。気迫を丹田《たんでん》にこめ、おのれの死などものともしない別種の存在に変化する。

そういうものだと教わっていたし、たしかに効果があったので、草十郎は唱和を終えた後、紫宸殿の段上に腰を下ろした右衛門督信頼《うえもんのかみのぶより》が、すぐには立ち上がりもしないのを不思議に思った。

赤地錦《あかじにしき》の直垂《ひたたれ》に紫裾濃《むらさきすそご》の大鎧《おおよろい》、くわがたを打った銀の星甲《ほしかぶと》に黄金《こがね》づくりの太刀《たち》という、源氏の大将以上に美麗《びれい》な戦《いくさ》装束をつけた人物は、今、見ちがえようもないくらい青ざめてふるえていた。右近《うこん》の橘《たちばな》のそばには、だれもが感嘆の思いでながめた黒い駿馬《しゅんめ》をおいていたが、ふるえるあまりにその鞍に乗れず、従者が手助けに押し上げたところ、そのまま反対側へ落下した。

（本当に、組む相手をまちがわれたのかもしれない……）

雑兵《ぞうひょう》の草十郎でさえ、ちらりと思わずにいられない光景だった。左馬頭《さまのかみ》義朝が苦い顔をそむけ、怒《いか》りもあらわに馬にまたがる様子も目の隅にとらえた。

「おい、遅れるなよ。笛吹《ふえふ》き」

そのとき、声をかけられてはっとした。悪源太義平が馬の背から草十郎を見下ろしていた。彼はさらに、人の悪そうな笑みを浮かべて言った。

「早いところ馬をぶんどれ。そして、おれについてこい。おまえならできる」

返事をする間はなかった。義平は馬の尻に鞭《むち》をあて、次の瞬間には背を見せていた。

けれども、草十郎にはそれで十分だった。

源氏の御曹司《おんぞうし》が自分を見覚えて「笛吹き」と呼んだ――そのひと言で、草十郎が命を捨てても惜しくない人物になった。この人のために闘おう、この人のためなら死を怖《おそ》れずにいられる。勝敗の行方は関係ないのだ。

それが戦場の熱だとは自覚しないまま、草十郎は決意して走りだした。

草十郎《そうじゅうろう》は、ごく小さいころから笛を吹いていた。手ほどきをしてくれる人はなく、草田《そうだ》の家に一本の横笛があったきりだが、いつのまにか、吹き鳴らすことを覚えていた。

曲というものを長いあいだ知らずにいたが、音を上下させるうちに、心にぼんやりと浮かんでくる一つのしらべがあり、そのしらべに忠実に吹いていると、育ての親の若苗《わかなえ》が青い顔で告げた。その曲はおまえの母者《ははじゃ》が吹いていたものだ。おまえは生まれる前、腹の中で笛を聞いていたのか——と。

草十郎の母は、足立《あだち》の父が美貌《びぼう》にひかれて引きとった遊芸人《ゆうげいにん》だったという。けれども、草十郎を産んですぐに亡くなった。浮《う》かれ女《め》の産んだ子を家には入れないと、本妻のお志乃《しの》ががんとして言い張ったため、草田の里で育ったのだ。

そのことが理解できる年齢になってから、草十郎は人前で笛を吹かなくなった。吹けば後ろ指を差されるとわかったからであり、里の悪童《あくどう》たちをなんとかしなければならなかったからだ。毛色のちがう者をしつこくいじめるのが子どもの集団であり、自分の負い目は承知したものの、黙って殴《なぐ》られているつもりもなかった。

それでも、笛をやめてしまうことはできなかった。草十郎がふいに一人でいなくなり、人気《ひとけ》のない野原や丘の上で笛を吹いてくることを、草田の家では奇癖《きへき》とみなしてあきらめ顔になっている。

義平《よしひら》がこれを知ったのは、四郎遠元《しろうとおもと》が弟の紹介におもしろおかしく話を続けたからだった。

「こいつの得意は笛なんだ。放《ほう》っておけばひと晩じゅうも吹いているそうだ。ただし、人間には聞かせてくれない。野っぱらへ行って、カラスや狐《きつね》に吹いて聞かす」

火を囲んで酒を飲んでいた武者《むしゃ》たちはひどくおかしがり、口々に言った。

「カラスや狐に聞かせてどうする。本当のところは女のもとへしのんでいって、なびかすために吹いているんじゃないか。そういう優男《やさおとこ》の顔だぞ、この小冠者《こかじゃ》は」

「いやいやそうじゃない。カラスも狐も権現《ごんげん》や明神《みょうじん》のお使いであるぞよ。足立十郎《あだちのじゅうろう》は、神に音曲《おんぎょく》を奉納するのだ」

四郎遠元は、わざとらしくまじめな顔をつくった。

「言っておくが、この弟を見かけで判断すると泣きを見るぞ。地元の勝ち抜き戦で十人抜いたこともある。笛を吹くと強くなれるのだ」

草十郎には困って笑うことしかできなかった。自分がどうしてけんかの技《わざ》を磨き、大兵《だいひょう》に動じない度胸《どきょう》を身につけるに至ったか、本家の四郎は知らない。足立の者として自慢されるのは快いが、少々複雑でもあった。

「おお、強いなら問題はないぞ。女が相手でも狐が相手でも」

「今度その腕を見せてもらおうぜ。弓がいいか相撲《すもう》がいいか」

人々が言いあう中で、義平がひょいと口をはさんだ。

「おれは、そいつとちがって女にもてるために笛がうまくなりたいのだが、すーかすーかいってかなわん。人に聞かさず吹けるところへ、今度おれもつれていってくれ」

飾らない言葉に、みんなはどっと笑った。それはふた月前のことであり、以来、草十郎は御曹司と話を交わしたことはない。忘れてしまっておかしくないのに、義平はこんな出陣の一瞬に口にしたのだった。


（おまえならできると、義平《よしひら》どのが言った……）

だから、草十郎《そうじゅうろう》にはできるはずだった。兄の馬に従っていったのではそれがむずかしくなるので、矢合わせが終わったと見るや、草十郎は思いきって前へ出た。

大内裏《おおうち》の門を出たそのときから、これが前回の三条殿《さんじょうどの》奇襲とはまったく異なる、本物の死闘であることが明らかになった。平氏率いる軍勢は雲霞《うんか》のごとく大路《おおじ》に満ちていた。

だが、頭に血を上らせることをやめれば、どんなに大軍であろうと個々は一人以上になれない人間の集まりだとわかるはずだった。多勢をかさにきた連中を、こちらが冷静に一人ずつのものと見さだめれば、うかれた相手の隙をつくことができる。

一対多数のけんかをくり返したから知っていることだが、草十郎は、これほど頭の芯の冴えきった自分が不思議になるほどだった。何も怖くなかった。怒号《どごう》をあげて得物《えもの》を振り回す敵方の武士を見て、どうしてむだに労力を使うんだおっさん……と考える余裕すらあった。

歩兵の手にする得物として、草十郎も長柄《ながえ》の薙刀《なぎなた》を握っている。この武器は、腕力にまかせて振り回すとたいそう重たいが、切っ先が弧《こ》を描きたい方向、その重量が落ちていきたい方向に逆らわずにつけば、たいそうな剛力《ごうりき》はいらないはずなのだ。

これからまだ身長が伸びたとしても、草十郎は大兵《だいひょう》になれそうになかったし、ほっそりして筋骨隆々《きんこつりゅうりゅう》にはほど遠い。だから、効率は大事だった。じつをいえば、草十郎のもつ本当の武器は、動きを見るによい視力と音拍《おんぱく》にかかわる直感だった。相手の動作を見て一律の拍子を引き出せば、乱拍子をつかむことができる……そして、この乱拍子で草十郎が得物を繰り出せば、どんな剛《ごう》の者にもかわせない鋭さがあるのだ。

敵の馬を物色して走るあまり、ほとんど上の空で行きあう相手の刃物をなぎ払っていた草十郎は、敵ではなく、味方の馬が鞍の主人をなくして飛びはねるのを見た。乗り手だった鎧武者《よろいむしゃ》は、組みつかれた敵とともに地面の上をころがっていく。

馬のわきを走っていた複数の従者が、加勢にまにあわないくらいだったから、草十郎にまにあうものではなかった。振りかざした敵武者の刃《やいば》が白く光り、つかまえた甲《かぶと》の錣《しころ》の下につき立てられた。

　一瞬の後には、敵方の歩兵がぶんどり品目あてで走り寄ってきた。また、たしかに手に入れたくなるような葦毛《あしげ》の馬だった。思うより先に、草十郎は薙刀をつき出していた。

　死ねと思ったわけではなかったが、死なないでくれとも思わなかった。自分と相手の意志は両立せず、どちらかの気をそぐには、少なくとも一方が戦闘不能にならなくてはいけないと察しただけだ。馬がほしい――草十郎の意志は、ひとえにそれだけだったから意志を通した。初めて戦《いくさ》で斬った相手は、顔すら覚えられなかった。

　薙刀を振り捨て、葦毛に飛び乗る。鞍にまたがったとたんに逸物《いつぶつ》だとわかった。夏草を食ってよく肥えた後にその身をひきしぼった、力のみなぎる筋肉をしている。坂東の武家育ちで馬の扱えない男はまずいなかったから、草十郎もやすやすと胴を足でしめ、たづなを強く引いて、乗り手が主人だと馬に示した。

　馬上から周囲を見わたして、初めて味方の軍勢のまばらさに気がついた。しかも、顔見知りの兵が一人もいない。草十郎はどうやら乱戦をぬって走るうち、待賢門《たいけんもん》から打って出た信頼《のぶより》配下にまじってしまったようだった。その勢《ぜい》はほとんどが追い散らされて、早くも門から退却している。せっかくの馬を射られてはもとも子もないので、草十郎も門の中へ逃げこんだ。

勢いに乗《じょう》じて攻めこんでくる敵のひづめを覚悟しながら、内裏《だいり》の近くまでもどったときだった。ひとかたまりの騎馬武者が、西院《さいいん》の角から勢いよく駆けのぼってくるのに行きあった。

なんともほっとしたことに、これが悪源太義平《あくげんたよしひら》とその手勢《てぜい》だった。兄の四郎も当然くつわを並べている。四郎遠元《しろうとおもと》はあきれ顔で草十郎を見た。

「どこへ行っていた、おまえってやつは」

たくさんの言葉を交わす余裕はなかったので、草十郎はただ御曹司《おんぞうし》を見つめた。義平は視線の意味を理解したようだった。

「乗り馬を得たか。太刀《たち》は」

「これを」

草十郎は自分の腰刀《こしがたな》をつかんだ。だが、義平は手勢の一人に命じ、予備だった黒《こく》漆《しっ》の太刀を放ってよこした。

「ばか、つぎからは太刀もぶんどってこい。頭殿《こうのとの》が義平に下知《げち》をくださったのだぞ。これからおおっぴらに重盛《しげもり》を蹴散《けち》らしに行く」

草十郎が加わっても、一同は二十騎に満たなかった。向かう重盛が率いる手勢は五百騎あまりいるだろう。だが、四半時《しはんとき》もしないうちに、戦は数ではなく気迫だということが明らかになった。鎌倉悪源太と真《ま》っ向《こう》から渡りあう兵は、相手の中にほとんどいなかった。彼の名乗りを聞けば、彼が馬を駆り立てる姿を見れば、ほとんどの武士が意気をくじかれ、平重盛その人でさえそうだった。

義平の馬に続いて、敵軍を切りわけるように何度も走りこみながら、草十郎は彼が名指しつづける重盛を見きわめようと努力した。だが、櫨色《はじいろ》と呼ぶ赤黄色の匂《におい》おどしの鎧をまとい、やはり赤みがかった月毛《つきげ》の馬に乗った、押し出しのよい人物だとわかっただけで、ほとんどかすめるようにしか見てとれなかった。それほど厚い守り手に取り囲まれていたのだ。

「今少し寄せるんだ。今少し」

義平はたいそうじれたが、重盛勢は門を離れて退《ひ》いていくばかりだった。彼らの目的が、こちらの勢を六条河原《ろくじょうがわら》におびき出すことにあったことは、後になってわかった。新造したばかりの大内裏《おおうち》で闘って、周囲に火をかけられてはたまらぬという魂胆《こんたん》だったのだ。


負け戦《いくさ》はやっぱり負け戦だった。

河原に出たときから、彼らの敗色はだれの目にも明らかなものになった。そして、源兵庫頭頼政《げんひょうごのかみよりまさ》が五条河原に三百の兵を集めながら、日和見《ひよりみ》して参戦しなかったことで、敗北は決定的となった。「今は皇居である」と豪語する六波羅《ろくはら》の守りの前で、味方の兵は結び目がほどけるようにばらばらになり、尻を向けて離散していった。

それでも、左馬頭義朝《さまのかみよしとも》その人は、最後の最後まで六波羅に一矢むくいることをあきらめなかった。賀茂川を渡った時点で、嫡子義平《ちゃくしよしひら》と人数を合わせても二十数騎になっていたが、その戦闘ぶりは、清盛邸《きよもりてい》が防御に並べた垣楯《かいだて》を打ち破る勢いだった。

だが、そこに立ちふさがったのが、平氏側に寝返った兵庫頭頼政の軍だとわかったとき、さすがの義朝も討ち死にを断念した。東国での再起を期して、京《みやこ》を落ちていくしかなかった。

草十郎《そうじゅうろう》はここまで、運よく大きな手負いもなく義平に従っていた。だが、頭の中は霞《かすみ》がかかったようになり、疲労困憊による虚脱の一歩手前で動いていた。

兄の四郎をいつから見なくなったのか、草十郎にはどうしても思い出せなかった。もしも兄が手傷を負ったならば、真っ先に駆けつけるべき身なのに、義平のことしか見ていなかったのだと、自分でもよくわかっていた。だから、深く考えたくなかった。

初めての戦で初めての敗残。そのことに打ちのめされるよりは、自分の身に起こったことがよくわかっていない具合だった。ここまで全霊をふりしぼったことも初めてなら、それなのに休息ができない体験も初めてだった。

ときの声をあげたときに丹田《たんでん》にこめた力には、まだ名残《なごり》があると思う――そう思っているだけかもしれないが。だが、高ぶりが冷めてみると、この行為がどれほど渾身の気力を必要とするか、やっとわかった気分だった。

落ちゆく一行の中には、草十郎よりさらに虚脱した表情で馬にゆられている者がいた。

左馬頭義朝の三男で、つい先ごろ右兵衛佐《うひょうえのすけ》になったばかりだが、まだわずかに十三歳だった。赤糸《あかいと》おどしの鎧には汚《よご》れもなく、たいした戦闘には加わらなかったのだろうが、彼も初陣《ういじん》だったのであり、急転直下の今日の事態にぼうっとするのも無理はなかった。

彼を目にした草十郎は、思わず自分の顔をひきしめた。自分は最年少ではないのだし、ましてや御曹司《おんぞうし》ではない。この人数少ない一行の中で、もっともっと頭殿《こうのとの》に奉仕できなければならないのだ。兄の四郎がいないぶん、それは草十郎の肩にかかっている。

「右兵衛佐どの、この先は山道が険しくなります。おれが馬の口を取りましょう」

草十郎はすでに馬をゆずって徒歩だったので、歩み寄って三郎頼朝《さぶろうよりとも》に声をかけた。

少年ははっとして、わずかにうれしそうになった。甲《かぶと》の目庇《まびさし》からのぞく顔つきは、やはりまだ幼い。体つきも、大鎧《おおよろい》はその身にこたえるだろうと思わせるきゃしゃなものだった。

「そうしてくれると助かる。馬が道をはずしそうになるのだ」

口を開いた三郎頼朝は、話をすると気がまぎれると思ったのか、続けて話しかけてきた。

「そなたは、太郎兄上と同じ坂東《ばんどう》の人だな」

「そうです。武蔵《むさし》の国の住人です」

「名は」

「足立十郎遠光《あだちのじゅうろうとおみつ》」

今日は何回、生国《しょうごく》と元服名《げんぷくめい》を名乗っただろう……と、草十郎はぼんやり考えた。名乗りの数だけ斬り合いをし、その斬り合いに勝ったから今ここにいるのだが、なぜか一つ一つの体感は消え失せていて、ひとかたまりの不快な何かのように思える。

「佐《すけ》どのが呼ばれるなら、草十郎でいいですよ。国の者はそう呼びます」

「ふうん、『そう』がつくのか」

まじめな性格のもち主なのか、少年は重々しくうなずいた。

「なあ、草十郎。われらはこれから、どこへ行くのだろう。京《みやこ》の館へは二度ともどれないのだろうか」

「二度とではないと思いますよ」

答えながらも、草十郎は自分たちの行《おこな》った三条殿《さんじょうどの》焼き討ちを思った。あれが戦《いくさ》の常《つね》ならば、今ごろ京の義朝の館には火がかけられているはずだった。

「……でも、われわれは今一度坂東に下って、出なおしたほうがいいのです。東国《とうごく》にはお父ぎみにお味方する男が大勢いますから、新たな軍勢がつくれます」

はじめからそうすればよかったのだと、草十郎はふいに強く思った。ふるえて馬に乗れない腰抜けを大将になどせず、もっと坂東勢をそろえていれば、こんなことにはならずにすんだのだ。

三郎頼朝は目をふせて小声になった。

「わしは、まだ一度も坂東へ行ったことがない……」

「いいところですよ。すぐに慣れます」

「坂東で暮らすと、太郎兄上のように強くなれるかな」

「なれるかもしれません。ご兄弟なのだから」

このときはまだ、草十郎も三郎頼朝も、彼らがこのまま坂東へ行き着けないとはみじんも考えていなかった。戦に負けて京を追い出されたけれど、地方へ下れば巻きなおしは十分できると信じていたのだ。二人とも元服してまもなく、世間を知らないだけだった。落武者《おちむしゃ》がどういうものか、まだ本当にはよくわかっていなかったのだ。

2

わずか十騎ほどになった義朝《よしとも》の一行は、比叡山《ひえいざん》の山中へ分け入っていた。年の瀬もせまった十二月のことだった。山深くなると、鎧《よろい》を着た身にも寒気《かんき》が実感できた。雲が垂れこめて昼からたそがれたような天気であり、雪が舞い落ちてくる気配だ。だが、どこにも宿は求められなかった。落武者《おちむしゃ》は狩られるものだと、ようやく草十郎《そうじゅうろう》の身にもしみてきた。

草十郎にしてみれば、平氏と並び立つ武家《ぶけ》の棟梁であり、伝説の八幡太郎義家《はちまんたろうよしいえ》の孫《まご》代《だい》にあたる義朝が、一度の戦《いくさ》に敗れたからといって、尊厳を失うものであってはならなかった。昨日まで仰《あお》ぎ見られていた人物が、手のひらを返した農村の衆にまでねらわれるとは、夢にも思わなかったのだ。

だが、京周辺《みやこ》の住人は、今回の勝敗を耳にするが早いか、人目をはばかることもなくそうした。彼らが目あてとするのは、源氏の首を差し出したときの六波羅《ろくはら》の褒賞《ほうしょう》であり、庶民の手にはめったに入らない武士の物《もの》の具《ぐ》——太刀《たち》や鎧《よろい》などの金物類だった。

そのことが徹底的にわかったのは、追っ手を気にしながら延暦寺《えんりゃくじ》西塔《さいとう》に近づいたときだった。片側に谷川が流れ、一方は切り立った崖となる一本道を、土塁《どるい》と木の枝を尖らせた柵の障害がさえぎっていた。

「来たぞ」

見張りが合図の指笛を吹くと、百人あまりもの法師《ほうし》がわらわらと、崖の上や障壁《しょうへき》の前に弓や薙刀《なぎなた》をもって現れた。草十郎は思わずあきれてそのありさまを見回した。

（……比叡山延暦寺《ひえいざんえんりゃくじ》といえば、飛び抜けて格の高いお寺で、東国《とうごく》とちがってほんものの徳を積んだお坊さまが住んでいて、仏の威光に包まれていると思ったのに）

居並ぶ法師たちを見れば、袈裟《けさ》で包んだ頭は本当に剃ってあるのかと疑いたくなる猛々《たけだけ》しさだった。崖の上からさかんに矢が降ってくるため、義朝一行は後退せざるを得なかった。

義平《よしひら》が舌打ちするのがかたわらで聞こえた。

「不殺生《ふせっしょう》の教えが意味をなさないやつらだな。討ちとるか」

彼に言葉を返したのは、齋藤別当《さいとうべっとう》と呼ばれる四十なかばの猛者《もさ》だった。

「それはまずかろう、御曹司《おんぞうし》。源氏がここにいること、全山に隠れもなくなる」

「しかし、この道は引き返せんぞ。追っ手がかかっている」

「それならば実盛《さねもり》が、ここを通してごらんに入れよう」

齋藤別当は自信ありげにそう言いきると、やおら甲《かぶと》を脱いで進み出た。

　どうするつもりかと草十郎が目をみはっていると、齋藤別当は甲をひじに掛け、弓をわきの下にはさんで戦意のないことを示し、へりくだった態度で法師たちの前に立った。

「これなるは、ものの数に入らぬ小者《こもの》が、主人を討たれて国へ逃げ帰るところでござります。生き恥をさらしても妻子の顔が見たい連中で、たとえ首を召されても、勲功《くんこう》あるほどの者は一人もおりませぬ。そちらさまは僧侶でいらっしゃれば、たとえ咎《とが》があろうとも人助けをするかたがたとお見受けしますが、これほど下級の者をとどめては、さらに益《えき》がありますまい。物の具《もののぐ》を献上しますゆえ、どうか命ばかりはお助けください」

　馬上の三郎頼朝《さぶろうよりとも》が身じろぎし、息を殺して言いだした。

「草十郎、わしは……」

「おしずかに」

　すばやく制して、草十郎は馬のくつわをつかむ手に力をこめた。法師たちがざわざわと頭をめぐらせ、申し出を吟味するのがわかった。

「よし、その言葉本当なら、物の具をこちらに投げてよこせ」

　齋藤別当はおとなしく従い、手にした甲を高く放り上げて法師の一団に投げこんだ。わっと声があがり、数十の手が伸びて奪いあう。ところが、法師のすべてがそちらに気をとられた瞬間、齋藤別当はかたわらの馬に飛び乗っていた。猛進し、ひづめで法師たちをさんざんに蹴散らす。そして、なんなく甲を奪い返すと声も高らかに叫んだ。

「それでは坊主ども、音にも聞け。日本一の剛《ごう》の者《もの》、長井齋藤別当実盛《ながいのさいとうべっとうさねもり》とはおれのことだ。われと思わん者は勝負せよ」

彼がそれを言うより前に、草十郎は頼朝の背後に飛び乗り、背中から手を回してたづなを握っていた。齋藤別当とほとんど間をおかずに、うろたえた法師の中へ走りこむ。義朝以下全員がそうして馬を駆ったのであり、逃げ遅れた法師が谷川に蹴り落とされて大混乱になる中、無事に障害を通過したのだった。


難を逃れてほっとしたのもつかのま、横川《よかわ》でもそっくり同じようなことが起きた。延暦寺の法師たちは、全山どこでも武装攻撃ができるらしかった。

横川法師《よかわほうし》は念の入ったことに、障害に加えて峠《とうげ》の切り通しに落石を用意し、必ず獲物をとらえようと奮起していた。いつから用意していたのかは知らないが、まず、驚くばかりの戦《いくさ》じたくだった。

こういうときに、武士には乗馬がいかに大事かがよくわかる。西塔《さいとう》も横川《よかわ》も山法師は数いるけれども、馬を出せる者はついにいなかったのだ。そして、機敏に馬を走らせることのできる義朝《よしとも》一行は、だれも落石につかまらず、今度も法師たちを撃退して通ることができた――ただ一人をのぞいては。

義朝の伯父、陸奥六郎義隆《むつのろくろうよしたか》はここで命を落とした。運悪く、法師の射た矢の一本が顔面をとらえていた。

山法師がのどから手が出るほどほしがっている源氏の首を、みすみす渡すことはできない。だから、彼の首を同行の一人が斬り落とした。左馬頭《さまのかみ》義朝はこのとき初めて涙を流し、八幡太郎《はちまんたろう》の子として最後の一人だったと悔やんだ。そして、しばらくは伯父御《おじご》の首をみずから手にして運んでいたが、いつまでもそうしているわけにもいかず、進む途中で見つけた谷川の淵《ふち》に、石を結びつけて沈め入れた。

万が一にも拾い上げられ、首実検《くびじっけん》にかかることのないように、目鼻をけずりとっての投擲《とうてき》だった。親しい身内がそれを行うことの残酷さに、草十郎は顔をそむけたが、それでも草十郎なら自分に降りかかることとして考えずにすむ。三郎頼朝は、そうはいかないのだった。

十三歳の少年は、気丈にこらえて父のなすことを見守っていたが、吐きそうな思いをしていることは、そばにいればわかった。その後は長いあいだ、だれも口をきく気になれずにいたが、中でも三郎頼朝は、穴をうがったような暗い目をして押し黙っていた。

自分が死んだら父は同じことをすると、いや、負傷して動けなくなった時点で同じことをすると考えているのだろう……と、馬を引く草十郎もなぐさめようのない気分で考えた。

そうにちがいないからだ。

(死にたくはないだろう……そんなふうには)

これが落武者なのだった。雪がちらちら舞ってきたのに気づいて、草十郎は思わず顔を上げ、梢のあいだにのぞく無慈悲な鉛色の空を仰《あお》いだ。死を怖れずにすんだ、特別な空間に変わっていた、戦闘の場は一瞬のものにすぎなかった。ひとたび負ければ、同じ濃度の血なまぐささを、興奮のひとかけらももたないまま、今は少しも死にたくない自分たちが引きずりつづけなければならない。どこまで引きずるのだろう……だれかに息の根を止められるまでだろうか。

(おれたちは、どうしてこんなことをしなければならないのだろう……)

比叡山で攻めたてられ、琵琶湖《びわこ》に出ても舟のたよりがなく、一時は絶望的な思いを味わった一行だったが、湖畔に沿って南下したところ、だれも見とがめる者がなかったので、わずかな安堵がわいてきた。手も足も高くは上がらないほど疲れきっていたが、小雪の舞う中勢多《せた》を舟で渡り、対岸を進んだ山のふもとでようやく長めの休息をとった。

　中の二人は、待ちかねた糧食も後に回して斥候に出かけたため、草十郎《そうじゅうろう》もいっしょについていった。周囲にぶっそうな者がいないことを確認して帰ってくると、左馬頭《さまのかみ》義朝《よしとも》がこのとき、草十郎にねぎらいの言葉をかけてくれた。

「小冠者《こかじゃ》の身で、なかなか賢くできる。よくぞここまで離れずについてきたな。足立《あだち》とはぐれたそうだが、兄者《あにじゃ》もおぬしのつとめぶりを誇りに思おうぞ」

　うれしく身にしみて草十郎は頭を下げたが、これほど疲れていなければもっと喜べるのにと、思わずにいられなかった。あまりの疲労に、くちびるに笑みをつくることもできなかったのだ。

　それでも、焼いた熱い餅を腹に収め、酒を少し飲み、手足を投げ出して休息をとると、いくらか人心地《ひとごこち》もついてきた。勢多の船頭が顔を見ているからには、ここにもひと晩じゅうはいられないと聞いても、死にそうな気分にならずにすんだ。

　火明《ほあ》かりであらためて自分の姿を見下ろすと、兄の四郎が渡してくれたときはあざやかだった鎧《よろい》の萌黄匂《もえぎにおい》も、ところどころ色目が見えないくらい黒ずんでいる。そのほとんどは泥の汚れだが、中には返り血もありそうだった。

血なまぐささを引きずりつづけると考えたことがよみがえって、草十郎はかすかに吐《は》き気《け》を覚えた。この腹巻鎧を脱いで捨てたら、うれしがって拾得する人は多いのだろうなと、ぼんやり考える。甲《かぶと》一つを奪いあった西塔《さいとう》法師のあさましさが、再び目に浮かんできた。

ふいに、草十郎の鼻先に青い竹筒がぶら下がった。

「酒、まだあるぞ」

ぶら下げたのは悪源太《あくげんた》義平《よしひら》だった。礼を言って受けとると、彼はそのまま草十郎の横に腰を下ろした。

体格のいい義平は、並べば丈も幅もひとまわり大きい。彼の鎧も汚れていたが、草十郎よりずっと重装備であっても、どこか軽そうに着こなす手足のもち主だった。

「頭殿《こうのとの》も言われたことだが、おまえ、よくここまでついてきたな」

「ついてこいと、御曹司《おんぞうし》がおっしゃいました」

草十郎が答えると、義平はにやりとしてから言った。

「ああ、言ったさ。おれがそう言ったのを百人は聞いているぞ。だが、今ここにいるのは十人に満たない。おかしなやつだな、おまえは」

「そうですか……?」

首をかしげる草十郎に、義平はさらに言った。

「内裏《だいり》の南庭《なんてい》で見かけたときから、おかしなやつだと思っていた。いざ出陣ってときに、涼しい顔で藤原信頼《ふじわらののぶより》のばかっぷりをながめているんだからな。初陣であんなに余裕をかますか」

「涼しくはなかったですよ」

「そうだな、熱はたしかにもっていた。焚きつければそのとおりに馬をぶんどるやつだ。けれども、おまえは目が涼しいんだ。そういうやつは、そのうちむちゃくちゃ強くなる。前にそういう男を知っている。おい、あんまり……」

言いかけて、義平は唐突に口をつぐんだ。思わず草十郎はその顔を見上げた。

「……あんまり？」

義平は、少しはにかむような顔をした。

「いや、おれが言うとちっとばかり柄《がら》じゃないようだ。今日明日の保証もしかねるくせにな。おれの知っていたその男に、おれはもっと長生きしてほしかったのよ」

草十郎が黙って竹筒を差し出すと、義平はぐっとあおってからため息をついた。

「やれやれ、この悪源太でもこたえることはある。不利な戦《いくさ》は初めてではないし、巻き返しをはかるのも初めてではないがな」

彼はちらりと弱音を言ったらしいと、草十郎はしばらくしてからやっと気づいた。

「鎌倉にもどりさえすれば、巻き返しなどまたたくまのことでしょう」

「いや……そのことだがな」

太い眉を寄せると、義平は考えこむ様子で話しだした。

「頭殿《こうのとの》は、不破《ふわ》の関《せき》をめざすおつもりだ。平氏が固めたとあきらめていたが、唐崎《からさき》や勢多《せた》が意外に手薄だったのを見て、賭ける気になったのだな。たしかに、あのへんには味方が多い。垂井《たるい》や青墓《あおはか》。青墓にいるのは遊女だが」

草十郎が目をぱちくりするのを見て、彼は意地悪くその胸もとをつっついた。

「……おぬし、女をまだ知らんと見たぞ。そうなんだろう。まったくもって、カラスに笛吹くやつだな。頭殿は青墓の遊女に姫を産ませているのだ。今となっては数少ない、寝返りを心配しない相手だ。賭けたいお気持ちはよくわかる。だが、もし、はずれたら一網打尽だ。源氏の家が絶える」

すばやく息を吐いてから、義平は続けた。

「だからおれは、万が一のために頭殿と行き先を分けようと思う。このまま鎌倉へは向かわない。北へ進んで飛騨《ひだ》から信濃《しなの》、甲斐《かい》の国へ行き、東山道《とうさんどう》で軍兵《ぐんぴょう》をつのる。ひとりで行こうと思っていたが、おまえ、おれと来ないか」

「おれですか」

意表をつかれた草十郎がまぬけな返事をすると、義平は例の人の悪い笑みを浮かべた。言外《げんがい》にけしかけるような、幻惑してごまかすような笑顔だ。だれもがついつい引きこまれる。彼が他人を動かす力は、いたずら坊主が笑ったようなこの笑顔にあった。

「これ以上手勢を割《さ》けないと思っていたが、やっぱり、つれていきたくなった。甲斐や信濃にはいい牧《まき》があるぞ。馬を選ぶもよりどりみどりだ。おまえに一番いい馬をあてがってやるよ」

一行は夜をおして出発し、山里をたずねてさらに北へ進んだ。雪は降ったりやんだりで、みるみる積もることはなく、寒いことは寒かったが、白さでかえって足もとが見やすくなったかもしれない。山道もそれほど険しいものではなく、夜の道中であっても、比叡山《ひえいざん》に比べれば楽だと言えるくらいだった。

義平は話の続きをしたがり、自分の馬を草十郎に寄せていた。草十郎は、御曹司《おんぞうし》に親しい口のきける自分に気がついた。里で無口と思われていた草十郎にはめずらしいことだった。

「カラスに笛吹くと言われて、思い出したことがあるんです。他人はぜったい笑うから、だれにも言ったことがないんですが……」

「言ってみろよ。おれも笑うと思うが」

「むかし、笛を吹いていたら、カラスが話しかけてきたことがあるんです」

「ほほう」

「里《さと》の意地悪ばばあにそっくりな口ぶりでした」

義平はやっぱり、ぷっと笑った。

「カラスは飼われると言葉を覚えるからな。『くそがき』とでも言ったか」

「いいえ、『ふん、この子なら、まにあいそうだね』と言いました」

七歳くらいの思い出だったが、草十郎ははっきり覚えていた。垣根にとまったカラスが首をひねると、丸い眼が夕焼け空を赤く照り返したことまで覚えている。不思議に思うあまり、何度も何度も思い返した記憶であって、ふと思い出したように言ったのは、ちょっぴりうそだった。

「正確には、『ふん、この子なら、まにあいそうだね。よく聞けよ、ちびっこ。そのまま笛を精進《しょうじん》するなら、いつか御曹司《おんぞうし》に出会うことになるだろうよ』……って言ったんです」

「なんだ、そりゃ」

めんくらった様子で義平は身を引いた。

「お告げがあったとか、その手合いなのか？　言っておくが、熊野権現《くまのごんげん》のお使いがどうのこうのという話だったら、おれは聞く耳をもたんぞ。熊野で信心するのは清盛《きよもり》のくそだ」

「おれも熊野のことはよく知りません。神さまだったなんて言いたくないですよ。ただ、そういうことがあって、不思議だなあと」

義平は急に機嫌がよくなった。

「おれとおまえに宿縁《しゅくえん》があったと思うなら、思ってもいいぞ。それならおまえは、おれと飛騨《ひだ》へ向かう気になったんだな」

草十郎はうなずいた。

「おれの場合、どうしても帰りたい家というわけではないし。帰らないと特別に困る人もいないし……」

言いながら、そんな自分に寒々しい思いがしたが、義平は勢いこんで話しだした。

「おれはな、奥美濃《おくみの》に、母方のつながりで小さいころに遊んだ里があるんだ。飛騨へ行く手前だが、じつをいうと今回の上京の前にもそこへ寄っていた。あの里へ行けば、おれの横笛がおいてあるぞ。おまえにあれを吹かせてやる。美津《みつ》という者にあずけてあるんだ」

今度は草十郎が身を引く番だった。

「そういうことですか」

「こら、名笛《めいてき》だぞ。源氏嫡々《ちゃくちゃく》に伝わる笛だぞ」

「つまり、頭殿《こうのとの》がめざされるのと同種のお味方のもと……ってことですね」

義平は草十郎の指摘を笑い飛ばした。

「なんだよ、ひがむなよ。美津は、灯火のもとでしか見るにたえない化粧女の十倍は美しいのだぞ」

声が生き生きとして、義平はつかのま敗残の身を忘れたようだった。そういうものなんだなと、草十郎は妙に感心をした。たしかに草十郎は、女人《にょにん》に心を燃やして得られる活力がどのようなものか、まだ知ってはいなかった。

奥美濃といえば、武蔵《むさし》と同様ひなびた場所にちがいない。あんがい義平の素顔は、山野で素朴におおらかに生きるのが似合う人なのかもしれなかった。源氏の嫡男《ちゃくなん》でさえなければ、それができたはずなのだ。

ぶしつけかどうかを考える前に、草十郎はたずねてしまっていた。

「おれは今回、戦にのぞんで、怖いものは一つもないと思うことができました。たぶん、なくすものを持っていないからです。大事な女人ができてしまっても、まったく同じにできるものですか」

「悪源太にそれを聞くのか。ばかだな」

つき放すように言われ、怒らせてしまったかと草十郎が口をつぐむと、しばらくたってから、義平は奥歯でかみしめるように力をこめて言った。

「……なんとしてでも、平清盛《たいらのきよもり》には一矢《いっし》むくいなければならぬのだ。きゃつは三年前の戦で、頭殿《こうのとの》が実の父や兄弟を処刑せざるを得ないように仕向けた。おれだって、面識のない叔父くらいは討ったさ。けれども、父は必ず父だし弟は必ず弟だ。たとえ敵味方となって戦ったとしても、当時のお気持ちを察してあまりある。そのようにして源氏の勢力をそいだ、一族をおとしめる汚い手段だった。平氏に報復しなければ、おれは源太じゃない。だから、美津にもそれはわかってもらう」

3

東の空も白《しら》んでくるころ、彼らは谷間に埋《う》もれたような小さな集落を目前にしていた。

ここには源氏に恩義ある者が住み、進んで宿を提供してくれるというので、谷を目にした気持ちはたとえようもなかった。疲れた馬にはかいばを食わせ、自分たちは物《もの》の具《ぐ》をといて眠れるのだ。草十郎《そうじゅうろう》など、それを思い描いただけで寝そうになった。この場に倒れこんでも十分眠れそうだった。

ところが、足を止めたとき、眠気も吹き飛ぶ事態が明らかになった。

「右兵衛佐《うひょうえのすけ》を見かけなんだか」

顔色を変えた左馬頭義朝《さまのかみよしとも》にたずねられ、草十郎は心底ぎょっとして見回した。自分たちの背後に三郎頼朝《さぶろうよりとも》の姿はなかった。馬ごと消え失せていたのだ。

「右兵衛佐――右兵衛佐」

だれかに聞かれることもかえりみず、義朝は声を高くして三郎頼朝を呼んだ。だが、木立の奥は深閑《しんかん》として、どんな小さな返事も返ってはこなかった。

「後ろから、ついてきているはずだったのに……」

義平《よしひら》がつぶやいた。草十郎も途中までは、ふり返って彼の姿をたしかめていた。だが、いつからいなくなったかは思い出せなかった。

「はぐれてしまったか……」

疲れきった一行は沈痛な顔を見あわせた。大の大人でも無謀な行軍だったのであり、年少だからと手をかける余裕はなく、自力で来られないならそれまでだったのだと、暗《あん》に語りあう顔だった。左馬頭義朝は、見る影もなく落胆した面持ちだった。ほおが力なく垂れ、死相を見せたかのように青ざめてうつろだった。

「作法は教えてある……ぶざまな最期《さいご》はとげまい。とはいえ……」

言い終えることもできずに絶句した、打ちのめされた義朝の様子が、草十郎の胸を打った。彼とて、血も涙もなく源氏の棟梁になったわけではないのだ。三郎頼朝を大事にする気持ちは、情愛深い親に劣らない――たとえ、その首をかき斬るときが来たとしてもだ。

草十郎はいたたまれなさを味わった。「まただ」という思いがあった。義平ばかりを見つめて兄の四郎を見失ったように、今度は三郎頼朝を見失ったのだ。勢多《せた》のこちらへ来るまでのあいだ、草十郎は葦毛《あしげ》の馬を交替で使っていたため、徒歩のときには必ず頼朝の馬の口を取ってやっていた。だが、今回に限っては、義平と言葉を交わすことを優先したのだ。

殺伐とした大人に立ちまじり、必死で合わせようとしていた少年を草十郎は思い返した。育ちのよさが見てとれる——母方の家柄が高いことは、嫡子《ちゃくし》義平をさしおいて右兵衛佐《うひょうえのすけ》になったことからも明らかだ——ものわかりよく、きまじめな少年。

三郎頼朝は、わがままを言って草十郎を呼び返そうとはしなかった。義平に遠慮したのだろうが、夜道だというのに捨ておかれたようになり、本当はわびしかったにちがいない。疲労がたまった一番危ないときに、草十郎は彼のことを見放したのだ。

「おれ、引き返してみます。まだそのあたりにいるかもしれない」

草十郎が申し出ると、だれもが意表をつかれた顔をした。大半の者の目には、草十郎も三郎とどっこいの年少者に映っていたのだと、このときよくわかった。かまわず草十郎は、葦毛を分かちあっていた平賀四郎《ひらがのしろう》に言った。

「馬、使っていいですね」

「おぬしには無理だ。おれが行こう」

平賀四郎は急いで言ったが、草十郎は首を振った。

「この馬もそうとうくたびれています。おれのほうが身が軽いから、そのぶん負担が少ない。おれが行ってきます」

弓矢を借り、鞍《くら》にまたがったとき、たづなを握る草十郎の手をふいに義平が押さえた。彼は鋭い目で草十郎を見つめ、低く早口に言った。

「いいか、山を離れればどちらへ出ても狩られるものだと思え。もしも弟が里へ出てしまっていたら、深追いはするな。わかったな、おまえだけはもどってこい」

草十郎はただ義平を見つめ返した。はいとは返事できなかったからだが、予感のようなものが胸の内をかすめ、それを無理やり否定したため口をききそびれたところもあった。

義平は苦笑いに近いものを浮かべると、馬の尻を一つたたき、周囲にも聞こえる声で言った。

「よし、行ってこい。弟をたのんだぞ」


義平が上から押さえた感触が、草十郎の手に長く残っていた。その手は、おまえは名乗り出るべきではなかった、今ここで離れることを選んだら最後、義平とともに行く機会は二度と与えられないのだと、告げているように思えた。

（そんなことはない……三郎どのをつれて帰ってみせる）

草十郎は再度打ち消した。自分のとった行動を後悔する気にはなれなかった。今ひとたびの努力もせずに三郎頼朝が死ぬことになったら、そのときこそ、一生悔いる後悔になるだろうと思えた。少年を見つけて、左馬頭《さまのかみ》がどれほど取り乱したかを教えてやりたかった。それを知ったならば、沈みきっていた彼の表情も少しは晴れるだろうから。

あたりが明るくなったのと、しばらく前から雪がやんでいたのが幸いした。草十郎は自分たちのつけた足あとをたどってもどり、かなり先まで行ってから、小笹《おざさ》の茂みの向こうへそれていく一頭分の足あとを見つけ出した。三郎頼朝の馬にちがいなかった。

行き先をそれた足あとは、ためらいのない並足で下り方向へ向かっている。引き返そうとしない乱れのなさを見れば、頼朝がたづなを取らなかったのではと思わせられた。

（あるいは、馬の背中で眠ってしまったか……）

自由にされた馬は、本能的に開けたほうへ進む。胸《むな》さわぎを覚えながら、葦毛《あしげ》を急がせて追っていくと、やはりふもとの原に出た。

義平の言葉を忘れてはいなかったが、あたりに人家が見えないので、ここは里ではないと自分に言い聞かせ、もう少し足を伸ばすことにした。

風もなく静かな早朝だった。鳥たちが心おきなく朝の歌を歌っており、あまり心配はしなかったものの、霜枯《しもが》れて赤茶色になった草むらの向こうは白いもやで視界が悪い。しばらくは、枯れ草を踏みわける馬の足音だけを聞いて進んだ草十郎だった。けれども、やがて草むらもとだえ、わりに大きな池の岸辺に出た。

馬を止めて見回すと、もやにかすんだ対岸あたりに小さな集落があるようであり、左手はやや土地が高く、まばらに松などがはえた土手が細長く続いている。

その土手に、頼朝の赤い鎧《よろい》姿があった。

目にするなり、草十郎は馬をいたわることを忘れて駆り立てた。三郎頼朝は馬に乗っていなかった。そして、鎧の重さで思うように走れない少年を、三、四十人もの男たちが追いかけ、今にも回りこんで取り押さえようとするところだった。

突進しながら、草十郎は箙《えびら》をさぐった。比叡山《ひえいざん》で拾った矢が数本しかなかったが、当面の威嚇にはなる。ねらいをさだめるよりは速さを選んで、あぶみ立ちになるや次次に弓につがえた。

二の矢は、まぐれあたりに男の一人を射止めたようだ。少年に追いすがろうとしていた先頭の集団は、思わぬ攻撃にたじろいでたたらを踏み、後ろから走ってきた男たちとぶつかってもつれあった。

追っ手との距離がいくらか開いたその隙《すき》に、草十郎は三郎頼朝のもとへ馬を寄せた。馬上から彼の腕をつかみとり、有無を言わさず鞍の前へひっぱり上げる。息を切らし、顔をゆがめた頼朝は、救い主が草十郎だとわかると、そのまま泣きだしそうになった。

「馬が……足を痛めて……」

窮状の説明が必要だと思ったようだが、草十郎は聞いていなかった。三郎頼朝が乗ったとたん、葦毛が重さに打ちひしがれるのがわかった。疲れはてたこの馬に二人乗りして走らせるのは、そうとうに酷《こく》だ。だが、こちらにもう矢がないと見てとった男たちが、怒号をあげて走り寄ってくる以上、走ってもらうしかなかった。

「あと少しだ、がんばれ」

ある程度引き離せば、追ってくる男たちもあきらめをつけるだろう。見るからに烏《う》合《ごう》の衆であって、ただの棒きれを手にした者もおり、まともな武士の一団などではなかった。地元のごろつきが、手ごろなところで追いはぎになりかわったのだろうと思われた。

しかし、草十郎の読みは甘すぎたのだ。馬の走りに気をとられて背後を見もしなかったところに、矢が飛んできた。

したたかな一矢だった。いきなり体に走った衝撃に、最初は射られたとさえわからなかったが、焼けつく感触に見やると、肩ごしに矢羽根がつき立つのが見えた。鎧《よろい》の防護をほんのわずかにそれた部分だった。肉にくいこんだ矢尻の衝撃を押し返すように、鋭い痛みがおそってくる。

息をつめ、その息を吐いて、草十郎は自分でもびっくりするほど冷静な声で言った。

「佐《すけ》どの。このまま馬を走らせて、木立に隠れるまで止まらないでください。おれは、ここで追っ手を少し蹴散らします」

三郎頼朝は驚いてふりむこうとした。

「しかし、それでは……」

「だめです、前だけを見て。おれが下りたら、馬の足はもう少し速くなります。いいですね、止めたらこの馬はもう走りませんよ」

言いおいて、草十郎は馬から飛び下りた。

枯れ草の上なので着地の衝撃は少ないはずだったが、矢の痛みに目がくらんで手と両ひざをついてしまった。右手で矢幹《やがら》をさぐると、左わきの後方に刺さっている。猛然と腹が立ち、握った指に力をこめて引き抜いた。血まみれの矢尻は大きなものではなく、その一瞬は、抜いたほうが楽になった気がした。

（それほど深くない……左腕も少しは動く。骨はやられなかった……）

怒《いか》りに燃えたことが草十郎に力を与えていた。追っ手がたどり着く前に、立ち上がって迎えることができた。義平がくれた黒漆《こくしつ》の太刀《たち》を抜き放つ。ごろつきの中にこれほどの太刀をもつ者はいなかったから、男たちはぐるりと取り囲んだものの、ひどく遠巻きだった。

いやしげな敵の顔をひととおり見回してから、草十郎は囲んだ男たちの背後にゆうぜんとかまえる、重藤《しげどう》の大弓を手にした大柄な男を見つけた。くたくたの烏帽子《えぼし》を鉢巻きで押さえ、着こんだ黒糸《くろいと》おどしの鎧《よろい》は一番まともそうで、いかにも頭目然《とうもくぜん》としている。

大男は目を細くし、猫なで声と呼べる声音《こわね》で手下たちに命じた。

「刃物は出すな、たたき殺せばいい。お道具にこれ以上傷をつけるんじゃないぞ」

むかっ腹《ばら》のあまり、草十郎は大声で笑った。

「その程度で、この鎧が取れるものなら取ってみろ。薄汚い犬っころたちめ、近寄ったやつから後悔させてやる」

むこうみずな一人が、こん棒を手にして飛びかかってきた。草十郎から見れば、なんの芸もない目と手の動き、足運びだった。男が得物《えもの》を振りかざす時点で、どこへ打ち下ろすかが見えてしまう。軽くかわして、ついでのように相手の前腕《まえうで》に斬りつける。最小限の動きですませたつもりだが、左半身に走る痛みはまぬがれなかった。とはいえ、上がった血しぶきには全員がひるみ、最初の男は泣くような悲鳴をあげて輪の外へころがり出た。

三人めまでは同じ目にあわせた。だが、草十郎自身の血も鎧の内側をぐっしょりぬらし、したたるばかりになっていた。最後のたのみである目がだんだんかすんでくる。四人めは避けきれず、逆襲したもののしたたかに打ちすえられた。

（ここまでなのか……）

初めて草十郎はそう考えた。矢で射られても、馬を飛び下りても、なぜかこれで自分が死ぬとは考えていなかったのだ。しかし、どれほど負けん気を起こしても、この状況で助かる見こみはなかった。

（ばかだな、おれは……）

こんな片いなかの草むらで、たった一人で、それこそ犬のようにたたき殺される死に方を選ぶとは、どうかしているにちがいなかった。一度は自分から捨てたいと思った鎧も、これほどいやしい連中に奪われるかと思うと、たまらなく悔しい。けれども、今さら歯がみをしてみてもどうにもならないのだった。よろめいて草に足をすべらせると、もう後は体が動かなかった。

横殴りにこめかみを殴られた。倒れてから殴打されたぶんは、もう痛みさえ遠く感じた。打たれようが何をされようが、どうでもよくなってきた。

（……少なくとも、三郎どのを逃がすことはできたし）

犬死にではないと思いたくて、うっすらとそう考えた。三郎頼朝もまた源氏の御曹司だ。むかし、カラスが意地悪ばばあの声で草十郎に告げたのは——草十郎が宿縁《しゅくえん》をもって生まれてきたのは、本当は三郎頼朝だったのかもしれなかった。

彼の身がわりに死ぬさだめとして。

悪源太義平ではなく。

薄れていく意識の中で、ひどく義平にすまないと思った。もどってこいという言いつけを守らなかった。原に踏み出した時点で、草十郎は彼にそむいたのだ。甲斐信濃《かいしなの》の馬を与えてやる、おれの笛を吹かせてやるとまで言われたのに。

けれども、三郎頼朝が生還すれば彼だって喜ぶはずだった。弟は必ず弟だと言っていた義平ではないか。

それでよしとしようと考えて、草十郎は意識を手放した。

4

雪深い峠《とうげ》の山道を、悪源太義平《あくげんたよしひら》がたったひとりで越えていく。その背中を見ながら、草十郎《そうじゅうろう》は追いすがろうとあせったが、なぜか距離は少しも縮まらなかった。たまりかねて、離れた場所から呼びかけた。

——待ってください、義平どの。おれです、もどってきました。どうかお供をさせてください。

くり返し声をかけても、義平はふりむこうとしなかった。

――おれはやっぱり、ひとりで行くことに決めた。おまえは三郎《さぶろう》を捜してこい。

――三郎どのは見つけました。追っ手から逃がしました。だから、今からは義平どのについていきます。

草十郎は熱をこめて言ったが、義平は心を動かすようには見えなかった。ますます先を急ぐ様子で歩いていく。

――おまえはもう、おれと同じ道は歩けない。たぶん、それでよかったんだろう。おれはべつに淋しくはない。おれがひと声かければついてくる輩《やから》は多いのだ。

彼が背中で言いきるのを聞き、義平がすでに完全に自分を見限っていることを知って、草十郎は目の前が暗くなるほどの悲しさを味わった。

――義平どのが淋しくなくても、おれは淋しいです。おれは、故郷でずっと淋しかったんです。今までずっと、だれもおれのことがわからなかった。だから、やっと、やっと……

のどがひきつって、言いたいことがうまく言えなかった。草十郎は、やっと、自分の居場所を見つけたと思ったのだ。戦場で、義平が声をかけてくれたときに。

前を歩いていた義平が、突然足を止めてふり返った。けれども、その表情は甲《かぶと》の陰になってよく見えなかった。

——おまえ、自分の笛をどこへやった。

笛ならいつでももっていると、草十郎は急いで取り出そうとした。武蔵《むさし》を出るときにふところに入れてきたし、戦《いくさ》にのぞんでさえ、布に包んで鎧《よろい》の下に隠しもっていたのだ。

ところが、さぐってみて鎧を着ていないことに気づいた。薄い帷子《かたびら》が手に触れるばかりだ。そして、ふところにあったはずの笛も手には触れなかった。

ようやく思い出し、草十郎の全身がふるえた。自分はごろつきどもに鎧を奪われてしまったのだ。

命の次に大事にしていた、母のかたみの横笛までも。

「おれの笛」

自分の声で、草十郎は目を開けた。すると、目の前に白髪《しらが》まじりの女の顔があった。ちょっとあっけにとられて、まじまじとその顔を見つめた。生活の苦労をきざんだしわのある女の顔は、見苦しくはないがきれいとも言えない。そして、何よりも困惑したことに、以前に目にした覚えが一度もなかった。

「あんた……だれ」

自信なくたずねると、初老の女は息を吸いこみ、やたらに大きな声で言った。

「あれ、まあ」

草十郎がばかになったような思いをするあいだに、女は顔をひっこめ、板敷きを足早に歩く足音をさせて離れていった。

「正蔵《しょうぞう》、正蔵、まだそこにいるかい。あの男の子が正気づいたよ。初めて口をきいたよ。これ、正蔵ったら」

（だれだ、正蔵って……）

見知らぬ女が離れたことにほっとしながら、草十郎は考えた。それから胸もとをさわってみると、実際鎧も笛もそこにはなく、ひとえの衣《ころも》を着ているだけだった。

（待てよ、たしか、おれは殺されたのでは……）

梁《はり》の大きな屋根裏が目に入る。片側には半蔀《はじとみ》、開け放った妻戸《つまど》の外は板張りの縁《えん》になっているようだ。草十郎の体には、色のさめた綿入れが温かく掛けてあった。どうやら、わりにきちんとつくられた家屋の中で、床《とこ》を敷いて寝かされているのだ。

だれかが命を救ってくれたのだろうか。

いったいだれが――

その疑問は、女が正蔵をつれてもどってきたときに簡単にとけた。くたくたの烏帽《えぼ》子《し》にいかつい大きな体、狐のお面に描いたような細い目。それは、草十郎に矢傷を負わせ、手下にたたき殺せと指示した頭目《とうもく》の男にまちがいなかった。

煮えくり返る怒《いか》りがよみがえってきて、草十郎ははね起きようとした。だが、上半身を起こすのがせいぜいで、肩に手を回してうめくはめになった。痛みは味わいつくしたと思っていたのに、あらためて痛むとまたとびきり痛かった。

「まあ、無理するな。ひと月は治らん深手だったからな」

男は平然と言い、二つ折れになっている草十郎に手を貸して、もとのように寝かそうとした。拒絶してふり払いたかったが、まるで自分の自由にならなかった。

横になって痛みが治まるのを待つあいだ、少しまがぬけたが、それでも草十郎は怒《いか》りつづけ、頭目の男を見すえた。

「おれの笛を返せ」

「笛?」

「笛だ」

「ああ――」

鼻をかいてから正蔵はのんびり言った。

「おまえの物《もの》の具《ぐ》も、もちものも、あちらの部屋においてある。だが、当面は用がなかろう。傷を治すほうが先決だ」

「おまえがつくった傷だ」

「ああ、まあな」

「なぜ、殺さなかった」

草十郎の問いに、男はにやりとした。最初から笑っているような顔つきなのだが、ほほえめばさらに目が線になった。

「ちいっと気が変わったというところだ。物の具をいただくついでに、その中身もいただくことにしたのさ。しかし、あんまりしぶとくあばれるから、九分《くぶ》どおり殺すところだったぞ。おかげで蘇生させるのに、目ん玉が飛び出る震旦《しんたん》の薬を使うはめになった」

「たのんでない」

「そりゃそうだ。五日も正気に返らないから、よっぽど頭の打ちどころが悪くて、このまま痴呆で終わるかと思ったくらいだからな」

「五日？」

がくぜんとする草十郎に、白髪《しらが》まじりの女が得意そうに言った。

「そうだよ、あんた、目を開けても周りがわからないみたいでさ。熱がひいてからも眠ってばかりだったよ。何一つ自分でできないあんたに、辛抱強《しんぼうづよ》く話しかけて、手取り足取り世話してやったあたしに、今日になって『あんた、だれ』とは恐れ入るよ」

草十郎はふいに、自分がたいへん清潔にされていて、着せられた衣も、高級ではないがごく新しいことに気がついた。感謝するべきなのだろうが、これはこれで困惑するものごとだった。

どぎまぎしている彼を見やって、正蔵はまた細い目を細くした。

「うーむ、これなら本当に正気のようだ。最初に言うことが『笛を返せ』じゃ、まだどこかおかしいのではと思うじゃないか」

「悪いか」

草十郎はにらんだが、頭目の男はどこ吹く風だった。

「悪いね。あのな、どうしておまえをたたき殺さなかったかというと、おまえが若造にしては妙に腕が立つからだ。その体で手傷も負って、脅しにまったく屈しなかったのは感心だった。どうやって三人も四人も倒したのか、いまだにわからん。ろくすっぽ動けなかったはずだが」

白髪まじりの女が口をはさんだ。

「いいや、正蔵。この子は細っこく見えるけれど、案外鍛えた体をしているよ。それなりにつくべき筋肉がついている。このあたしが保証するよ」

「それならなおさら、太刀《たち》や鎧を気にするべきじゃないか。筋金入りの武家育ちだと見こんだんだが、どうもこいつはおかしなやつだな」

勝手なことばかり言うな、とどなりたくなったが、草十郎は強《し》いて気持ちをしずめ、自分のおかれている状況を考えようとした。

「……おれが武家育ちだとどうだと言うんだ。六波羅《ろくはら》につき出すために生かしておいたのか」

「そうか、そういう手もあったな」

にこやかに男は言った。何を言っても上機嫌に見える顔立ちというのは、けっこう始末が悪い。

「めんどうだから、やらないがな。おまえの風体《ふうてい》からいって、大将のご子息のはずはないから、つき出したとしてもはした金にしかならんだろう。最初に見た赤い鎧のやつなら、どうかわからんがな」

草十郎はぎくりとしたが、頭目の男はそしらぬ様子で続けた。

「五日も前のことだって忘れるなよ。身を犠牲にして主人を逃がした根性は見上げたものだったが、おまえのために捜しに来るやつはいなかった……じつは、こちらもちっとは期待して、張ってみたんだが、薄情にもそれっきりだ。おまえさんは、きれいさっぱりと使い捨てられたってわけだ。まあ、ああいったやつらの三下《さんした》のとりあつかいはそんなもんさ。使い捨てられたおまえをおれが拾ってやったんだから、ありがたく思えよ」

日にちに空白をつくったことは、草十郎をひどく混乱させた。当然だが、以前にそんなためしはなかったし、敗戦の一昼夜でどれほど深刻に心身をすり減らしたか、自分では理解していなかったのだ。すぐそこの山中まで逃げていけば義平や三郎頼朝に会える気がしてならず、それができる体ではなく日付でもないことに、何度も気づきなおし、何度も打ちのめされた。

世界の様相は一変しているのに、自分一人が取り残されていたのだと、しぶしぶながら認めてしまうと、今度は深い落胆がおそってきた。抜けがらのように何一つ残っていないと感じ、死ねばすべてをまっとうできたものを、正蔵《しょうぞう》がよけいなことをしてとりおいたのだと考えた。

もっとも、置き去りにされたことを恨む気持ちはなかった。義朝の一行がそのような危険をおかさなかったのは当たり前だ。京《みやこ》から落ちのびてくるあいだにも、何人もの武士が義朝たちの退路の確保のため、その身を生きた盾にして追っ手の前に残留したものだった。勇猛な男ほど早い時点でそうしていた。今は、その順番が草十郎に回ってきただけのことなのだ。

とはいえ、何か自分を使いはたしてしまったような気がするのはたしかだった。心身が衰弱していると、気丈に考えることもむずかしく、かえりみられることのなかった立場がみじめでならないときもあった。

夜が明け、再び日が暮れても、それがなんのためかわからなかった。翌日を迎えるための望みや見とおしがどこにもなかった。傷を完治させたところで、今は正蔵に飼われる身の上だ。故郷ははるかに遠いし、義平もはるかに遠い。だいたい、それらは草十郎が一度は捨て、一度はそむいた相手だった。今さら心のよりどころにするのは、われながらおこがましい行為だと思えた。

本人はぼうぜんと日を送るばかりだったが、登美《とみ》（初老の女の名前は登美といった）が食事を運んできて、そばでうるさくせかすので、食べることは食べられた。そのせいか、体の回復は心境よりいくぶん早かった。十日もすると手足の打ち身や切り傷が癒え、矢傷もそれほど痛まずに、立ったり座ったりができるようになった。ただ、今の草十郎には、立ったり座ったりする目的がどこにも見あたらないのだった。

負傷してから二十日あまりたったある日、草十郎のぬり薬を取り替えるところに居あわせた正蔵は、傷の状態をためつすがめつしてから言った。

「このぶんなら、馬の口を取るやつがいれば少し遠くまで行けるだろう。おい、おまえは明日から湯治《とうじ》に行ってこい」

草十郎は、じつをいえば『とうじ』というものをよく知らなかった。顔をしかめて見やると、いつも笑顔の正蔵は、このときも上機嫌かと思わせる調子で言った。

「もしかして知らんのか。温泉だ温泉。湖を渡って半日ほど山を登ったところに、湯のわいている岩場がある。おれたちは、専用の温泉を一つ押さえてあるのさ。たのめば世話をしてくれる山のじいさんがいる。もっともぶちまけて言えば、湯治に行きたがっているのはそこの登美《とみ》ばあなんだがな。よけいな看病をさせられて、持病の腰痛がひどくなったとさ」

取り替えた布を桶に入れた登美は、すまして言った。

「あたしだって、骨休めはしたいからね。せっかくの正月だったというのに、三が日さえ手を休めるひまがなかったんだから。あそこの湯は腰痛にもいいが、けがにもよく効くよ。山の気に触れてくるのも気分が変わっていいものだ。この子には、転地が効くかもしれない。この家で始終あんたと顔をつきあわせているから、いいかげんよくなるものもならないんだよ」

福顔の正蔵であっても、少々八の字眉になることはあったようだ。

「おい……おれはそんなに、嫌われているのか」

「調子のいいことを言うんじゃないよ。この子を殺しかけたのは、どこのどいつだね」

　登美にやりこめられて、正蔵はとりつくろうように草十郎を見やった。

「まあ、そういうことだ。おまえは山へ行ってこい」

「いやだ」

　草十郎は拒否した。それで傷が治らないなどと言われるのは、自尊心がゆるさなかった。しばらく押し問答を続けてから、正蔵はふいに部屋を出ていき、それほど間をおかずにもどってきた。

「ほれ」

　彼が細長いものを放ったので、草十郎は思わず受け止めた。手にしたものを見ると、布を巻いた笛だった。

「おとなしく湯治へ行くなら、そいつをおまえに返してやる。どうだ、この取り引きは」

　草十郎は母の横笛を握りしめた。もちろん異論があるはずはなかった。

　翌朝、いくらか老いぼれた栗毛馬《くりげうま》をあてがわれた草十郎は、この家で目ざめてから初めて屋外へ出た。

正蔵の家が踏み固めた庭を尖った柵で囲み、その外側に空堀《からぼり》をそなえているのが目についた。あたりには他の人家がなく、枯れ葎《むぐら》と枯れ薄《すすき》の原にぽつねんと立っている。そのわりに多くの人間が出入りしていて、厩《うまや》も大きくつくってあるようだ。

草十郎は看病されるあいだ、登美と正蔵の顔しか見なかったが、人声はよく耳にしていたので、この家に大勢がつどうことはわかっていた。草十郎が馬に乗ると、その何人もがぞろぞろと表に出てきて、めずらしげに様子をながめた。立回《たちまわ》りの場面にいた男たちかもしれないが、もう顔など覚えていなかったし、いろいろなことがどうでもよくなっていたため、勝手にながめさせておいた。

馬の口取りを命じられたのは、十か十一歳と思われる童《わらわ》だった。背は低いが頑丈そうな体つきで、丸い顔に目と目のあいだの離れた、なかなか愉快な顔立ちをしている。何を言われたか知らないが、異様に張りきって役目につき、草十郎がするままにさせていると、貴人でも乗せているようにうやうやしい態度をとった。かたわらで登美が、自分の馬を引く若者にがみがみ言いっ放しなので、あるいはそのせいかもしれない。

護衛のためか逃亡防止かはわからなかったが、湯治へ向かう二人には意外にたくさんの男がつき添い、前後をよく固めて出かけた。装備はやはりお粗末だったが、草十郎が最初にごろつきとみなしたよりは、組織立った連中なのかもしれなかった。

これらのことを、草十郎は頭の片隅でとらえたものの、関心はもたなかった。体もまだ少々つらかったので、とにかく早く目的地に着いてくれと、そればかりを願っていた。湖畔にはほとんどなかった積雪も山の途中からは急に増えて、山道を登るのはそれほど楽なことではなかった。

登美も不平を言いつづけていたが、そうまでしても温泉に入ることに執着するらしかった。草十郎には期待がなかったため、修験者《しゅげんじゃ》じみた苦行としか思えなかった。

やがて、午後も遅くなったころ、一行はようやく目的地を見出《みいだ》した。岩場だというのは本当で、濃いもやにかすんだ、むき出しの灰褐色の岩が目立つ谷間があった。そして、その中ほどに、もうしわけのように掛けづくりにした簡素な小屋が立ててあった。

この道を来慣れているらしい男たちも、到着にはほっとした様子で、せっかくここまで来たのだから自分たちも湯を浴びようと言いあっていた。登美は彼らに命じた。

「おまえたち、上《かみ》の湯には顔を出すんじゃないよ。お湯だけでなく、宿所の周りもうろうろしないでおくれ。あたしらは静かな山の気を吸いに来たんだから、うるさくしたらただじゃおかないよ」

男たちは、それほど不満も見せずに解散していった。さて、ここからが、草十郎にとっては未知のものごとだった。

川で体を洗ったことはあるし、たらいで湯をつかったこともある。だが、天然の湯がわき出るというこの岩場は、変なにおいがして、はっきり言って気味が悪かった。湯気がさかんに立っているので、教えられた場所は簡単にわかったが、変色した岩の様子をながめてもうさんくさく、白っぽく濁った湯をにらんで、しばらく葛藤しなければならなかった。

ようやくしぶしぶながら、着せられていた毛皮の袖なしや直垂《ひたたれ》や袴《はかま》を脱いだ。温泉周囲の岩は雪をかぶらないが、少し離れれば深い吹きだまりがあり、やせた松の枝にも雪がのっている場所だ。裸になればたちまちこごえて、あとは湯に入るしかなかった。

「ぐずだねえ、鳥肌立てて何やっているんだい。さっさとお入り」

登美の声に、ぎょっとしてふり返ると、そこには腰巻一丁の姿があった。彼女はさらにその腰巻を脱ぎ捨てると、草十郎のわきをすり抜けて白い湯へざぶざぶと入っていった。

あわてて草十郎が離れた場所に体を沈めると、向かいの岩にたどり着いた登美はからかう口調で言った。

「今さら、恥ずかしいも何もないだろう。このあたしなら、隠し場所などないくらいにとっくに見ちまっているんだからね」

それは確かにそうかもしれないが、草十郎のほうは、初老女の裸を見慣れているわけではない。できれば目の前にしたくないのだが……と思うが、さすがに口にはできなかった。なにしろ、温泉は彼らのものなのだ。

いきなり湯につかったので、しばらくは全身がしびれたようにひりひりしていた。傷口にも少ししみて、へたをすると痛みだしそうな気配だ。これもまた苦行なのかと考えていると、そのうちに、じわりと心地よさが回ってきた。

「ああ――極楽、極楽」

登美がしみじみとそう言うのを聞いて、自分も同感しているのに気づいた。寒さに固まっていた体がだんだんほぐれ、指の先から溶け出していく思いがする。温水の浮力と高い熱は、体をくつろがせるのと同じくらい、頭の芯をぼうっとゆるませていた。最初は気になっていた異臭も、湯につかってしまえばほとんど意識しないですむ。

「気持ちいいかい」

「うん」

草十郎がうなずくと、登美は笑った。

「ほらね、ふくれっ面《つら》をしていたようだけど、来ただけの甲斐《かい》はあっただろう。しかし、ゆで上がってのぼせるまで入っているんじゃないよ。出たり入ったりして調節をするんだよ。最初はけっこう疲れるから、ほどほどにして小屋で寝るといい。食事はこの山の、吉左《きちざ》の娘がもってきてくれるはずだ」

ひととおりの指南をしてから、登美は少しためらった後に続けた。

「……正蔵は、あれでね、腹の底まで悪いやつではないんだよ。食いっぱぐれ者を集めてやくざな暮らしをしているが、いっぱしの悪党のつもりでいても、なかなかめんどう見のいい性格をしているし、仲間を簡単に売りはしない。人を人とも思わない連中とはわけがちがうんだよ」

草十郎は黙りとおすつもりだったが、しばらくして考えなおし、登美にたずねてみた。

「正蔵のなりわいは、盗賊なのか」

「まあ、そういうことになるね。野武士《のぶし》だと称しているよ、本人は」

草十郎は顔をそむけた。

「武士なものか、そんなのが」

「そりゃそうだとも。武士というのはふつう、やんごとない人々にあごで使われるものだろう。正蔵には、お上《かみ》に仕える気がまったくないからね」

「言っておくが、おれは盗賊の手伝いなんかしない。そのために助けたのなら、あんたのくたびれ損だ」

草十郎は声を尖らせたが、登美は腹を立てた様子を見せなかった。

「あたしも言っておくが、この場所でかっかするのは阿呆だよ。すぐに湯あたりを起こしちまう。まあ、いいから、数日のんびりしてごらんよ」

翌日には、後ろめたく思うほど草十郎は温泉が気に入った。何度もつかって、慣れるとさらにくつろいで、湯の中で手足を思いきり伸ばせるようになった。もう長いあいだ本当にくつろいだことがなかったのだと、今になってやっと気がついた。京《みやこ》へ来てからずっと――いや、武蔵《むさし》を出た時点からずっと、気持ちも体も張りつめたままだったのだ。

登美がいきなり押しかけるのには閉口したが、それもひんぱんなことではなく、一日のほとんどは草十郎の気ままに過ごせた。他の男たちは一度も姿を見かけなかった。湯のわく淵はここ一つではないのだろう。

驚いたことに、ひさびさに食事をおいしいと思うことができた。

吉左の娘の流儀は、とことん自分の姿を見せないことにあるようだった。小屋へもどるたび、いつのまにか膳がおかれたり片づけられていたりする。だが、それもなかなか気が楽だった。山の食事は、飯《めし》こそ質素な雑穀だったが、栗や胡桃《くるみ》、雉《きじ》の干し肉や鹿の焼き肉などがふんだんに添えられている。吉左のなりわいは狩人にちがいなかった。

湯につかるのも快いが、十二分に温まってから岩の上でほてりを冷ますのは、そのうえさらに気持ちがよかった。周囲の雪や氷を目にしながら、寒さも感じずに裸のままでいられる。全身の肌が奥山の大気に触れて、それらと一体になれそうだった。

（ここで笛を鳴らしたら、どんな感じかな……）

ずいぶんと長いあいだ、笛を吹かずにいた草十郎だった。京には不案内で、吹く場所を探せなかったのだ。暮れ方《がた》に河原へ行ってみたことはあるのだが、賀茂《かも》の河原には意外にたくさん人がいるものだった。そこで生活している者すらいるらしい。

この場所もひとりではないと考えたが、笛を吹きたいと思いはじめたら抗しがたかった。この岩場がどんな音で鳴るか、とにかく試してみたかった。

慎重に手の水気をぬぐって、笛に巻いた布をほどく。母が残したほっそりした横笛は、柔らかなあめ色をおびていた。草十郎が小さいころでも鳴らすのにさほど苦労をしなかったが、湿気や条件で音質がすぐに変わり、安定した音色を出すのがむずかしい笛だ。自在に吹けるようになってからは、草十郎はむしろ一定の音調を求めず、そのときどきの変化を楽しむように吹いていた。

竹の管《かん》にゆっくり息を吹きこみ、それが徐々に音色となって流れだすと、草十郎はいつも自分を忘れる。音に共感しているだけの存在になり、拍《はく》をはかるだけの存在になる。草十郎の場合、音色や拍子《ひょうし》を動かしているのは、周囲の響きに同調するしらべを見つけるためで、曲をかなでている意識はなかった。調律のようなものだった。長年吹いていれば、それがまったく同じ場所であっても、季節により時刻により、雨が近づくところか去るところかにより、風の吹きかたにより、そして草十郎の気分によって、まるっきり異なる状態で周囲との共鳴がはじまり、拍がととのうものだとわかってくる。ましてこの場所は、初めて試す岩の反響や湯の煙や雪の香《か》をもつものだから、おもしろくて夢中になった。

ふとわれに返ると体が冷えきっていて、湯に飛びこまなくてはならなかった。だが、温まるとまた岩に上って、くり返し続きを吹いた。

(見つかる……大丈夫だ、しらべがとおる。こう吹けばいいのか……)

しばらくぶりでも、吹きかたを忘れたわけではなかった。特定の場のもつ波長に笛の音《ね》が完全に共鳴したときは、鳥たちがいっせいにさえずりだし、四方からゆるやかな風がやって来るのでそれとわかるのだ。空っぽになったと思っていた自分だが、笛吹きの勘は失わなかったようだった。

満足して吹きやめると、死ぬほど空腹になっていた。

草十郎がせっせと夕飯をたいらげているところへ、登美がやって来た。そして、妙な顔をしてたずねた。

「あんた、笛を吹いたかい」

「吹いた」

「最初は、やけにいろいろな鳥が鳴いていると思ったよ。笛だとは思わなかった。近くでうるさく山雀《やまがら》がさえずるし……知っていたかい、山じゅうの鳥が鳴きだしたみたいだったのを。あれはなんていう曲なんだね」

「曲じゃないよ」

やっぱり人間が聞いているとめんどうだなと考えていると、登美はますます不思議そうな顔つきになった。

「まさか、あんたの笛が鳥たちを鳴かしたのかい。そういうことがよくあるのかい」

「鳥はたいてい寄ってくるんだ」

草十郎はむぞうさに言い、ひさびさに気分が明るかったので、もう少し説明する気になった。

「けものは、こういう場所へはやって来ない。おれが完全にひとりなら来るけれど」

もう一度驚きなおした様子で、登美は草十郎を見つめた。

「なんというか……まるで天の童子《どうじ》みたいな子だね、あんたは」

元服《げんぷく》をすませた自分に童子はないだろうと草十郎は思ったが、黙っていることにした。変わり者だと言われることには、もう慣れていたのだ。

笛を吹くときは何も考えない草十郎だが、湯につかっているあいだには、あれこれ思い浮かぶこともある。翌日もひと吹きした後で、ぽっかり浮かんだように考えた。

（……登美ばあに聞かせるくらいだったら、義平どのに、おれの笛を聞いてもらえばよかったな。あの人だったら、なんと言っただろう……）

負傷して動けなくなってから、胸の痛みをともなわずに義平のことを思ったのは、これが初めてだった。そして、今になってみると、どうしてそれほど鬱屈して考えたのか、もうわからなかった。

草十郎が三郎頼朝を助けるためにとった行動は、どう見ても武士として正しいものだった。そして、義平が後をふり返らず、東国《とうごく》で挙兵する目的に向かって歩いていったことも、やっぱり正しかった。だから、まちがっていたのは、先の望みがないとうじうじ考えたことだった。

体さえもとどおりになるなら、これからだって義平を追っていくことができる。正蔵から何を要求されようと、義平の居場所をつきとめるのに月日がかかろうと、何年後になってもかまわないと腹をくくるならば、彼のもとに馳《は》せ参じることはできるのだ。

そのときに、以前に戦《いくさ》をともにした者の顔を見て、じゃけんにする義平だとは思えなかった。

(どうして今までそう思えなかったんだろう……)

不思議でならなかった。心身が弱っていると長期の展望に目が開かなくなるものだと、初めて知った草十郎だった。今すぐ望みがかなうか、かなわないなら生きていたくないという、極端な選択しかもっていなかったのだ。

(とりあえず、山を下りたら正蔵と正面から話してみよう。ふてくされて逆らっても、何も進展するはずはなかった。あいつに助けられた事実は、どうあがいても消せないのだし……)

湯を出て岩に立ち、両手を広げて伸びをしてみた。矢傷の痛みはもうわずかになっていた。こだわりがとれたおかげで、体もいっそう軽くなったような気がする。なんとなく、いい気持ちで、草十郎は横笛をくちびるにあてた。さっきとは別の音調で鳴りだすことが吹く前からわかるようだった。

そのとき、笛の音が周囲との同調を拾い上げるよりずっと早く、近くで翼が空《くう》を打つ音が聞こえた。意識せずに見やると、すぐそばの岩の上に一羽のカラスが舞い降りていた。

カラスは翼をたたむと、くちばしで風切羽をなでつけながら、ちらちらとこちらを見る様子だ。草十郎は、気にとめずに吹きつづけた。鳥や動物は、彼の笛を聞くと好奇心を抑えられなくなるのだ。鳥たちは頭上の枝にとまり、けものたちは、草十郎に害意がないことを疑いながらも、少しずつにじり寄ってくる。

そして、ぞんぶんに聞き入ったときには草十郎の足もとにおり、彼とともに四方からの風を味わってから、静かにすばやく姿を消すのだった。鹿や兎《うさぎ》はいつでも好奇心旺盛だが、いつだったか熊がそうしたときには、草十郎もちょっと驚いた。

カラスもまた、草十郎の笛にひかれて来たようだった。耳をすませるように何度も首をかしげてから、ひと声鳴いた。

ぎょっとするあまり、めったにないことだが、草十郎は笛を中断してしまった。カラスの鳴き声が人間の言葉に聞こえたのだ。

「やっぱり、おまえだ。いやあ捜した捜した。武蔵《むさし》まで飛んでいったんだぜ。おばばに文句をたれに帰ったら、豊葦原《とよあしはら》じゅう捜し回っても見つけてこいだと。もう、ぐれてやろうかと真剣に思ったよ」

その声音《こわね》は少年のようにややかん高く、口調もまたそのように聞こえた。草十郎はまばたきをし、その一瞬は、もしかしたら頭の打ちどころが悪かったのだろうかと考えた。

カラスのよく光る丸い眼が草十郎をとらえた。

「なんて顔しているんだよ。前におばばに言われたこと、もう覚えていないのか。人間は頭が悪いって、本当なんだな。カラスだったら、忘れていいことと悪いことの区別がつくぞ」

取り落とす前にと思い、草十郎は横笛を口から離して両手に握った。

「……まさか、おばばというのは、おれが七つのときの、あの……」

「それだよ。そのときもいいかげんばばあだったくせに、今はもっとおっかないばばあに育っている。鳥彦王《とりひこおう》の血筋は、とにかく長生きだからしかたないとしても、百歳越えて、どうしてあんなに元気なんだよ。理不尽だよな」

カラスは一度羽毛を逆立てて、ぶるっと身ぶるいしてみせた。

「鳥彦王……?」

「うん。おれたちの血筋はカラスの中でも特別で、先祖は人間の童子《どうじ》の姿をした神さまだったから。だから、こういう特殊な力をもっているし、豊葦原に住むほとんどの鳥は、鳥彦王に忠誠を誓うものなのさ」

草十郎が考えたのは、カラスと神さまを結びつけると、義平が怒るだろうというくだらないことだった。あまりの事態に、思考がまともに働かないのかもしれない。

「……つまり、人の言葉をしゃべるカラス、ってことなのか」

丸裸で笛一つを手にして、カラスと会話するなんて、どう考えてもまともな人間のすることではなかった。小声で言いながら、情けなくなってきた。

目の前のカラスは、ばかにしたような声で鳴いた。

「あのなあ、人間の言葉を覚えるのなんて、ほんの片手間だよ。烏彦王は、真に豊葦原を支配する存在だ。ただ、その一環として人間ってやつを無視できないから、こうして一度は修行に出されるわけよ。ばかばかしいけどな」

草十郎の胸にある疑問が浮かんだが、なかなかたしかめる度胸がわいてこなかった。口を何度か開け閉めしてから、ようやくたずねた。

「前のカラスは、このおれに、『いつか御曹司《おんぞうし》に出会うことになるだろう』と言ったんだが。あれは、その、まさか……」

カラスは翼をさっと広げると、数回はばたきして喜びをあらわした。

「なんだよ、ちゃんと覚えているじゃないか。それなら早く言えよ。おばばが言ったのはこのおれだよ、このおれ。烏彦王の家系は、雌《めす》はよく生まれて長生きだけど、直系の雄《おす》が生まれるのはごくめずらしいんだ。そして、真に烏彦王の座につく資格をもつのは雄のカラスなのさ。そういうわけで、おれは生まれついての王のはずなんだけど、おばばの教育がやたらに厳しいのよ。カラスらしく求愛の季節に雌の一羽も追いかけずに、人間の生きかたを学びに出されるってわけよ。選ばれた存在って本当につらいよ。なあ」

明るく同意を求められ、生まれて初めて、開いた口がどうにもふさがらないという状態を体験した草十郎だった。

第二章　魂鎮《たましず》め

1

（昨日は、おかしな夢を見たような……）

朝の光に目がさめた草十郎《そうじゅうろう》は、いくらか自信なく考えた。

（夢でなければ、こんななりゆきはおかしすぎる。カラスが飛んできて、そのへんの人物よりよっぽど達者《たっしゃ》な口をきいて、おれに、『御曹司《おんぞうし》』とは自分のことだと宣言するなんて……）

その後カラスは飛んでいってしまい、午後はまったく現れなかった。まともにとりあったら、ただの変わり者ではすまなくなると、さすがの草十郎でも思わずにはいられなかった。目をこすりこすり、とりあえずは、起き抜けに湯を浴びてこようと思って小屋の戸を開ける。

屋根からカラスが舞い降りてきた。

「朝ごはんはもう食った？　なあ、ふるまってくれよ。はるばる遠くからおまえをたずねてきたんだから、そのくらいしてくれてもいいだろう」

丸い眼を光らせてカラスは言った。臆面《おくめん》もない態度だったが、この真っ黒な鳥に遠慮を表現する方法があるかどうかは、草十郎も知らなかった。

（やっぱり、しゃべっている……まちがいなく、しゃべっている……）

草十郎の当惑をよそに、カラスはさらに威勢よく言葉を続けた。

「おれの舎弟たちをつれてきたから、一つふるまってほしいんだよ。ほら、おまえは予定どおりに武蔵《むさし》にいなかっただろう。京《みやこ》へ行ったと聞きこんで、そちらへ行っても見つからなかったし。こんなへんぴなところで発見できたのは、他でもないあいつらが、身を粉《こ》にして東西に飛んでくれたからなんだ。おまえからもねぎらってやってくれよ」

しばらくつっ立ったまま黒い鳥を見つめてから、草十郎はしかたなく口を開いた。

「……カラスはいったい何を食うんだ」

鳥彦王《とりひこおう》は胸をふくらませた。

「人間の食い物くらい、なんでも食ってやるって。カラスの食い物で人間が食えないものなら多いけれどな」

吉左《きちざ》の娘は、いつも早朝にはやって来ない。そのかわり、晩には翌朝ぶんを見越してたっぷり持ってきていたので、小屋にはまだ飯の残った飯びつがあり、雉《きじ》の干し肉と栗がけっこう食べ残してあった。まだとまどいながら、草十郎がそれらを手にして再び外へ出てみると、平たい岩の上にカラスが七羽集まって待っていた。

草十郎が近づくと、カラスたちは七羽ともさっと飛び立って近くの松の枝に避難した。しかし、それ以上遠くへは行かず、期待に満ちた様子で見守っている。なるほどと心得て、草十郎は平たい岩に供物《くもつ》のように食物を並べた。

草十郎がその場を離れると、カラスたちは十分見すましてから舞い降りてきて、さかんについばみはじめた。夢中で干し肉をひっぱりあい、けんか腰で食べているところは、ふつうのカラスと変わらない。

（舎弟に対しては、しゃべらないカラスなのだろうか……）

どれがどのカラスだか、まったく見わけがつかないことに感心しながら見つめていると、カラスたちはまたたくまに食べ終わり、今度は未練なく飛び去っていった。草十郎がほっとして、自分も先に食事をすませてしまおうかと考えていると、元気な声がした。

「さあさあ、おれたちも朝ごはんにしようぜ。あれで全部ということはないだろう」

はばたいて降りてきたカラスを見て、草十郎はあきれた声を出した。

「おまえ……さっきの一団にいなかったのか」

「なに言ってるんだよ。鳥彦王が、あんなに行儀の悪い食べかたをしてどうするんだよ。だからあれは舎弟だって。血は遠いけれど、たいていのカラスよりは賢いやつらだから、おまえが気前よく肉をふるまってくれたこと、きっといつまでも覚えているよ」

カラスが食べ散らかした岩の上に、たしかに干し肉はひときれも残っていなかった。それを見やってから、草十郎はたずねた。

「じゃあ、おまえはどういう食べかたをするんだ」

ますます得意げになって鳥彦王は言った。

「決まっているだろう、ひと口分ずつ給仕してもらうんだよ。あ、それから、栗の実はきちんとむいてから出してほしいな」

こいつは本当に鳥の御曹司なのかもしれないと、草十郎も思わざるを得なかった。このカラスは、飯を食べるのに箸でひとつまみずつ差し出してもらいたがった。食べながら、少し言いわけするように鳥彦王は言った。

「おれだって、故郷を出たからには、いつでもこうするわけにいかないことくらい承知しているよ。でも、おまえに給仕してもらうのは悪くない感じがするものな」

「どうして、おれだと悪くないんだ」

「だって、おまえは、おばばがおれに見つくろった人間だし」

夢だと思うことをすっかりあきらめた草十郎は、こうなったら、カラスに向かって話しかけることに慣れるしかないと考えた。

「おまえのおばばは、なぜおれのところへ来たんだ」

「たまたまだと思うけどね。あのころのおばばは、宰相《さいしょう》として諸国漫遊していたし」

草十郎が栗をむくのを待つあいだに、カラスは首をかしげて言った。

「うーん、でも、もしかしたら、武蔵《むさし》の国には何かあてがあったのかな。十年も前から、おまえがそんなふうに笛を吹いていたとは思えない。これがおばばの先見の明なら、そうとうすごいものだよ」

「……やっぱり、笛のせいなのか」

あのカラスの言葉どおりに精進してしまった結果なのだと思うと、草十郎はなんだかため息が出た。

「そりゃあ、おまえの笛は、東部界隈でもっぱらの評判だもの」

「おれは、だれにも聞かせていないぞ」

「ばかだな、鳥たちの評判だよ。聞いたら病気が治ったと言いふらすやつがいてさ。

もう、うわさが先行してすごいすごい」

思わず手を止め、草十郎はカラスを見やった。

「鳥が？　鳥でもうわさ話をするのか」

鳥彦王は、ぶるっと羽をふるわせてみせた。

「ああ、やだやだ、これだから人間は。世界に自分たちしかいないと思いこんでいるんだっけな。まあ、いつまでも愚かでいてくれたほうが、おれたちに有利かもしれないけれど」

その口調にはむっとしたが、草十郎も思いあたらないでもなかった。

「……そういえば去年あたり、やけに集まっていたな。カラスとか……」

「うわさの伝達技術はカラスが一番さ。連絡網がもれなくととのっているし、人間専門とか、けもの専門とか、災害専門とか、本職が各種そろっているし。あとは求めに応じて、異種族への派遣特使とかね」

めんくらっている草十郎に、カラスは楽しそうに言った。

「だいたいさ、おれと七羽の舎弟くらいで、大八洲《おおやしま》の中から、どうやってここを捜しあてられたと思うんだよ。カラスの連絡網のみごとさを知れば、人間なんてひっくり返るぞ」

（たしかに、おれ自身、こんな場所にいることになるとは思ってもみなかった……）

草十郎は考え、あらためて不思議さをかみしめた。

「そうだ、おれがここにいるとは、だれも知らない。同郷の人間も京《みやこ》での知り合いも、最後に別れた右兵衛佐《うひょうえのすけ》どのでさえ……」

ななめに見上げて鳥彦王は言った。

「おまえがここで笛を吹くまでは、さすがのおれたちにも、戦後《いくさご》の足取りがつかめなかったよ。吹いてくれてよかったよ。阿呆な戦に参加したというから、捜そうとしたけれど、鎧《よろい》を身につけた人間がうようよいると、上空からでは識別できたものじゃないんだ」

草十郎は、むいた栗を自分でほおばることにした。

「阿呆な戦とはなんだ」

「あっ、ひどいな。最初から負けがわかっているから阿呆な戦じゃないか」

鳥彦王は、はばたいて抗議をあらわした。

「カラスのくせに、偉そうに、わかったふうなことを言うな」

草十郎が腹を立てたのを見てとって、黒い鳥は飛びはねながら訴えた。

「もちろんおれはカラスだけど、修行に出るために何年もしごかれてから来たんだぞ。人間社会の機構だって覚えさせられたし、有力人物の名前だって暗記させられたんだぞ。それに、今回京へ出むいて、大内裏《おおうち》育ちのカラスから直接なりゆきを聞きこんできたし。今回の争乱の大もとはあれだろう、京の上皇《じょうこう》が、雄《おす》同士なのにいけない寵愛をするから増長した藤原信頼《ふじわらののぶより》って人間が、自分の出世をじゃました信西《しんぜい》って人間を、上皇もけむったく思っているると見こんで殺してしまったら、肝心のおかたは信頼のことを見限って、逃げてしまったって次第だろう」

「なんの話をしているんだ」

完全に虚をつかれて、草十郎はカラスがまくしたてるのをぽかんと見つめた。

「この前の戦の話だよ」

「この前の戦は、源氏と平氏の闘いで、三年前の戦の遺恨を晴らすためで――」

草十郎はとまどって言いはじめたが、どう見ても弁舌はカラスのほうがうわてだった。わずかな隙にもう口をはさまれていた。

「だからさ、もちろん、保元《ほうげん》の戦の勲功で平清盛《たいらのきよもり》ばっかり出世したから、頭にきていた源義朝《みなもとのよしとも》を、信頼が自分と同じ立場だと言いくるめて味方につけたんじゃないか。けれども、もとがもとだから、信頼には上皇の寵愛しかよりどころがなかったって、宮中にくわしい雌ガラスが言っていたぞ」

「そんなくだらない風聞――」

言ってはみたが、草十郎にとっても、聞いてようやくうなずけることが多すぎた。馬から落ちた、美麗《びれい》な戦装束の右衛門督《うえもんのかみ》信頼。そして自分が、この戦の無謀さとばかばかしさを心のどこかで感じつづけていたことを、殴られたように思い出した。

草十郎が絶句するのを見やって、鳥彦王はすねた少年のように言った。

「おれの言うこと、うそじゃないよ。きちんと人間観察のできるカラスから聞いてきたんだよ」

「わかった……もういい」

草十郎はつぶやいた。しかし、もう、食べたり飲んだりはする気にならず、頭をかかえてしまった。

（ことが阿呆な戦なら、それがはじめからわかっているなら、義平どのの奮戦はなんのためだった。死んでしまった武士はなんのためだった。おれたちの味わった、あれほどの悲惨さやむごたらしさはなんのためだった……）

「草十《そうじゅう》」

鳥彦王が鳴いた。

「草十」

語尾が略されているので、草十郎は自分の名が呼ばれているとはなかなか気づかなかった。何度めかの呼びかけで、ようやく顔を上げた。

「え？」

「傷が痛むのか」

「いや……矢傷はもうかなりいいんだ……」

カラスは、草十郎のひざに乗りそうに近寄ってくると、くちばしを上げた。

「……あのさ、おれたちは、人間の知識ならそうとうくわしくもっているけれど、人間が、どういう気持ちでそれを行《おこな》っているかはほとんどわからないんだよ。その気持ちを学ぶために、おれはここへ来たんだ。一人の人間にとことんつきあわないと、それは身につかないものだって、おばばによくよく言われた。その一人を選ぶなら、草十のところへ行けって。おまえ、今、いやな気持ちなのか」

草十郎は認めた。

「うん、ちょっとね」

「おれが戦のことをけなしたから、いやな気持ちになったのか」

少し間をおいてから、草十郎は答えた。

「……おれは、武士として正しいことをしたと、ようやく思えるようになったばかりだったんだ。いつかは、義平《よしひら》どのを追っていこうと」

「そいつはだめだよ」

即座にカラスは否定し、草十郎は顔をしかめた。

「何がだめなんだ」

「おれは、おまえにとことんつきあうと言っただろう」

「それが何かを強制されることにつながるなら、おれのほうがおことわりだ」

「ああ、もう」

カラスは岩の上を飛び立つと、軒先《のきさき》の横木にとまった。そこは人の頭より高いので、相手のほうが見上げなくてはならないからだ。

「思ったより怒りっぽいんだな、草十は。おまえはいやな気持ちかもしれないけれど、おれ順番に言うから少しがまんして聞いてくれよ。おまえの行方がわからないから、おれはずっと京で待機して、あれこれよく知っているんだ。まず、藤原信頼は、戦の翌日には早くも河原で首をはねられたよ。仁和寺《にんなじ》の上皇のもとへ慈悲を乞いに行って、つき出されたって話だ」

「そうか……」

武人ではありえなかった男として、最期《さいご》の迎えかたまでまっとうしているようなのが、哀れでもあり情けなくもあると、草十郎は考えた。

「それから、源《みなもとの》義朝《よしとも》。こちらは尾張《おわり》の国まで落ちのびることができたけれども、やっぱり討たれてしまったよ。京へ首がもってこられたのは、人間の暦で言うと正月七日だ。なんでも首を持参した人間は、義朝の古くからの家来だそうで、それが主人を裏切って殺してきたというので、京の人間も驚いたようだよ」

「……討たれた？」

すぐには実感がなかった。まひしたような気分で、草十郎は義平が「寝返りの心配のない相手」と、青墓《あおはか》の遊女の話をしたことを思い出した。それでは、代々の家人《けにん》であっても寝返りはふつうのことだったのだ。左馬頭《さまのかみ》義朝は、とうとう坂東《ばんどう》へたどり着けなかった。

思わず頭を垂れると、重くて二度と上げられないような気がした。

「……首は一つだけなのか」

あまりに不明瞭な声でたずねたので、カラスに聞き返されてしまった。

「え?」

「首は、頭殿《こうのとの》の一つだけだったのかって、聞いた」

叫ぶようにくり返すと、鳥彦王は即座に答えた。

「二つあった。もう一つは鎌田《かまだ》のなんとかって」

(鎌田どのも亡くなられたのか……)

偉丈夫《いじょうぶ》だった鎌田兵衛《かまだひょうえ》を思い出せば胸が痛んだが、かすかにほっとしたことも否《いな》めなかった。御曹司《おんぞうし》たちではなかった。それでは三郎頼朝《さぶろうよりとも》は、義平について東山道《とうさんどう》を行ったのだろうか。顔を上げて問おうとしたとき、鳥彦王はすばやくはばたいて言いだした。

「草十、だからさ、後を追おうなどと考えてはだめだよ。源義平ってやつのしたことは、まったくもって狂気の沙汰で、自分ひとりで平氏を討ちとろうと京へ舞いもどってきたんだ。もちろんぜんぜん果たせなくて、とうとう生け捕りにされて、つい先ごろになって河原で首を斬られたよ。このあいだの二十一日のことだ。そんなことになるなら、行方をくらましていればよかったのにな」

今度こそ草十郎は息が継げなかった。鋭く吸ったまま、肺が石になってしまったかのようだった。耳ががんがんと鳴り、一瞬焦げたようなにおいをかいだ。

（うそだ……）

「草十？」

カラスが不思議そうにたずねた。

「草十？」

たいへんな努力をして、草十郎はたずねた。

「……今日は何日だ」

「二十五日。カラスは日を数えるのが得意だよ」

（四日前……たったの……）

草十郎が湯治に行けと言われた日には、義平は賀茂《かも》の河原に引きすえられていたのだ。

（何も知らなかった。感じなかった。どんな虫の知らせもなかった……）

そのことがなぜか、たいへんな負い目のように思えた。信じられないし、信じたくなかった。

だが、義朝の死を知った義平ならば、そのくらい捨て身の行動をとっても、まるでおかしくはなかった。草十郎が自分の命に執着せずにいられたように、彼も、いつのときでもあっさり手放せる人物だったからだ。父を裏切った家人《けにん》をかたきとするのではなく、あくまで平氏打倒に固執したところも、いかにも義平にありそうな決意に思われた。

悪源太義平は、いったいどこで義朝が討たれたことを耳にしたのだろう。何を考えていたのだろう。どうしてとらえられたのだろう。彼ならば、たとえ従う者が一人もいなくても、最後の最後まで闘って斬り死にすることを選ぶだろうに。

宿敵平氏に首を落とされる瞬間、彼は何を考えたのだろう……

苦痛とともに疑問が渦巻いたが、その奔流のためにかえって口に上らせることができなかった。草十郎はようやくもう一つ、短い問いを押し出した。

「首は、今、どこにある」

鳥彦王の答えはあっけらかんとしたものだった。

「どれも木に掛けてある。戦の首謀者たちは、謀反人だから木に掛けるんだって。あれって少し百舌《もず》のしわざと似ていると思うな」

草十郎にはそれが、京の獄門《ごくもん》のことだとすぐにわかった。信西入道《しんぜいにゅうどう》の首が掛けられたときには、草十郎自身も目にしているのだ。それを掛けたのは、信頼と義朝勢のほうだったのだから。すでに、鳥彦王の言葉を疑う気持ちはなかった。カラスから聞いた話だと笑うには、あまりにも内容が真にせまっていた。

（けれども、このまま確かめもせずにいることもできない……）

昼前、草十郎が湯を浴びているとばかり思ってやってきた登美《とみ》は、身づくろいをととのえ、毛皮や脚絆《きゃはん》までしっかり着こんでいるのを見て、びっくりした。

「どうしたんだね、あんた……」

登美の目に、草十郎は少々顔色が悪く映ったものの、今までにない鋭い表情を浮かべているのは確かだった。口調にもそれはあらわれていた。

「登美ばあ、おれは山を下りるよ。正蔵《しょうぞう》に会いたい」

2

草十郎《そうじゅうろう》が背筋《せすじ》をただした姿でのぞんだので、正蔵《しょうぞう》は、笑っている細い目をちょっぴりだけ見開いた。

「ほほう……よくなっているな。一番最初に見かけた顔つきにもどったじゃないか。

しかし、湯治に出かけて殺気立ってもどってくるとは、いったいどういうわけだ」

　草十郎は大きく息を吸い、気持ちをしずめる努力をしてから口を開いた。

「一つ聞きたい」

「なんだ」

「左馬頭義朝《さまのかみよしとも》が、この正月、尾張《おわり》の国で討たれたことを、おまえは知っていたか」

　正蔵はにっこりした――というか、ふだんの顔にもどった。

「京《みやこ》と尾張のあいだに住んでいながら、それを聞かないやつなどいないな」

「おれは知らなかった」

「病人だったからな」

「ちがう。おれが従者だと察したから、おまえがわざと教えなかったんだ。そうだろう」

　正蔵は、草十郎の後ろにいる登美《とみ》をちらりと見やった。登美はすばやく言った。

「あたしゃ言ってないよ」

「だったら、どうしてこいつは知っているんだ」

「夢で見たって言うんだけどね……」

　草十郎も、カラスから話を聞いたと言うよりは、まだそのほうがとおりがいいと考えたのだ。とやかくは言わせないことにして、固い表情をくずさずにたずねた。

「鎌倉悪源太《かまくらあくげんた》のことは知っているか」

すぐには答えず、正蔵はしげしげと草十郎を見つめた。

「おい、まさか、それも夢に見たと言うんじゃないだろうな。京の話が入ってきたのはついおとといで――」

「首が掛けられたんだな」

「おまえ、巫《み》体《こ》質でももっているのか」

すっかり驚いて正蔵は問い返し、草十郎はひざにおいた手を握りしめた。事実であることを疑っていなかったにもかかわらず、心のどこかでは、まだ一抹の望みをかけていたのだ。義平《よしひら》の処刑は、もう、どのようにも覆《くつがえ》せなかった。

がっくりすると、心なしか傷も痛んでくるようだった。草十郎はうつむいたが、ここで気持ちをなえさせるわけにはいかず、再び正蔵を見た。

「本人かどうか、おれのこの目で確かめたい。京へ行かせてくれ」

正蔵はしばらく無言だった。あっけにとられていたのかもしれないが、それが顔に出る人物ではなかった。

「自分のおかれた立場を、よくわかっての言葉なのか」

「わかっているから、こうしておまえに言いに来ている」

ひるまずに草十郎は言葉を続けた。

「おれの物の具《もののぐ》も、このおれも、おまえが好きに使っていい。故郷を一度は捨てた身だし、生きていることを知っている者もいない。だから、今だけは京へ行かせてくれ。だれもが死んだと納得したら、おれはもどってくる」

正蔵は腕組みをし、憤然と言った。

「そんな言いぶんが、偉そうにそのままとおると思っているなら、おまえはよっぽど世間を知らないぞ。だいたいそれが、人にものをたのむ態度か」

「頭は下げない」

草十郎は相手を見すえた。

「おれは、おまえに乞うているんじゃない。取り引きをしているんだ。死のうとするなら死ぬのは簡単だからだ」

「ほう――」

意外だったのか、正蔵はあごをなでながら草十郎を見つめた。それから、一語一語ゆっくり言った。

「そいつは、ちっと気に入ったかもしれん。おれたちが信をおくのは、何をおいても取り引きだ。どんなにしたり顔で、損得抜きだと請けあうやつでも、勘定をきっちり決めておかないと、あっさり裏切られるからな。中でも、人情を元手にするやつなどは最低だ。それがわかるようなら、おまえ、少しは見こみがあるようだぞ」

人情を元手にするやつとは、藤原信頼《ふじわらののぶより》のような男を指すのだろうか……と、草十郎はついつい考えてしまった。口をつぐんでいると、正蔵は腕をほどいて立ち上がった。

「登美ばあ、旅じたくをたのむ」

「行かせてやるのかい」

さすがに登美が意外そうな声を出すと、正蔵は笑顔で答えた。

「と、いうより、おれ自身が京へ出かけてみたくなった。年の暮れの争乱でかき回された情勢は、ぜひとも自分で押さえておきたいところだ。ぼつぼつ片づいたこのあたりで、様子を見てくることにする。何日か逗留することになるだろうから、そのような手はずでたのむわ」

以前に寝ていた隅の部屋にもどると、草十郎がひとりになるのを待っていたのだろう、鳥彦王《とりひこおう》が軒先に飛んできて、半蔀《はじとみ》のきわにとまった。そしてたずねた。

「考えていたんだけどさ。おまえ、源義平のなんだったの」

「なんでもない……関係はない。いっしょに戦をしたという、それだけだ」

草十郎がつぶやくと、黒い鳥はますますわからないというように頭をひねった。

「戦をした人間はたっぷりいたし、死んだ者も首をなくした者も、たっぷりいるじゃないか。だけどおまえは、義平の場合だけ、斬られた首を見ないと信じることもできないんだろう」

「首をさらす人じゃなかったんだ。そんなふうに死ぬ人じゃなかった……」

「それなら、見ると悲しいんじゃないのか」

カラスなりに思いやっているのか、鳥彦王は言った。草十郎も、自分がはたして見たいと思っているかどうかはよくわからなかった。ただ、見て納得しないことには、この先どこへも進めない気がするだけだった。

「ふんぎりをつけたいんだ」

草十郎が答えると、鳥彦王はうかがうようにその顔を見た。

「おれは、おまえが義平を追っていきたいと言ったことが、まだけっこう気になっているんだよ。あれこれ見境《みさかい》なく教えちまったけれど、おまえに義平みたいなことをされたら、おれは本当に困るよ。おれが学んでこいと言われたのは、自暴自棄になる人間の気持ちじゃないはずだもの」

正蔵ですら、ちらりと懸念をのぞかせていたくらいだから、鳥彦王の心配はもっともかもしれないと、草十郎も考えた。子どものような率直さでそう言われることが、どこかおかしくもあった。

「義平どのと同じことはしないよ。したくてもできない。平氏に遺恨があるのは、おれ自身のことではないし」

安心させてやろうとしてそう言うと、カラスは羽をくちばしで梳《す》きながら、まだ疑わしそうな声を出した。

「それならいいけれど。でも、それじゃ、草十《そうじゅう》はもとから遺恨もないのに殺し合いに参加したってことだろう。そういうのがわからないんだよ。じゃあ、なんで加わるんだよ」

「それは、おれが武家の生まれで、源氏の郎党《ろうとう》だからだよ」

草十郎は常識として答えたが、それからふいに、戦《いくさ》に参加した自分は、なんでもいいから認められたかっただけなのだと気づいた。

人を殺すだけの理由や資格があるかどうかは、考えてもみなかったのだ——と。


京への旅じたくをととのえるにあたって、正蔵は草十郎がもっていた脇差《わきざし》を返してくれた。けれども、黒漆《こくしつ》の太刀《たち》は渡してもらえなかった。

早くも取り上げられたと思って文句を言うと、正蔵はそうではないと答えた。

「おまえみたいなのがあんな大物を腰に差して、五条あたりをうろうろ歩いてみろ。

おれたちは盗人《ぬすっと》だと思われるか、京の盗人に盗ってくださいと言っているようなものだ」

「事実、盗賊じゃないか」

草十郎は言い返したが、正蔵は平気だった。

「とんでもないぞ。京へ出かけたとき、おれはまっとうな商《あきな》い人《びと》だ。盗賊にもシマがあって、同業のなわばりは侵さないものだからな。なんといっても京で稼ぐ同業は、いつでもひしめいている。おまえもへたにうろうろして、ひったくりにあったりするなよ」

湯治へ行くときに馬を引いた少年は、名を弥助《やすけ》といったが、今度も草十郎のお供として京へ向かうことになった。草十郎は、もう馬の口を取らなくてもいいと言おうと思ったのだが、あまりに弥助が喜んでいるのを見て、言い出す機会をなくした。

心酔しきった目で草十郎を見て、弥助は言うのだった。

「おれ、雑用でもなんでもするから、いつかあんたの秘術を教わりたいんだ」

「秘術——って、なんのことだ」

しゃべるカラスとつきあっているだけに、草十郎はぎくりとしたが、弥助が熱心に言うのは別件のようだった。

「もしもあんたがけがをしていなかったら、何人やられたかわからないって、おとうたちが言っていたよ。鬼神《きしん》みたいに強かったって。何か特別な技があるんだろう」

　草十郎は顔をしかめた。

「おれは、べつに……おれのけんか方法があるだけだよ」

「それでいいよ。あんたの弟子になるから教えてくれよ」

　盗賊一味のくせに妙に人なつこい弥助が、草十郎にはものめずらしかった。

　故郷の里で、草十郎は強くなればなるほど孤立を深めていった。他地域の若衆組《わかしゅぐみ》とけんかがあったときなどは、助っ人に狩り出されることもあったが、そういうときも、一目《いちもく》おかれはしても仲よくする者はいなかったのだ。

「親方は、あんたがみんなに戦法を教えてくれると言っているよ。でも、もう一番弟子はおれに決まりだからね」

（……おれの使い道は、そのあたりか）

　荷馬の点検をしている正蔵をちらりと見たが、弥助の言葉は聞こえていないようだった。しかし草十郎も、そんなところだろうと思わなくもなかった。正蔵が自分の手下を、まともな武士団に近づけようとしていることは明らかなのだ。

　だが、当面は何も言う様子がなかったし、草十郎も、身のふりかたについて考える余裕がなかった。弥助にはあいまいに返事をしておいて、彼らはごく平凡な商人の身なりをととのえ、荷かごを積んだ馬と六、七人の護衛を率いて京へと出発した。

勢多《せた》を渡ったときは、小雪の降る日のことが思い出されてならなかった。しかし、逢坂山《おうさかやま》を越えてしまうと、今度は初めて京に上った前年の秋が思い出された。低くつらなる山々が赤に黄色に色変わりするころのことだった。

そのとき草十郎は、京の貴人は紅葉狩りの風流を楽しむという話を聞いたが、へえと思っただけだった。冬じたくにいそしむ動物の気持ちは感得できても、葉っぱを愛《め》でる意味はよくわからなかったのだ。それどころではなく、明日からのすべてが不安と期待に満ち、体がはちきれそうになっていた。

今、街道の左右の景色には、寒さの中にも訪れる春のきざしがある。土手のひなたに蕗《ふき》のとうやナズナが顔を出し、里に近づけば白い梅の花が咲き匂っている。京の周辺では、ふつうの民家でも梅の木をよく植えているらしかった。

冬を迎え、冬が過ぎ去った、その四カ月のあいだにこれほど立場の変わった自分を、草十郎は思いやらずにはいられなかった。向かう京にぞくぞくする憧れをいだいた当時の記憶が、今では遠い昔のようだった。

五条の橋までやって来ると、六波羅勢《ろくはらぜい》に垣楯《かいだて》の材料として剝ぎとられた欄干や敷板が修理され、つぎはぎに新しいのが目をひいた。その橋を渡って都大路《みやこおおじ》を目にすると、草十郎の気持ちはさらに沈みこんだ。宿で一度体を休めたらどうだと正蔵がすすめたが、草十郎は首を横に振った。先延ばしにすることもまた、気持ちがゆるさなかったのだ。

供の男たちは馬と荷馬をつれて右京へ向かい、正蔵と草十郎と弥助の三人だけが、徒歩で通りを北上した。数日前の雨で大路《おおじ》はまだひどくぬかるんでおり、車のわだちが深くえぐれて、進むには歩くところを選ばなくてはならなかった。

三条大路まで上ってきたとき、正蔵がふと言った。

「そういえば、三条殿《どの》は焼け落ちたんだっけな。上皇《じょうこう》の御所《ごしょ》ともなれば、中にはさぞお宝がうなっていただろうな」

たいへん盗賊らしい感想をのべながら、正蔵は通りのわきにどこまでも続く高い築《つい》地塀《じべい》を見やった。広大な敷地の奥にある御殿なので、焼亡《しょうぼう》の様子などは大路から見えない。

「炎にまぎれて、うまく立ち回ったやつが必ずいるはずだな。御殿の襲撃なんてのは実質、大半の人間の目あてはそんなものだ。けれども、焼け出された女や子どもまで門を出さずに斬り殺したという話じゃないか。信西父子《しんぜいおやこ》がまぎれているからだそうだが、結局、信西入道は中にいなかったんだろう。殺しただけむだだったものを、まったくな」

草十郎にとってそれは、薙刀《なぎなた》をかついで走っていって、また走って帰っただけの夜討ちだった。敷地へ入ることさえしないままに終わっていた。けれどもあの夜、夜空いっぱいに立ちのぼった煙と、その空を赤く焦がして閃《ひらめ》く炎は、うっそうと茂る前栽《せんざい》や築地《ついじ》ごしにも見てとれた。胸がさわいだが、まだ右も左もわからず、どなりたてる人々に従っただけだった。

黙りこくっていると、正蔵はさらににこやかに言った。

「火に攻められ、表にも出られず、井戸に飛びこんで折り重なって死んでいたそうだ。京のうわさ話では、おまえたちが内裏《だいり》で勝手に論功行賞を行《おこな》っているあいだに、陰でこっそりと『井戸に官位をやればいい、井戸が一番多く殺した』と言った、愉快な高官がいたそうだぞ」

草十郎にはやっぱり何も言えなかった。

獄舎のある近衛大路《このえおおじ》は、大内裏《おおうち》の陽明門《ようめいもん》に通じる通りだった。この前の戦で、内裏《だいり》から打って出る勢《ぜい》と攻め寄せる六波羅《ろくはら》勢が衝突した場所の一つだ。ついにここまでやって来て、草十郎はあちこちに見覚えのあるものを見つけた。

どっしりした高い築地塀《ついじべい》が罪人を押しこめる獄舎をめぐっている。塀の表面にはひび割れが目立ち、柿葺《こけらぶ》きの屋根をもつ正門は白木のままみすぼらしい。門柱のわきには一本の樗《おうち》が植えてあり、塀ごしに葉の落ちた枝を見せていた。極悪人の首がかかげられるのは、この枝だった。

築地塀の前には人だかりがしていた。義平の首がかかげられて間もないため、まだ見物人がひきもきらなかったのだ。立烏帽子《たてえぼし》の男や杖にすがった老僧、袴《はかま》を高くからげた職人や市女笠《いちめがさ》に顔を隠した女までいる。

樗の木に掛けられた首のいくつかは、くずれてすでに面影がわからなかった。けれども、義平の首はまだ損なわれていなかった。それを認めてから、草十郎はすばやく顔をそむけた。長くは見ていられるものではなかった。

弥助が塀の下方を指差した。

「ねえ、何か書いてあるよ」

雨溝《あまみぞ》の手前に小さな立て札が立っていた。京ではめずらしくない、匿名の落書《らくしょ》だ。人目につく河原や触書《ふれがき》のそばに立つことが多いが、基本的にはどこにでも立った。目をすがめて読もうと努力していた弥助は、あきらめてたずねた。

「親方、なんて書いてあるの」

正蔵は読み上げてやった。

「これは歌だな。『下野《しもつけ》はきのかみにこそなりにけれ　よしとも見えぬあげつかさかな』ほほう、うまいものだ」

弥助は首をひねった。

「うまいのかな、そんな歌……」

「左馬頭《さまのかみ》はその官《つかさ》につく前、下野守《しもつけのかみ》だった。それで『紀伊守《きのかみ》』を『木《き》の上《かみ》』、『義朝《よしとも》』を『よしとも』にかけたんだよ。木の上になったのでは、よい出世には見えないとさ。そうとう気のきいたやつだな」

ひとしきり感心してから、正蔵はうつむいている草十郎を見やった。

「さあ、これでおまえも気がすんだだろう。なるべくしてなったたってわけだ。浮かばれない死人は多いかもしれんが、それは木に掛かっているやつばかりじゃないと覚えておけよ。もう行くぞ、こんな場所で嘆いていたら、役人に目をつけられるだけだ」

せきたてられ、肩を押されて歩きだしたが、しばらくはどこを歩いているかもわからない始末だった。いっそこのまま、再び何も感じない自分になってしまいたいと思ったが、それもまたできない相談だった。


京の区画のうち、賀茂川《かもがわ》寄りの左京区は、八条九条まで構えの大きな邸宅が立っている。だが、右京区へ移ると、水はけの悪い土地柄もたたって、とたんに住み着く人がまばらになった。正蔵が向かった右京の宿も、枯れ葦《あし》の茂る閑散とした場所にあった。

東《ひがし》の市《いち》付近の町屋がきゅうくつそうに軒を並べているのに比べ、構えは屋敷然としているが、もののけの一つも出てきそうな風情《ふぜい》だ。もとは中流貴族の用として建てられたものが、何かの理由で朽ちる一方になり、それを正蔵たちが細々と修理して利用しているらしかった。

草十郎にはどうでもよかった。板の間にほこりが積もろうが、壁の隅に蜘蛛《くも》の巣が張ろうがかまわず、床《とこ》を敷いて寝てしまった。弥助《やすけ》が心配してあれこれ言いに来たが、彼には登美《とみ》ばあの押しの強さがなかったので、食事にもとうとう手をつけなかった。そのくせ、眠れなかった。新月間近の爪のような月が、夜半を回ってようやく空に昇るころになっても、草十郎の目は冴えざえとしていた。そして、ついに苦しさに耐えきれなくなって、闇の中に起きなおった。

(だめだ、このままでは……)

放っておくことはできない。このまま何もしないでいることはできなかった。左馬《さまの》頭義朝《かみよしとも》が、あれほどまで源氏の首がさらされることのないよう心を砕いたのに、見物人が寄ってたかって見に来る木の上に、しかも、あざ笑いながら見に来る木の上に、すえておくことはできない。

手さぐりで袴《はかま》を引き寄せ、すばやく身につけた。しかし、おいたはずの脇差《わきざし》は見つからなかった。弥助が持ち去ったのだと思うと腹が立ったが、それでも思いなおすには至らず、何も持たずに外へ出た。今はじっとしていることができず、無性に駆け出したかった。

星明かりはかすかだったが、真の闇でなければ、草十郎はそれほど苦にしなかった。昼の光で一度見てある場所なら、段差もすべて思い出せる。すたすたと縁を歩き、草《ぞう》履《り》を探すのもめんどうに思って、素足のまま庭に飛び下りた。

「どこへ行くつもりだ」

いきなり問われて、さすがに驚いた。荒れた庭の暗闇の中、正蔵がぬっと立っていた。

草十郎は答えずに脇門《わきもん》へ向かおうとした。だが、すばやい身のこなしで正蔵が立ちふさがった。大きな図体《ずうたい》には隙がなく、草十郎も立ち止まらずにはいられなかった。

「どこへ行くと聞いているんだ」

「獄門」

投げやりに草十郎が答えると、正蔵は大きく息をついた。

「まだ引きずられているのか。よっぽどの阿呆だ。まさか、あの首をどうこうできると思っているんじゃないだろうな。取り返したがる輩《やから》の警戒もせずに、さらし首がおかれるものか。だいたい獄舎をなんだと思っている。隙間なく番兵がひかえていて、敷地に半歩入ったら即お縄《なわ》だ」

「あのままにできない」

「できないもくそもない。今から死人にしてやれることなど一つもない。だれがありがたがる？　あれはもう腐肉だ」

草十郎は歯をくいしばり、声を押し出した。

「そこをどけ」

「どかないね。おまえはまったくの阿呆だが、すでに、おまえの命にはおれの元手がかかっている。くだらないことをさせない権利も責任もある。だから、力ずくでも行かさんな。人を集めてふん縛《じば》られたくなかったら、まっすぐ部屋へもどれ」

落ち着き払って正蔵は言い、草十郎はかっとして殴りかかろうとしたが、その出はなにまた言われた。

「取り引きだと言ったのは、どこのどいつだ。みんな死んだとわかったら、好きにしていいと言ったんじゃなかったのか。ずいぶん都合よく忘れるやつだな」

（そうだ。正蔵が正しい……）

力が一気に抜けた。草十郎は握ったこぶしをゆるめたが、かかえこんだ苦しさをどこへやったらいいかはまだわからなかった。立ちつくし、必死に考えようとした。

「おれは……ただ……」

「悼《いた》むなとは言っていない」

正蔵は草十郎の肩をつかんだ。獄門の前でしたのと同じ、足をうながす行為だったが、そこにいくらかの同情がなくもなかった。

「それがどんな人間でも、悲しみ悼む者が必ず出てくることを知っていれば、むやみに人を殺すこともできなくなるだろう。おれの稼業は強奪だが、欲の皮のつっぱった連中が必要以上にふんだくったものを取り返すだけで、よけいな殺生《せっしょう》はつつしむことにしている。おまえも、そういうまっとうなことに自分の腕を生かすべきだぞ」

「どこがまっとうだよ」

草十郎は思わず言ったが、正蔵は意外と大まじめだった。

「自分のために生きているという点で、まっとうだな。おまえはいまだにそれができていない。できていないから、ものごとを見る目が育たない。獄門の木に首が掛かっている連中にも、ものごとが見えていなかった。京を牛耳《ぎゅうじ》っているやつらがどれほどしたたかか知りもしないで、踊らされた結果だ」

（踊らされた……）

憤《いきどお》るだけの気力は今はなく、草十郎は小声でつぶやいた。

「おまえも言うのか、阿呆な戦《いくさ》だったと」

「考えてみるんだな。おまえの頭はまだ胴体についているだろうが。寝返って今上《きんじょう》の帝《みかど》を六波羅へ運んだ京の貴族をどう思う。藤原信頼《ふじわらののぶより》を見捨てて口をぬぐった上皇のことをどう思う。内輪で下世話な、だが、権力争いだけにはた迷惑な、皇族貴族のけんかだったのさ。体を張って死んでいったのは、まったく別のやつらだがな」

「ちがう、無意味な死じゃない。義平どのは、最後まであきらめなかった……」

それがどんなに負け戦でも、明るい目をして立ちむかっていった、彼の果敢な行動が無意味なはずはないと言いたかった。けれども言葉は胸につかえ、かわりにあふれ出たのは涙だった。

自分に驚きながらも、草十郎はようやく苦しさのはけ口を見出し、本当は何をしたかったのかを理解した。泣きたかった——ただ、それだけだったのだ。

幼いころから、泣いてもなんにもならないとさとってしまった子どもだった。そのため、泣きかたも忘れてしまい、悲しんでいる自分にも鈍感になっていたのだ。だが、一度泣きだしたら止められなかった。

むせび泣く草十郎に、正蔵は何も言わなかった。黙って背を押して部屋へつれもどし、立ち去った。草十郎ももう逆らわなかった。ひとりになって、心ゆくまで泣いた。

3

朝になり、草十郎《そうじゅうろう》が反動でぼんやりしたまま、宿の荒れはてた庭を見つめているときだった。鳥彦王《とりひこおう》が飛んできた。

カラスは縁の板敷きにぽとりと着地すると、憤慨した声をあげた。

「草十《そうじゅう》、泣いたって本当か」

草十郎が無視を決めこむと、黒い鳥は翼を広げ、仰ぐようにはばたいて地団駄を踏んだ。

「どうして言わないんだよ。おれのいないところで泣くなよ。もう、たのみ甲斐《がい》のないやつだな。こちらが鳥目だと思って、夜中に出し抜くことはないだろう。そうとわかれば、おれにだって夜出かける方法はあるのに」

「勝手なことを言うな」

鳥彦王の大さわぎに、カラスにことわってから泣くんだよ」

「どこのだれが、カラスにことわってから泣くんだよ」

「おまえはそうしなきゃ。おれがこうしてわざわざ修行に来ているんだから。あのなあ、鳥は涙を出さないんだよ。けものだって泣きはしない。泣くのは人間だけだから、どうしても知る必要があるのに。けちだなあ、草十は。おれの前で泣いたからって、何かが変わるものでもないだろう」

おかしな理屈だったが、カラスは真剣に言うらしかった。泣いた泣いたと言いたてられて、草十郎はおもしろくなかったが、鳥もけものも泣かないという指摘には、なるほどそうだと思った。

「……おまえたち、たとえば、好きだったカラスが目の前で死ぬのを見たりしたら、悲しくなりはしないのか」

「悲しいさ、もちろん。だから、急いで決めなくちゃならないんだ。忘れることにするか、忘れるのをやめることにするか」

黒い丸い眼で草十郎を見やり、鳥彦王は言った。

「鳥が悲しむことに決めたら、何日ももたない。すぐに死ぬ。つれあいに死なれて、悲しんで死ぬやつはいるよ。死なないためには、忘れなければいけない。けものもたぶん同じことをするはずだよ。でも、人間だけは悲しいことを忘れないのに、死なない。泣くことを知っているからだ」

草十郎は少しばかり感心した。

「そういうものなのか……」

「鳥彦王の血筋は人間と同じくらい生きなくてはならないから、ぜひともその方法を覚える必要があるんだ。長く覚えていて、それでも死なないでいる方法。だからこのつぎは、おれの前で泣けよ。だいたい、おまえを泣かしたのはあの正蔵《しょうぞう》ってやつなんだろう。いけすかないなあ、あいつ、おまえのなんなんだよ」

カラスに詰問されて、草十郎はとまどったものの、ありのままに答えた。

「正蔵は、おれが死ぬはずのところを拾って生かしたんだ。今ここにいるのも、おれが食っている飯も、正蔵に負っている」

「ちぇっ、恩を着せられてるってところか。おれが来る前、ちょっとの間に先を越されたんだな。おもしろくないの。おれとおまえの縁は十年も前からあるって、忘れるなよ」

なぜか対抗意識を燃やすカラスにあきれながら、草十郎はゆうべ正蔵に言われたことを考えてみた。そして、自分がどこかで納得できたからこそ、ああいうはこびになったのだと思わざるを得なかった。

ためらいながら、草十郎は口を開いた。

「あの男、おまえが言っていたのと似たようなことを言ったよ。たしかに、おれには、ものがよく見えていなかったかもしれない」

「草十が未熟者だってことくらい、よくわかっているよ。人間の年なら巣立ちびな程度だって、おばばによく言われた。悔しいけれど、相手が百年選手じゃな」

鳥彦王の口ぶりにむっとしてから、草十郎は気がついた。

「……もしかして、おまえも年明けて十七歳なのか」

「カラスとしてはりっぱな成鳥だぞ。そういう意味では先輩だぜ。鳥彦王としては若いけれどな」

つまらないことでいばるカラスに苦笑して、草十郎は晴れた一日になりそうな空を見上げた。悲しみはまだまだ押し寄せてくるだろうが、自分は覚えていることができるし、記憶したまま生きていくこともできるのだと思った。

「おまえがおれから学びたいのは、泣くことなのか」

黒い鳥にたずねると、彼は板のはじにくちばしをこすりつけてから言った。

「ちがうちがう。もっと全般。こうって一概に言えないことばかりだよ。カラスの社会も鳥の中では複雑だけど、それでもこうまで入り組んでいないものな。そうだなあ、おまえの目でものを見るには、京《みやこ》もいい場所かもしれない。人が群れていて、こちらにはしんどいけれど」

ひと飛びで草十郎のひざもとまでやって来て、鳥彦王はやけにかわいらしく鳴いた。

「おれさ、もっともっとおまえのそばにいることにするよ。おれのこと、たよりにしろよ。都大路《みやこおおじ》でもどこでもついていってやるからさ」

喜ぶべき提案かどうかは疑問だった。

「おれとしゃべっているのを、他の人間に聞かれるのはまずいんじゃないか」

「あっ、それは平気。おれの声が聞きわけられるのは、草十の耳が特別だからなんだ。なんなら町なかで試してみるかい。ふつうの人間は気づかないよ」

「そうだったのか？」

「おまえの笛の音《ね》だって、ふつうの人間は全部聞きとれないよ」

「そうだったのか？」

草十郎はますます驚いた。それならば、鳥彦王のおばばが草十郎を特別に見つくろうわけもわかるというものだ。

「おかしいのは、おれのほうだったのか……」

一人で衝撃を受けていると、鳥彦王は楽しげに言った。

「町なかの問題は、だから、おれの話す声ではなくておまえの声だよ。これからは、腹話術でも覚えたら」


正蔵は、真夜中のできごとには知らん顔だった。草十郎を目にすると、おまえもそろそろ働けと言った。

彼の仕事がどういうものか、草十郎にはまださっぱりつかめなかったが、いつまでもただ飯食らいでいられるとは思わなかったので、雑用を命じられることに文句はなかった。

正蔵はごくふつうの商人のように、にぎやかな左京の通りに出店をかまえているようだった。この右京のぼろ屋敷にも、これから何人か客を呼ぶつもりらしい。

草十郎と弥助《やすけ》が言いつかったのは、とりあえず手入れの悪いこの宿をつくろって、客の接待に耐えられるよう、座敷や賄《まかな》いどころの準備をすることだった。することは雑多にあったが、重労働ではなかった。

弥助は相変わらず、子犬のように草十郎について回ったし、料理担当になった男も気のいい男で、草十郎たちに中食《ちゅうじき》の握り飯をふるまってくれた。こいつらは本当に盗賊なのかと草十郎がひそかに疑うくらい、のんきな雰囲気がただよっている。

鳥彦王はさらに気楽で、草十郎が握り飯をもっているのを確認したとたん、お相伴《しょうばん》に飛んできた。翼を鳴らして草十郎の肩に舞い降りるカラスに、弥助は飯つぶを口につけたまま飛びすさり、わあと声をあげた。

「このカラス、草十郎のなのか。いつからだ」

「この前」

しかたなく、草十郎は説明を加えた。

「……ちょっと、飯をやったことがあってね」

「飼っているのか」

「いや……そうでもない」

握り飯を少し取りわけて手にのせてやると、鳥彦王はもったいをつけてぱくりと食べた。それを見守ってから、弥助は押し殺した声で言った。

「よくできるな、草十郎。カラスは死体をあさる鳥なのに。真っ黒で不吉だし、カラスが鳴いた数はもうじき死ぬ人間の年齢だと言うよ」

鳥彦王は彼にくちばしを向けた。

「阿呆ながきだな、この丸顔は。カラスはもちろんなんでも食うさ。人間がこそこそ考えているきれいとか汚いとかは、おれたちには通用しないからな。この世界はそんなに小さな基準で回っているものじゃないと、カラスなら人間より深くまで理解しているからだ。不吉ってなんだよ。おまえたちだって、体に取りこむものは全部が死骸じゃないか。この飯つぶだって草の死骸だろう」

「おい」

まくしたてる鳥彦王に草十郎はあわてたが、弥助は特に仰天もしなかった。

「うわあ、こちらをにらんでいる。悪口がわかるみたいだ」

(弥助には、聞こえていないんだ……)

あらためてそれを目《ま》のあたりにすると、また奇妙な気のするものだった。カラスはさらにかさにかかってすごんでみせた。

「おいチビ、草十にしっぽを振ってもむだだぞ。おれとこいつのきずなは、おまえのようなゆきずりとはわけがちがうんだからな。じゃまするとと承知しないぞ、しっしっ」

草十郎はさすがに眉を寄せた。

「食べたら行けよ。おまえこそよけいだ」

「ふんだ」

鳥彦王は憤然とし、わざと草十郎の顔に風切羽をあててはばたいていった。先が思いやられる気のする草十郎だった。

（……どうしておれには、鳥彦王の言葉が聞こえてしまうんだろう。どうしておれは、カラスがもっともなことを言うと思ってしまうんだろう）

弥助の反応は、草十郎にもなじみがなくはなかった。カラスが鳴くと不吉に思うのは、故郷の武蔵《むさし》の人々でも同じだ。だが、草十郎は鳥彦王と間近に接して、不浄だという気持ちは少しもわいてこなかった。カラスの歯切れのよい口調はいつも明晰で、耳を傾ける値打ちがありそうだった。

（……こんなおれは、どうすれば自分のために生きられるのだろう）

ぼんやりと、木に掛かった首のことを考えた。正蔵はそれを腐肉だと言った。冷静になってみれば、事実だと認められた。鳥たちは、木の実もそれらもちがいなどは見わけずにつつくだろう。それも事実で、とがめられることではなかった。死んだ者は大地にかえることしかできないのだから。

けれども、そのことだけでは収まらない、どうしたって無邪気な鳥にはなれない、何ものかが草十郎の内にあることも確かだった。今でもそれは消えることなく、草十郎の体のどこかでくすぶっていた。

早朝の仕事が終わるとけっこうひまだとわかったため、草十郎はその時間を、故郷だったら毎日行《おこな》っていた武芸の訓練にあてることにした。負傷後の養生でそうとう体がなまったはずであり、夜中に駆け出したくなったことを思い返しても、もっと動かしたほうがよさそうだった。

したがって、つきまとう弥助にいやおうなしに教授するはめになった。

「とにかく慣れる、それだけだ」

他人を指導したためしはなかったので、草十郎にとって少々骨の折れることだった。出し惜しみをするわけではないが、うまく言いあらわすことができない。

「……弓を引くとき、体がまっすぐにとおらないとねらった的にあたらない。自分の体の『まっすぐ』を覚えるまで続けるんだ。両足で地面に立っていても、体はいつでもゆれている。弓を引けばもっとゆれる。馬に乗っても同じことだ。だから、一瞬のまっすぐを逃さない」

弥助は、草十郎が何を言ってもうんうんとうなずいたので、よけいにやりにくかった。弓の稽古が終わると、草十郎は少年に適度な長さの棒をもってこさせた。

「これも慣れだ。手に得物《えもの》をもっていると、素手のときとは体の中心がずれることがわかるまで、もって歩き回る。棒の先が自分の体の一部に感じられるまで、走り、振ってみる」

白木《しらき》の長棒《ちょうほう》を緩急自在にあやつる草十郎のなめらかさに、弥助は息をのんだ。

「すごいなあ……」

「得物はある程度重いほうが、感触がよくつかめるんだ。その、振られた重さに逆らわない。力をこめすぎて手にもつものに振り回されたら、自分のほうをそちらに寄せる」

大きく棒を振った草十郎がひょいと側転して平衡をもどすのを見て、弥助はあっけにとられた。

「草十郎。そんなの、ふつうにできないよ」

「そうか？」

しばらくやらなかったために思ったより早く息が切れ、草十郎は苦笑した。

「だから、おれのけんか法だと言っただろう。おれの場合、まともな組み打ちのほうが不利だから、手に得物が必要だったんだよ」

弥助は少しがっかりして手にした棒を見つめた。

「これじゃ、宙返りの練習からはじめなくちゃ……あんたって身が軽いんだ」

（そうかもしれない。そういえば、鎧《よろい》は重かったな……）

その重量で地面にぬい止められたみたいだったのを、草十郎は今にして思い出した。初陣の興奮と誇りで、それがさまたげになるなどとは考えもしなかったのだが。

鎧甲が性《しょう》に合わないとなったら、武士とは言えないのではないかと、ちらりと考えながら草十郎は弥助に言った。

「べつに、おれを見習う必要はないんだぞ。おまえはおまえのやりたいように訓練しろよ」

弥助はすぐにかぶりを振った。

「ううん、おれも宙返りの練習をする。だって、格好いいもん」

たまたま通りかかった正蔵が二人の様子を目にし、あきれた声を出した。

「おまえら、いったい何をやっているんだ。軽業師になるつもりなのか、傀儡子《くぐつ》じゃあるまいし」

弥助が言い返した。

「ちがわい、鍛錬だよ」

足を止めた正蔵は、草十郎を笑顔で見やった。

「そうだ、おれといっぺん手合わせしてみないか。いつかは試したいと思っていたところだ。出会ったときに使った、あの技を見せてみろよ」

草十郎は、正蔵の前で泣いた気まずさからそう簡単に立ちなおれなかった。彼を見るとふてくされたくなり、そっぽを向いて答えた。

「技なんかじゃない。相手の動きが見えたら、だれにだってできる」

正蔵は、仏頂面《ぶっちょうづら》の草十郎をしばし見つめてから、弥助にあごをしゃくった。

「おい、おれの木太刀《きだち》を取ってこい」

弥助が大さわぎをして木太刀を取ってきたものだから、まわりに人が増えた。正蔵配下の男たちも、これは見ものだと思って集まってきたらしかった。

庭土の上に大きな円が描かれる。円の外に先に出されたほうが負けになるのだ。ただし、刃物以外の得物《えもの》なら手にしていいし、それを捨てて組みついても、蹴っても殴ってもよかった。草十郎の故郷でもよく行《おこな》っていた、相撲よりもう少し荒っぽい試合だった。

草十郎は、そのまま白木《しらき》の棒を手にして円に入った。正蔵のほうが腕が長いのだから、もってしかるべきだった。相手は威信にかけても負けないつもりだろうと思うと、いくらか身がひきしまった。

正蔵が強いことは、もう知っていた。堂々とした体躯《たいく》でゆうぜんと立つ様子を見ただけでも、場数を踏んでいることがわかる。たいていの場合、草十郎は相手の図体が大きいとかえって闘争心がわき、腕力を鼻にかける相手をたたきのめしたくなるのだが、正蔵は図体ばかりとは言えないようだった。

（さて、どうする……）

草十郎はゆっくりと右回りに足を運んだが、考えたわけではなかった。頭で考えては足が固まってしまう。相手が強いと感じるときこそ、足の指を浮かせて、地面を踏まないつもりになることが大事だった。足指が縮こまることは恐怖心につながるのだ。

正蔵もまた右回りに歩を進め、距離を保ってしばらく間合いをはかっていたが、電光石火で打ちこんだ。しかも、正面から打ちこむと見せかけて、すばやく足払いに変えた。

草十郎は感覚でよけたが、高い跳躍はしなかった。飛ぶには地面を強く蹴らないとならないが、体にためをつくることが読まれる結果になるのだ。ふわりと避けて、体をねじりながら腕を伸ばし、正蔵の前腕をたたいた。

長棒であれば、わずかな振りでも効果が出る。だが、正蔵も上手によけて後ろに飛びすさったので、打撃には至らなかった。草十郎は、もう一歩を踏みこまずに待った。正蔵の拍《はく》をまだつかんでいなかったからだ。

「ほう、かかってこないのか」

ほほえんだ顔で正蔵は言ったが、たぶん笑ってはいなかった。そうとうな急拍の打てる人物だ。恵まれた身体《しんたい》のもち主だ。草十郎にそのまねはできなかったが、同じほど速くよけることなら可能だった。

正蔵の立てつづけの攻撃を棒の手もとで受け流し、受け太刀《だち》ばかりで線のきわに追いつめられるところを、うまくかいくぐって外に出る。それからしばしは、また間合いのにらみ合いになった。

草十郎は手にした得物をゆっくりと回して動いた。これは、自分にとっては足を居つかせない所作《しょさ》であり、相手の気を集中させない効果もあった。

乱拍子《らんびょうし》をつかむ瞬間というのは、相手の攻撃の出はなだった。そのとき僅差で前に出るためにこそ足を浮かせているのだ。地を蹴らず、体にためをとらずにそのまま飛びこむ。相手が読む前に読み、打たれる前に打つためだった。

手首を強く打たれた正蔵が木太刀を取り落とすのを見て、見物人がいっせいに意外そうな声をあげた。草十郎は、自分からさっさと円の外に出てしまった。そして、棒を地面について言った。

「これ以上はやらない。刃《やいば》をもっていたら、おれが勝っている」

弥助があきれたような口調で正蔵にたずねた。

「親方、どうして動かなかったの。今のは、草十郎に勝たせてやったの」

「いや、ちがうな……」

　正蔵もまた驚いた口ぶりだった。目をいくらか見開いて草十郎を見た。

「おまえは、いつでもそうやって闘うのか。そんなわずかな動きかたで」

「派手な見てくれが必要なときは、いくらでもやってみせるよ。けれどもあんたは、それでごまかすには強そうだったし」

　草十郎はかなりの本音で答えた。奥の手を見せてしまったからには、毎回出はなをとることはできないかもしれないと思う。あまり闘いたくない相手だった。

　草十郎がやめてしまったのを見て、弥助以外の見物人はぞろぞろと仕事へもどっていった。その半分かたは、正蔵が手加減したと思っているようだった。弥助もまた、いくらか不満そうに言った。

「試合だと宙返りしないじゃないか、草十郎」

「ふつう、実戦でやっているひまはないよ。何拍も隙が出る」

「せっかく練習するのに」

「体のためを知らないと、ためを逃がすこつもつかめないから、練習はむだじゃないよ」

　弥助に言い聞かせていると、正蔵が近寄ってきた。草十郎に負かされると怒り狂って、再度の勝負をせまる者がたまにいるが、正蔵は腹を立ててはいないようだった。ただ、奇妙なものを見たような表情をしていた。

「おい、おまえはさっき『だれにでもできる』と言ったな」

「言った」

体のためは、目で見てわかるものだ。手さばきも足さばきも、ためから放たれたとたんにどこへ向かうか、延長線上の場所がわかるものだ。

そう思っていると、正蔵は腕組みをして言った。

「どうやらおまえが知らないのは、自分が『だれにでもできる』ことをやってはいないことらしいな。今まで、そう言われたことはなかったのか」

草十郎は少しひるんだ。

「変わり者だってことなら、聞き飽きている」

「だれからも教わらずに、ひとりで身につけたのか」

ひとりで――その言葉がなぜかこたえた。草十郎はたしかにいつもひとりだった。師弟関係はもたず、兄弟分もいなかった。里の若《わか》者が全員そうしているように、若衆宿《しゅやど》にたむろして、毎晩いっしょに遊びに出かけることができなかった。同じ時間に、だれもいない丘へ登って笛を吹いていたのだ。

「……必要だったから訓練しただけだ」

口をつぐんだ後で、ぶっきらぼうに答えると、正蔵はどういうわけか手を伸ばし、草十郎の頭をかき回すようになでた。子どもにすることであり、草十郎がむっとしていると、相手は上機嫌で言った。

「おまえがもしかして、天狗《てんぐ》の弟子だったらおもしろいと思うところだったぞ。訓練で身につくものなら、ぜひともおれたちに伝授してくれ。役に立ちそうだ」


故郷を思い出してしまったことで、草十郎はしばらくふさいでいた。

（……どうやらおれは、他人にはできないことがいくつかできるらしい。そして、だれでも簡単にできることが、おれにはできなかったんだ）

自分が孤立していたのは、必ずしも仲間はずれが続いていたからではないと、本当はわかっていた。幼少期にはいじめもあったが、それなりの年齢になってからは、その気があれば加われたはずなのだ。気持ちが離れていたのは、里の人々ではなく草十郎――人並みにあたたかい交わりを求めないのは、草十郎のほうだった。ひとりで笛を吹くことのほうが、みんなに親しむよりも快かったのだ。

足立《あだち》の父や兄姉さえ、草十郎が本心から打ちとける相手ではなかった。自分から寄り添えると思ったのは、義平《よしひら》が最初だった。

その初めて見出《みいだ》した人物は、すでに斬首《ざんしゅ》されている――

くさくさして笛が吹きたいと思ったが、京にはその場所がなかった。人前で吹かないことが長くなって、今では吹こうと思っても吹けなくなっている草十郎だった。

一つには、笛を吹くとき自分が無防備になるとわかるからであり、もう一つには、吹き鳴らしたくなるような精妙な空間が、人家の周りに生まれないからだった。特に京の町並みは、どこへ行ってもその気になれそうになかった。人々や車輪のたてる騒音になじみすぎて、微細な共鳴などは呼び起こさなくなっているのだ。

もっとも、笛や太鼓の音曲《おんぎょく》は、ひなびた武蔵よりよっぽどたくさん耳にした。毎日どこかの寺社で縁日があるのかと思うくらいだ。覚えるともなく節回しを覚えることは多かったが、草十郎には別ものに思えてならず、あまり関心がもてなかった。

ぼんやりしていた草十郎の袖を引き、弥助《やすけ》がはずんだ声を出した。

「ねえねえ、河原で何か見世物をやるんだって。みんな歩いていくよ、行ってみようよ」

彼らは、言いつかった買い物で東《ひがし》の市《いち》のはずれまで来ていた。賀茂《かも》の河原は通り二本のすぐ向こうだ。すでに必要なものは手に入り、少しくらい足を伸ばしても不都合はなかった。

だが、草十郎は二の足を踏んだ。六条河原は行きたい場所ではない——その対岸に六波羅《ろくはら》の建物が見える。

「道草はだめだ」

「行こうよ、行こうよ」

弥助はこの機を逃せるかという勢いだ。彼にしてみれば無理もなかった。うまくすると、無料で遊芸《ゆうげい》見物ができるのだ。大勢を集めて評判をとろうと、人目に立つ河原で芸を披露する遊芸人がときたまいるのだった。

「行くならおまえ一人で行ってこい」

草十郎はすげなく言って帰ろうとしたが、唐突に思いなおしてきびすを返した。義平が首をはねられた場所は、処刑者が平氏なら六条河原しかないと思いあたったのだ。

「行くのか、草十郎」

「行く。見物はしないぞ」

「なに言ってるんだよ」

弥助はぶつぶつ言ったが、結局二人は並んで河原へと歩きだした。

通りの向こうの景色が開けると、けっこうたくさん人が集まっているのが見てとれた。土手の上から見下ろす人々が、大路《おおじ》のきわから並んでいる。とりあえずその人々に加わると、目に入る河原の平らな場所に、小さな天幕と何本かの杭が立ててあった。杭には縄をわたしてあり、舞台を小さな四角に仕切っている。そのまわりに見物客が頭を並べ、ぎっしりと取り囲んでいた。

簡素につくられた舞台が空白で、何も演じられていないのを見て、弥助は遠慮なくそばの一人にたずねた。

「ねえねえ、終わっちゃったの。これからやるの」

　町人らしい男が答えた。

「これからじゃないのか。みんな待っているようだし」

「何をやるの」

「お告げ下ろしとかそういうものだろう。熊野巫女《くまのみこ》がお神楽《かぐら》を舞うそうだ」

　はじめから興味のない草十郎は、さらに関心をなくして河原をながめた。義平の刑場がこの場所だったかどうかは、少し疑わしくなってきた。いくらなんでも、半月前に処刑が行われた同じ場所で、見世物を開くことはしないだろう。

（けれども、京はそういうところかもしれないし……）

　賀茂川の流れがゆるく、河原の幅が広がったこのあたりは、多くの軍馬が小石を散らして駆け回ったはずだった。血を流した兵もいたはずだった。その殺伐としたどよめきの名残《なごり》もぬぐいきっていないのに、京の人々は、もうこうして何くわぬ顔で集まれるのだ。

　草十郎がよそ見をしているあいだに、舞台では、小さな天幕から舞人《まいびと》がしずしずとすすみ出ていた。緋色《ひいろ》の打袴《うちばかま》をまとい、上の衣はすべて白い。そして、顔を衣と同じくらい白くぬり、常緑のかずらを頭に巻き、とき下ろした黒髪をひざ裏ほどまで垂らしていた。右手に金色の鈴を差し上げ、左手に鈴から垂らした五色《ごしき》の紐《ひも》をかかげている。

その鈴が、しゃらん、と鳴り響いた。

4

鈴が数回鳴ってから、草十郎《そうじゅうろう》はまるで夢からさめたようにはっとした。まばたきしてあたりを見回すが、すぐには何が起こったのかわからない。目をやった先では、緋色《ひいろ》の袴《はかま》をはいた巫女《みこ》がゆっくりと、縄を張った四角の舞台をめぐっていた。

天幕を立てた近くに楽人《がくじん》が三人座り、貧弱きわまりない音曲《おんぎょく》をかなでている。笙《しょう》と横笛と鼓《つづみ》。草十郎をゆり動かしたのは彼らではなかった。その音にはどんな力もなく、雑音だと言ってもよかった。ところが、彼らのかなでる拍子を完全に無視したかたちで、巫女の振る鈴が鳴っていた。鈍重に眠っている京《みやこ》の河原をつき破るほどの、鋭く清澄な響きをこめて。

（なんだ、これは……）

驚いて意識を集中して初めて、巫女が鈴を振る拍子がまるで、乱拍子《らんびょうし》のようなのに気づいた。そして、何かをたしかめるように足拍子を踏む、ひどくゆっくりして見える巫女の舞《まい》は、さらに別の何かを生もうとしていた。

巫女が動いた後にはひと足ひと足、くっきりと別の気配が立ち上がってくる。

目をこらしてみたが、視力のよい草十郎であっても距離がありすぎた。巫女の袴の動きはすべるようにしずかで、上から見ていたのでは細かいことがわからない。けれども、草十郎がこんなふうに舞に注目したのは初めてであり、おもしろいものだと思った。

（……舞というのは、それなりの意味をもつものだったんだな）

神事に女人《にょにん》の舞はつきものだ。草十郎であっても、今までに巫女舞《みこまい》くらい見たことがあった。巫女は社《やしろ》の拝殿で舞うこともあるし、地域の娘たちが潔斎《けっさい》して、特別な日に大勢で舞うこともある。それらは神に奉納するためのものであり、神を喜ばせる遊びだから、神聖なものであることは確かだった――男の草十郎には、あまり関係がなかったが。

草十郎がおもしろいと思ったのは、同じことをすれからしの河原で演じる者がいることであり、それなのにやっぱり、独自の清浄さを感じさせることだった。舞人《まいびと》の周囲は、たしかにそこだけ気配を変えていた。

河原の広い空間で、楽奏の音《ね》は絶えだえにしか聞こえない。だから、巫女の鈴の音《ね》に力があるとすれば、舞うことに力があるのだとしか思えなかった。

白ぬりにした舞人は、遠くからでは年齢が見てとれない。手先の様子などは乙女のようでもあるが、神がかりする人につきものの老成した威厳もそなわっている。なんであれ、見物するつもりのなかった草十郎まで、いつのまにか見入っていたことは確かだった。

澄んだ鈴の鳴る拍子が、いかにも耳に快かった。何を数え、何を踏まえて鳴らしているのか、拍には直感をもつ草十郎にも読みとれない。けれども、なぜかたいへん的確だと感じられた。しゃらんと鳴る響きを聞くと、自分でも気づかなかった胸のつかえが落ちていくようだった。

「へえ、なかなかいいじゃないか。ただの遊行巫女《ゆぎょう》にしては」

「べっぴんなら、ありがたがってもいいな」

「おいおい、やめておけよ。なにしろここは……」

草十郎の周囲では、見物人が軽口をたたきあっている。これはやっぱり、神事ではなく見世物なのだった。町人の遊芸人《ゆうげいにん》に対するさげすみもその中に感じられ、草十郎は、一心に舞う舞人が少しばかり気の毒になった。

そのとき、見物人のざわめきをつき抜けてだれかが大声で叫ぶのが聞こえた。

「六波羅《ろくはら》が来たぞ」

あっというまにその場の空気が壊れた。舞台上の巫女がだれよりも早く反応したからだ。彼女は飛び上がり、舞の優雅さをかなぐり捨てて天幕へと駆けこんだ。

何が起きたのかわからず、草十郎が目をぱちくりするあいだにも、舞台を囲んでいた見物客が四方八方へ逃げ散りはじめる。その向こう、五条渡りのほうから、騎馬武者が三騎ばかり馬を走らせてくるのが見えた。鎧などは身につけていないが、それでも十分剣呑《けんのん》ではある。

彼らは興行場所にたどり着くと、もたもたしていた河原の人々を手にした鞭で殴りつけ、杭や天幕を足蹴《あしげ》にしはじめた。

「逃げろ――」

土手の上の人々も散りはじめたが、こちらは殴られるには距離があるので余裕があった。その場を去りながらも、おもしろいものを見たと思う様子がありありとうかがえる。

「草十郎、行こうよ。もう危ないよ」

彼がいつまでも動かないので、弥助《やすけ》がしびれを切らして腕を取った。確かに周りにはだれもいなくなっていたが、草十郎は、平氏の従者がだれもとらえずに引き返すのを確認するまではその場にいた。舞人たちがどのようにして逃げたかは見てとれなかったが、いち早く姿をくらましたことは確かだった。遊芸人たちは、明らかに六波羅の不興を承知で行《おこな》っていたのだった。


「おれも見ていたよ」

鳥彦王《とりひこおう》が言った。

「草十《そうじゅう》が意地悪だから、そばに寄らなかったけれどさ」

「根《ね》にもつやつだな、おまえも」

草十郎はあきれたが、軒下の竿にとまったカラスはすましていた。

「六波羅の連中が、たてつかれたと思うのは当然だよ。あいつらはあのあたりで、藤《ふじ》原信頼《わらのぶより》の首も源義平《みなもとのよしひら》の首も斬ったんだもの。それを祭らなければならないって、熊野巫女《くまのみこ》が託宣したなんていうのは、非難されていると思うしかないものな」

「それなら、やっぱり、あの場所だったのか……」

鳥彦王は身を乗り出すと、たまっていた話にうずうずする様子で言いだした。

「聞いてくれよ、すごいぞ。大内裏《おおうち》の雌ガラスが言うにはさ、京では、嵯峨《さが》天皇の代に藤原仲成《ふじわらのなかなり》って謀反人《むほんにん》が死刑になって以来、二十五代のあいだずっと死刑は廃止されていたんだと。それなのに、三年前の保元《ほうげん》の戦《いくさ》にまたはじまったんだと。今の上皇が帝《みかど》だったときだよな。賀茂の河原に、見せしめに殺す場所など、どこにもありはしなかったんだよ。そのうえ、わざわざ白昼に町民が見ている前で処刑するなんて、今回斬られた二人が初めてだと言っていた。それを平氏がやっちまったんだからな。草十、たたり――ってなんだかわかるか。怨霊とかは」

「……わかるよ」

草十郎は言葉少なに答えた。義平がどれほど無念だったかが胸にせまり、あれこれ言う気が起きなかった。

「おれには、まだよくつかめないんだけれど、大内裏《おおうち》の雌ガラスもそういうのに慣れきっているのな。たたりがあるにちがいないって言うんだ。人間は死んだ後にも、好きなようにいろいろなことができるのか。おまえの義平も」

「できるかもしれない……」

草十郎は口の中でつぶやいた。

「カラスはそういうの、信じないぜ。死んだやつを尊敬することはあるけれど。でも、なぜ尊敬するかというと、生きている者の食べ物になってみんなを救ってくれるからで、何かしでかすとは考えにくいなあ――あっ、そうか」

黒い翼をはためかせて、鳥彦王は一大発見をしたように言った。

「死んだやつがまだ何かしでかすと思っていたら、落ち着いて食えないじゃないか。だから、人間は人間を食わないんだな」

カラスの発見は聞かなかったことにして、草十郎はたずねた。

「あそこで舞っていた遊行巫女《ゆぎょうみこ》……熊野巫女だという話だったが、あれはどういう巫女なんだ」

「河原にいるのは巫女ではなく芸人だよ。巫女はお社の中にいる」

カラスの指摘は明快だった。草十郎も確かにそうだと思うのだが、それにしては威厳をもっていたような気がした。それに、平氏にどう思われようと、処刑された人々を祭る行為を行おうとしていたのだ——中断されてはしまったが。

(おれだって、何もできないのに……)

草十郎は考え、体の内でもやもやしていたものはこれなのだと気がついた。死んだ義平のために——義平の鎮魂のために、何一つできないでいることなのだ。

草十郎は鳥彦王に感想をのべた。

「あれが巫女でなく芸人であっても、鈴の拍子はすごかった。あの世まで響きそうな、そんな迫力があった」

「あの世ってどこだ」

「死んだら行くところだ」

鳥彦王は頭をひねった。

「つまり、草十は、死んだ義平にはまだあれこれ見たり聞いたりすることができて、——

鈴の音《ね》を聞くこともできたかもしれないと、そう思っているんだな」

あまりにも不思議そうに言われて、草十郎は思わず小さく笑った。

「うん……自分のためかもしれないけれど、そう思っているんだ」


河原で鳴っていた鈴の音が忘れられなかった。草十郎は武芸の訓練をしながらも、前日の河原の様子が浮かんできて集中できなかった。

あれは芸を売る人々の、名を高める行為なのだと、くり返し考えてみた。それでも、彼らが人々に恐れられる平氏を相手どり、処刑された人々を哀悼してみせた事実には変わりがなかった。

気がついたら、右京の屋敷を抜け出していた。片ときも離れようとしない弥助にすら、けどられないうちだった。

草十郎は神仏の祭や儀式にくわしくない。地元の例祭や近所の弔いを手伝わされたことはあっても、それが何を意味するのかよくわかっていなかった。型どおりに行う何かだとばくぜんと思っていただけだ。

目には見えない神仏や、目には見えない死者の霊魂のために何かをする行為に、意味がある気がしたのはこれが初めてだった。

（死者のためなのか、生きている自分たちのためなのか、わかるわけじゃないが……）

六条河原へ行ってどうなると思ったわけではなかった。六波羅《ろくはら》の武士に手ひどく追い払われた昨日の遊芸人《ゆうげいにん》が、同じ場所にいるはずもない。ただ、鳥彦王の話を踏まえてもう一度、賀茂の河原をながめてみたかった。

屋敷を離れたところで、鳥彦王がはばたいてきて草十郎の肩にとまった。

「どうしたのよ、めずらしくひとりで」

「ひとりになりたいからだ」

草十郎はきっぱり答えた。

「おれがいてもひとりだろう」

「いや、おまえはうるさい」

「ちぇっ、わがままなやつ」

カラスは不機嫌に言うと、また飛び去っていった。

六条河原まで来たとき、土手の上に昨日と同じかそれ以上に人が立っているのを見て、草十郎はびっくりしてしまった。思わず、昨日の弥助のようにその場にいた人にたずねる。

「まさか、今日も巫女舞《みこまい》があるのか」

「ちがうんだな、これが」

つれ立った男たちがにやにやして草十郎を見た。昨日も今日も見に来た野次馬がここにもいると言わんばかりの顔だ。

「これからはじまる見世物は、白拍子舞《しらびょうしまい》だそうだ」

「白拍子？」

草十郎は聞いたこともなかったので、めんくらった。

「今様《いまよう》の最先端だよ。まだ見たことがないなら、拝んでおくといいぞ」

「しかし……この場所で行《おこな》っては、今日もまた六波羅に殴りこまれるんじゃないか」

「そのときはそのときだよ。また逃げればすむことさ」

男はこともなげに言った。京の住人というのは、見物するほうもされるほうも、よくよく騒動に慣れているらしかった。たくましいものだと思いながら、草十郎は土手を下り、今回は舞台のすぐ近くまで行ってみた。

仕切った縄の内側を、兜巾《ときん》をかぶり輪袈裟《わげさ》を衣に掛けた山伏《やまぶし》姿の男がゆっくり回っている。よく見ると、笠を差し出して見物客から何がしかを受けとっているのだった。数珠をかかげて拝み、お布施を受けとる修行僧そのままなのが、このような場所ではうさんくささの極《きわ》みに見える。

無理に乞いとろうとはしない様子だったが、最前列に並ぶなら、やはり何か出さないと気まずかった。草十郎はふところをさぐり、宋銭《そうせん》をいくつかもらっていたのを思い出して、ほっとして前に出ることにした。草十郎はまだ慣れなかったが、正蔵たちは貨幣をたくさんもち、それで買い物をすることを好んでいたのだ。

とはいえ、そこまで興行を見たいかどうか、今は疑わしくなっていた。草十郎が気にしていたのは神事の舞であって、京の最新の流行ではない。それでも、平氏がこれをいつ阻止しに来るかは見とどけたい気がして、待つことにした。

ひと回りした山伏は、天幕のわきへもどって敷物の上に正座する。そして、おもむろに鼓《つづみ》をかまえ、もったいぶったかけ声とともに打ちはじめた。囃子方《はやしかた》もこの男がつとめているのだ。見たところ、今日は笙《しょう》を吹く者も横笛を吹く者も座っていなかった。

昨日に懲りて逃げられてしまったのかもしれない。

ほどもなく、天幕の垂れ布が持ち上げられ、舞人《まいびと》がゆるやかにすすみ出てきた。

昨日とのあまりのちがいに、草十郎は思わず目を疑った。

扇を手にして出てきた舞人は、立烏帽子《たてえぼし》に水干袴《すいかんばかま》の男姿だったのだ。

重ねの衣は浅葱色《あさぎいろ》、袴地《はかまじ》は縹《はなだ》の紋入り、水干《すいかん》は袖くくりに赤の平紐《ひらひも》を通し、文様を浮かせた雪白《ゆきしろ》だった。烏帽子をいただく頭髪はつややかに流れ落ち、顔には薄化粧をほどこしている。白粉の下に透いて見える桜色の肌から、舞い手が少女であることは明らかだった。

年のころは十五、六といったところだろうか。見ようによっては少年と思ってもおかしくない、媚《こび》のない表情をしている。しかし、草十郎が最初に感じたのは、ひどく無防備に見えるということだった。

男装することで、少女はその正体を隠すどころか、かえってきわだたせているようなところがあった。華やかな女の衣装もなしに、その性別をさとらせてしまうものは、少女本人のもつ美質――桜色に匂う肌であり、繊細にかたちづくられた目鼻であり、光る髪筋や、かぼそい首と指先だった。これらを無遠慮な人々の目にさらしてしまうことは、ひどく惜しみのない行為に思える。

舞人は閉じた扇でまっすぐに前を示し、たしかな足取りで進み出た。そして舞台の中央まで来ると、数度続いた鼓の後に、独自の足拍子を重ねて舞いはじめる。そして、袖をひるがえした後、澄んだ高い声で歌った。

よろずを有漏《うろ》と知りぬれば
阿鼻《あび》の炎も心から
極楽浄土の池水《いけみず》も
心澄みては隔てなし

少女にしか出せない高声《こうせい》であり、鈴のように遠くまで響きながら、鈴とはまったくちがう色合いをおびていた。柔らかで、澄んだ張りとしなりがあり、かすかなふるえとともにとおっていく。

草十郎は体を打たれたような気がした。鈴の音の比ではなかった。そこにははっきりとした人の思いがこめられている――祈りや、願いや、憧れや、悲しみや。うとい草十郎であっても、この少女が鍛えられた声のもち主だということはわかった。広い河原をものともしないことからしても、ふつうののどではなかった。

見物人たちはみるみるしずまった。しんとなった周囲に鼓を打つ音が鮮明に響く。舞人《まいびと》はさっと扇を打ち開くと、蝶の羽のように軽く舞わせながらくり返し歌い上げた。

よろずを有漏《うろ》と知りぬれば
阿鼻《あび》の炎も心から
極楽浄土の池水《いけみず》も
心澄みては隔てなし

（たぶん、同じだ……）

あまり自信はないながらも、昨日の巫女と男装の少女は同じ舞い手だろうと見当をつけた。振る袖の動きから、舞人が動いた足あとから、同じ清浄さが生まれ出すのがわかるのだ。もしかすると、昨日以上にはっきりしているかもしれなかった。それは、少女が昨日以上にその身をさらし、天に捧げているからだった。

（これもやっぱり、祭なのか……）

白拍子舞《しらびょうしまい》を見たのは初めてだが、鼓だけをとりあわせた即興に近い舞で、舞う本人の技量がものを言うことが感じられた。

人々を強く魅了することで、彼女は何かを行おうとしていた。その舞は、けっして神がかりのような忘我の舞ではなく、精妙にとぎすまされた拍子をはかっている。

草十郎は思わず考えた――出はなをとろうとしているようだと。舞の足拍子からして、宙に浮いたような踏みかたがそっくりだった。そういう他人を見たことがなかったので、その点一つをとっても注目に値した。それから、少し気がついた。自分ならば他者を攻撃するこの足拍子を、少女は他者を引き寄せるために使っていることを。

しかも、舞人が引き寄せようとこころみているのは、周囲の見物人ばかりではなく、それよりも困難な何ものかの耳目《じもく》だった。

もしかしたら、それは、この世を離れた者の耳目なのかもしれなかった。

(この場で処刑された者の……)

そこまで思い至って、草十郎はぞくりとするものを感じた。思わず周囲の気配をうかがい、そうして初めて、この場所には共鳴をさそう空間ができていることに気づいた。京にはどこにもないと感じていた、笛をぞんぶんに吹き鳴らすことが可能な、繊細にふるえる空間が舞台の周りにできあがりかけているのだ。

白拍子舞の少女が歌と舞でこれをつくり出したとしか、考えられなかった。

少女が一つの舞《まい》を舞い終え、閉じた扇がゆっくり下がると、縛りつけられたようだった見物席の緊張がふとゆるんだ。その隙に、草十郎は意を決して天幕のほうへ向かった。舞人にはさすがに声をかけられないが、鼓打ちをしていた山伏の男なら話せそうだと思ったからだ。

草十郎に肩をたたかれて、鼓の男はけげんそうにふりむいた。ばかげた申し出に聞こえることはわかっていたので、草十郎はとにかくそのままを言った。

「笛を吹いていいか」

「ああ？」

片方の眉を上げ、男はやっぱり思いきり不審げな顔をつくった。

「おぬし、どこの者だ」

「六波羅《ろくはら》ではないことだけ言っておく。ぶちこわしにするつもりはないよ。ただ、笛を吹きたいんだ」

「飛び入りなどいらん。いなかの田楽《でんがく》じゃあるまいし、何を考えている」

鼻あらしを吹くと、山伏の男はけっこう荒々しかった。もう若くはない年で、造作《ぞうさく》の大きな赤ら顔にひげが濃く、手出しの早そうな印象だった。草十郎にけんかをするつもりはなかったが、つい口がすべった。

「ことわったのは、いきなり割りこむのは悪いと思ったからで、おれはどのみち吹くよ。吹いてもあんたには止められないだろう」

男はいきりたって立ち上がり、草十郎の胸《むな》ぐらをつかんだ。

「ふざけるな。御前《ごぜん》の妙技は、本来だったらこんな場末にかかるものじゃないんだ。身のほど知らずのお調子者が――」

「日満《にちまん》」

鈴を振るような声が、非難をこめて山伏の名を呼んだ。二人のそばに水干袴《すいかんばかま》の舞《まい》人《びと》が歩み寄ってきた。

　間近に来ると、少女は意外に小さかった。草十郎はそのことに驚いて、思わず見つめた。舞台で袖を振る姿は周囲を圧して見えたのに、舞っていなければずいぶんと体つきはきゃしゃだ。

　だが、わずかも動じずに草十郎を見つめ返す態度は、故郷の十五、六の少女にはないものかもしれなかった。その瞳は切れ長でつやをおび、くっきりと見開かれている。

「わたしには時間がないの。あなたにもそれはわかっているでしょう。お願いだから、じゃまをしないで」

　少女の固い口調には、一歩もゆずらないものがこめられていた。とはいえ、草十郎にも引き下がれないものはあった。

「六波羅に追い払われる前に、届かせたいんだろう。まだ、届いてはいない——それが、おれにもわかるんだ。おれも届かせたいと思う」

　草十郎が言うと、少女は一瞬息をのみ、面《めん》のように無表情になった。

「そのために、ここで舞っているんだろう」

　他人を説得したことなどほとんどない草十郎には、うまく言葉にする自信がなかったが、言わないわけにもいかないので続けた。

「じゃまをするつもりはないが、じつはわからない。どういうことになるか、おれにも言えない。それでも、おれはここで笛を吹きたい。どうしてもできないと思っていたのに……あんたが舞うあいだは笛を吹くことができそうなんだ」

山伏は草十郎をつかんだ手を離していたが、警戒をとかない様子で口をはさんだ。

「では聞くが、おぬし、囃子《はやし》の経験はどのくらいある。座は。流派は」

「人前で吹くのは初めてだが」

「話にならん」

憤慨した男が、手を大きく振って草十郎を追い払おうとしたとき、少女がまた呼び止めた。

「日満、もういい。あとひとさし舞ったら最後だと思うの。六波羅の衆も止めに来るだろうし、わたしにはたぶんそれが限度だから。この人には好きにさせましょう」

「御前……」

男は不服そうにうなったが、少女の決定は絶対であるらしかった。しぶしぶながら鼓のおき場へともどる。少女のほうは、もう少しのあいだ草十郎を見つめてから目をそらし、感情を抑えた声でつぶやいた。

「昨日は鈴がよくとおったから、できそうな気がしたの。けれども、その先がとてもむずかしいのよ……届かせるには、天を開かなくてはならない」

自分に向かって言われなかったような気もしたが、草十郎はとりあえず返事をした。

「開けばいい。必要なら」

やがて、山伏の男がさっきよりやや急拍子で鼓を打ちだした。憤懣《ふんまん》がその勢いになっている様子でもある。舞台の中央に再び立った舞人は、ひらりと一回転してから、また異なるしらべを歌い上げた。

暁《あかつき》 しずかに 寝覚《ねざ》めして
思えば 涙ぞおさえあえぬ
はかなくこの世を過ぐしても
いつかは浄土へ参るべき

声はさらに澄みきって美しかった。祈りの心が重なっていくのが感じとれるようだ。

(やっぱり、そうだ……)

草十郎は、今は吹けることを確信して横笛をくちびるにあてた。

舞人がその身をさらし、自分の体で共鳴させているからこそ、この空間は清められているのだった。そういう尋常でない力量をもつ人間が、広い世間には存在していたのだ。

少女が歌をくり返したのに合わせて、草十郎は息を吹きこんだ。ただし、吹きはじめるといつもと同じく、いろいろなことが考えられなかった。

もとから、節回しなどは気にしたことがないので、ただ目の前の舞と共振することだけを求めて吹いた。それはむずかしいことではなかった。すでにこの場所には彼女の歌と舞が満ちている。

笛の音は、拍動を深めて完全な調和へもっていくが、音色そのものの意志はほとんどもっていないものだった。無心になることで、草十郎にはそうした笛を吹くことができた。けれども、ここに初めて、草十郎は強い目的をもった存在への共鳴を見つけ出したのだ。哀悼し、なぐさめ、傷を癒して送り出す意志――

自分はこのようにしたかったのだと、感じずにはいられなかった。義平の存在が、すぐそばに感じとれるような気がした。

天が開く――

四方から風が寄せてくるなじみの感覚とともに、光る花びらのようなものが舞い落ちてきて、袖を振る舞人の上に降りそそぐのが見えた。草十郎には、それが目に見えているものなのか、心に感じていることなのか区別がつかなかった。どちらでもかまわないと思っていた。正しい方向であることだけは、たぶん、まちがいないのだから。

なぜなら、今は急拍子で舞いめぐる少女がほほえんでいた。きっと、やりとげたと思っているのだろう。花びらの雨をその一身に受けながら、歓喜してくるくると舞う水干袴《すいかんばかま》の姿には、いかにもこの世離れした美しさがあった。

だが、到達の時間は長くは続かなかった。

いきなり、草十郎の視界をさえぎって黒いものが立ち上がった。

まるで、その男まで空から降ったかのように思えたが、それは黒っぽい直垂《ひたたれ》を身につけた男だった。同じく黒っぽい布で頭を包み、目だけを出している。その目の石のような硬さに、草十郎は思わず笛を離した。笛吹きに没頭していなければ、とっくに危険に気づいたはずだった。

六波羅勢が踏みこむよりも早く、何者かが興行を打ちこわしにかかっていた。

第三章　上皇御所《じょうこうごしょ》

1

黒覆面の男はその風体《ふうてい》にふさわしく、問答無用で草十郎《そうじゅうろう》に殴りかかった。寝こみをおそわれたように唐突だったが、かろうじて最初の一撃をよける。しかし、第二第三のこぶしと蹴りは、草十郎の目をもってしても見切ることのできない連続技だった。男は明らかに、なんらかの体術に練達していた。

胸《むな》もとに完全に入った蹴りに、草十郎は後方に吹っ飛んだ。それでもわずかに勢いをそらせたおかげで、あばらを砕かずにすんだというものだった。天幕を立てていた柱の一本につきあたり、幕を引き倒してころげこむ。

（このやろう……）

頭にきたが、手にしていたのが大事な横笛でなければもっと防戦できたということに、さらに腹が立った。人前で笛を吹くと、やっぱりろくなことがないのだ。

追撃が来る気配は感じたので、立ち上がろうとせずにころがって難を避ける。そうしながらも、草十郎の目と手は武器になるものを求めて、あたりをさぐっていた。ついにつかまり、相手に馬乗りに乗りかかられる前に、杖のようなものが手に触れた。

振り下ろされる打撃を杖で受け、さらに蹴り飛ばすことで、ようやく体勢を立てなおす。今度はこちらから矢つぎばやに杖を繰り出すことで、蹴られたお返しをした。

手応えはあったが、敵もまた勢いをそぐ方法を心得ていた——後方へきれいなとんぼを切ることによって。

実戦には使えないと弥助《やすけ》に言いきったことを、草十郎は少しばかり後悔した。実戦に使うやつもいるのだ。しかも、ためのないみごとな身のこなしだった。覆面の男はそうしてふわりと間合いをとると、ふいに攻撃をあきらめ、逃げ出した。

杖を持ちなおすとじゃらんと鳴った。よく見ると、杖の頭に金物の輪がつらなった錫杖《しゃくじょう》だった。山伏の持ち物だ。草十郎はあわてて周囲を見回した。

「日満《にちまん》、日満」

少女が悲鳴をあげて助けを呼んでいた。覆面の男が二人がかりで彼女を舞台から引きずり下ろすところだった。必死に抵抗する少女を、かかえ上げてでも連れ去ろうとしている。こちら側では、山伏の男が組みつく三人を相手に猛然とこぶしをふるっていた。

一瞬迷いはしたのだが、錫杖まで手にしている以上、自分が少女の要請に駆けつけるべきだと思った。蹴り倒されたことにまだ腹が収まらず、あばれたかっただけかもしれなかった。草十郎は飛んでいき、少女をかかえてすぐには手の出なかった男たちを、遠慮なく錫杖でたたきのめした。

周囲の見物人が、この騒動までをひきつづきの見世物として楽しんだのはまちがいないようだった。けれども、騎馬武者の姿が見えたため、楽しみもついに幕切れとなった。

「六波羅《ろくはら》が来たぞ」

叫び声とともに、今日もまた見物人が蜘蛛《くも》の子を散らすように逃げ出した。草十郎にたたきふせられた男たちも、立ち上がるとそのまま逃げ出す。ところが少女は、ぐったりしてその場に横たわってしまった。気絶してしまったらしいのだ。

草十郎が困惑しながら抱き起こしかけたとき、山伏が駆けつけてきた。

「急げ、ここでつかまるわけにはいかん」

日満は箱型の笈《おい》を草十郎に押しつけると、自分は少女を抱きとり、かかえ上げて逃げ出した。錫杖ばかりか荷物まで持たされた草十郎は、どうしてこうなるのかと思いながらも、彼を追うしかなかった。

峰渡りの修行の成果か知らないが、山伏は少女をかかえながらも飛ぶような速さで走り、路地裏へ駆《か》けこみ、さらに狭い通りの奥まで逃げつづけた。かついだ笈《おい》が重かったので、追いかける草十郎も汗だくだった。やがて、だれも見とがめないような町屋裏の空き地へやって来た山伏は、ようやく足を止め、おいてあった材木と板を台に見たてて少女をそっと横たえた。

「かたじけない」

笈と杖を差し出すと、額の汗をぬぐった日満は、初めて草十郎にていねいな口をきいた。

「よくぞこのかたを救出してくれた。拙者《せっしゃ》一人ではあやういところだった。おぬし、なかなか手だれだな……そうは見えなかったが」

「あいつらは、いったいなんだったんだ。昼間から覆面などして」

「顔を見せられないのがいたんだろう。無礼なやつらだ、まったく」

山伏はうなりながら答えた。

「正体がわかっているのか」

「拙者もくわしくは知らん。だが、どこかの座の傀儡子《くぐつ》に決まっている。やとわれ者かもしれん」

遊芸人《ゆうげいにん》同士のいさかいなのだろうかと考え、草十郎は思わず言った。

「敵が多いんだな、あんたたち」

「求めてつくっているわけではござらん」

鼻息荒く日満は否定したが、それから少し自信なげになり、少女を見下ろした。

「御前《ごぜん》は、今、わけあって家出中でな。それで、つれもどしにかかる連中がいるのだ。なにしろ、徹頭徹尾、おとなしく他人の言うことを聞くようなおかたでなく……」

草十郎も、目を閉じた少女を見下ろした。烏帽子《えぼし》を取り、上げ首の紐をほどいて、長い黒髪をしとねに横たわる姿は、かよわくはかなげに見える。だが、六波羅の制止を振りきって二度めの舞《まい》を舞える人物が、かよわくはかなげな気質をもつはずがないのだった。

「虎のひげをひっぱることでも、平気でするおかたでな……今日なども、拙者は再三お止めもうしたのだが……」

少女のまぶたがかすかに動いた。やがて二度三度のまばたきになり、目を開くと、のぞきこんだ山伏をいぶかしげに見上げた。

「お気がつかれましたか、ご気分は」

「日満」

いきなり叫びながら身を起こした少女は、彼の輪袈裟《わげさ》を引きちぎる勢いでつかんだ。

「どうして、すぐに来てくれなかったの。あの男たち、ことわりもなく、このわたしの体に手をかけたのに。わたしがせっかく――せっかく舞の――」

みるみる顔をゆがめ、少女はわっと泣きだした。

「悔しい、あの男たち。お代を払いもせずに」

日満はあやまったり、なだめすかしたり、しばらくのあいだ大わらわのありさまだった。少しして、ようやく泣き声がしずまったあたりで、少女は袖に顔を押しあてたまま不機嫌な声で言った。

「お水飲みたい」

山伏は困りはてた顔で草十郎を見やると、たのみこむように言った。

「おぬし、拙者が水をもらってくるあいだ、ここにいてくれぬか」

じつをいうと草十郎は、そろそろ退散するつもりだった。彼女の舞が自分に笛を吹かせるほど玄妙だったことには感服していたが、おかしなことに巻きこまれた気がするのも確かで、深くかかわらないほうがいいと、体のどこかでしきりに警告するものがあったのだ。

けれども、どうやら、さりげなく立ち去る機会は完全に逸していた。

「では、おたのみもうしたぞ」

少女と二人だけで残されるはめになり、草十郎はますます当惑した。もともと、女の子は大の苦手だった。中でも苦手なのは泣いたりすねたりする女の子だ。

（同一人物に見えないくらいだが……）

何者にも屈しない舞い手として舞台にいた少女と、今、となりであたりかまわず泣いている少女は、本人にとっては特別な矛盾がないのだろう。そういう一貫性のない存在が、草十郎はとにかく苦手だった。なぜかは知らないが、女性はたいていそういうものであるらしい。

少女は相変わらず袖を顔にあてて座っており、草十郎はそのとなりに立っており、無言で時間がすぎた。けれども、日満はなかなかもどってこなかった。だんだん、黙っているのもばからしい気がしてきて、草十郎は頭にあったことをたずねてみた。

「あんた……義平《よしひら》どののなんだったの」

少女ははじかれたように袖を放して顔を上げた。

「どういう意味なの、それ」

信じられないという口調だ。見上げる彼女は、今は化粧もあらかた消え、少しはれた赤い目をしており、いよいよ女の子以外の何者でもない様子をしている。とはいえ、思いもかけない剣幕に、草十郎はびっくりして言いなおした。

「べつに、言いたくないなら言わなくていいが。もしかして、義平どのの知っている女性だったのかと……だから、ああいうことをしたのかと、そう思っただけだ」

少女は答えず、つつましげにまつげをふせた。それがいかにも悲しそうだったので、草十郎は思わず言った。

「もしかして、あんた、美津《みつ》って名前じゃないか」

「どうかしている、あなたって」

息を吸いこんだ少女は、信じられないという口調に逆もどりした。

「いったいあなたはどこの人。女君《おんなぎみ》に声をかけるときに、一番失礼なのは過去の関係を聞くことで、その次くらいに失礼なのは、他の女の名前で呼ぶことなのに。そういう会話の常識さえ、ぜんぜん知らないというの」

「……じゃあ、きみの名前は」

「糸世《いとせ》。わたしは糸世よ。他の名前で呼ぶなんて、ぜったいにゆるさないから」

「あ、そう」

呼ぶ機会がそうたくさんあるとは思えないと考えながら、草十郎はうなずいた。

「知りたければ言うが、おれは武蔵《むさし》の国の住人だ。この前の戦《いくさ》で、義平どのといっしょに闘った。その後、近江《おうみ》まではいっしょに落ちのびた。だから……死んだあの人のために、舞ってくれる人がいるのはうれしかった」

「そうだったの……」

今度ばかりは、相手もわりあい素直にうなずいた。

「そういうふうに、自己紹介からはじめればいいのに。それほど草深いところから来たのだとしたら、あなたが雅男《みやびお》ではなかったとしても当たり前だわ。それに、あなたの笛がどうしてあのような音色なのかも、少しだけわかる気がする。名前を言ってよ」

「草十郎」

元服名を言おうかと思ったが、めんどうなのでやめにした。それよりも、気にかかる言葉があったのだ。

「おれの笛は、やっぱりふつうの笛とちがって聞こえるのか」

「人前で吹くのは初めてだと言っていたわね」

糸世は、ふいに目に強い色を浮かべて言った。

「あなた、なるべくだれにも聞かせないほうがいい。たぶん、世にもまれなる音だから。わたしがめったなことでは人前で舞わないことにしているのと同じよ」

うちとけるきっかけがあったようで、それから少女は、聞かれもしないのに自分のことを語りはじめた。どうも、根っこのところではおしゃべり好きなのだと思わせる。

「わたしはね、あねさまたちのだれより舞《まい》がうまいの。長者さまも、これは天性であって、年の功では順位を決められないとおっしゃった。わたし、長者さまの養女として育てられたのよ。歌も舞も、最高の上手に囲まれて育ったの」

「長者って、熊野の？」

「まだ、わたしを熊野巫女だと思っているの。融通のきかない人ね、熊野から来たのは日満だけよ。わたしは美濃国青墓《みののくにあおはか》の女。長者の大炊《おおい》さまは、京《みやこ》でもたいへん有名なかたなのよ」

言わなければわかるはずないと、草十郎はむっとして考えた。けれども、少女が口にした地名には聞き覚えがあった。

「青墓って。それなら、左馬頭《さまのかみ》どのが立ち寄られた――」

糸世はみるみる沈んだ表情になった。

「ええ、そう……あなたはまだ、青墓で何があったか知らないでしょう。源氏の殿がお泊まりになったとき、追討の兵に宿が襲撃されたの。わたしたちの屋敷の庭で、朝長《ともなが》さまが亡くなられた……足のおけがが重くなり、みずからお父ぎみに首を差しのべたという話だった」

「……中宮大夫進《ちゅうぐうたゆうのしん》どのか」

義朝《よしとも》の二男だった。ともに落ちのびた一行にいても、草十郎には最後まで言葉を交わす機会がなかった人物だが、年齢はいくつもちがわなかったはずだ。

「それから、佐渡《さど》の重成《しげなり》さまは、源氏の殿の直垂《ひたたれ》をまとって討手《うって》の目をそらし、身がわりになって亡くなられたわ。そうまでして、力を尽くしてお逃がしもうしあげたのに、尾張ではあのように……」

糸世の声が小さく消え、草十郎もそれ以上は聞かなくていい気がした。すべてがむだになり、だれもが死んでしまったという思いは同じだった。

「……そういえば、姫がおられたと聞いたな」

まさか当人ではと思った草十郎だったが、糸世はしずかに答えた。

「ええ、本当にお気の毒だった。わたしが舞ったのは、あの子のためでもあったの」

肩に垂らした髪をなでつけ、少女はどこかしみじみと続けた。

「青墓の宿《しゅく》には、二種類の娘がいる。名のある人の子として生まれた娘と、才を買われて育てられた娘と。わたしは舞の才能しかもたないから、ずっとうらやましく思っていたけれど、こういう残酷なこともあるのね……」

源氏の悲劇に間近に接し、強くゆさぶられた同士なのだと草十郎も思った。

「河原で、祈りが届いた気がしたよ。ぶちこわされる前のほんの一瞬だったけれど、確かに届いたと思う。けれども、あれは……」

草十郎は、どう言ったものかためらった。よかったと言いたいところなのに、すっきりした達成感は感じず、今となっては、してはならなかったように後ろめたい気がするのだった。体に感じる、深くかかわるなという警告はそのことにも関連している。

少女は草十郎が言いよどんでいるのを見やって、短く言った。

「たくさん降ったわね」

「え？」

「曼陀羅曼殊《まんだらまんじゅ》よ。前に見たことある？」

「いや、ない」

草十郎が答えると、糸世はため息とともに言った。

「わたしはあるけれど、あれほどたくさんのは初めて。だから、本当は、あの不愉快な男たちがどうしてあわてて止めに入ったか、わかってはいるの。危険なのよ」

「舞がか」

少女はふいに眉をひそめた。

「もしかして、ひとごとだと思っているの。ずいぶんにぶい人なのね。あなたの笛だってよっぽど危険じゃないの。その笛、めったなことで吹いてはだめなのよ」

「言われなくたって、吹くもんか。吹けないし。おれは人前では吹かないんだ……今回加わる気になったのが例外だっただけだ」

草十郎がむっとして言い返すと、彼女はさらにつんとした。

「わたしは、自分のすることは全部承知でするのよ。けれども、あなたって、何もわかっていないのにやっているように見える」

「悪かったな」

山伏が水をもってもどってきたときには、そういう経過になっており、二人は再び無言だった。そっぽを向いている少女を見やり、日満はたずねた。

「……まだご気分がよくなられぬか」

「ならない。お水」

竹の容器を奪いとると、糸世は両手でささげて飲みはじめた。草十郎は日満に言った。

「番がすんだら、おれは帰るよ」

「いずれ、あらためてお礼でも……京のどこに住んでいなさる」

日満の言葉に、草十郎は首を振った。稼業中でなくても、盗賊の隠れ家を教えてはまずいだろう。

「いらないよ。それにおれは、京に長くいないと思う」

振りきるようにその場を後にして、草十郎はいまいましさとともに、ほっとしたようなそうでもないような複雑な気分を味わった。

（……なんて出会いだったんだ）

あの二人には、よほどのことがなければもう一度顔を合わせはしないだろう。それでいっこうにかまわないし、合わせろと言われたら願い下げだと思ったが、それでも、今日のことをたやすく忘れることだけはできそうになかった。

鳥彦王《とりひこおう》は、翼の裏をくちばしでかいてから言った。

「おれはおまえを、どちらかというと地味な人間だと思っていたよ」

草十郎には返す言葉がなかった。後から思い返せば思い返すほど、どうして割りこんでまで笛を吹いたのか、自分でもわからなかった。

「……なりゆきだ」

「うそつけ。最初からわざとひとりで出かけたじゃないか」

「笛を吹こうと思って行ったわけじゃなかった……ああなるとは思わなかった」

どうやら鳥彦王はしっかり見学していたようなので、草十郎はたずねてみた。

「舞の最後に、光る花びらみたいなのが降るのが見えたか」

「うん、なんだか、きらきらしていたね」

それほど不思議とも思わない様子で、カラスは答えた。

「曼陀羅曼殊《まんだらまんじゅ》って、なんのことか知っているか」

「何、その念仏みたいなの」

「おまえでも知らないのか」

草十郎がつぶやくと、鳥彦王はあきれたように鳴いた。

「人間界にいるのは自分だろう。カラスにたよるなよな、恥ずかしいやつ」

「おまえには、もの知りな大内裏《おおうち》の雌ガラスがついているじゃないか。聞いてみればいいだろう」

「ばか言えよ。聞く気がなくてもあれだけしゃべる相手に、こちらから質問などしてみろよ、一日たっても解放してくれなくなる」

羽をふるわせていやがるのを見れば、鳥には鳥の事情がありそうだった。草十郎はため息をついた。

「べつにいいよ……もう、会うことはないだろうし」

丸い眼に好奇心を浮かべて、黒い鳥は草十郎の顔を見た。

「あそこで舞っていた子とお近づきになったのか。どんなだった。大内裏ガラスはお高くとまっているから、遊芸人《ゆうげいにん》のことはよくわかっていないと思うな」

「あの舞人《まいびと》は、青墓《あおはか》の遊女だったよ。お近づきになどならない。話をしたけれど……やなやつだった」

そっけなく答えると、鳥彦王はかえって興味をもったようだった。

「草十《そうじゅう》は、意外に好みがうるさいんだな。それとも、雌嫌いなのか。おれは、若い雌《め》の子だったらけっこう好きだよ。血族の雌みたいにしゃべり散らさなくても」

草十郎は不機嫌なままに言った。

「おまえ、わざわざおれのもとにいるより、あの子のところで学んだほうがよっぽど修行がはかどるぞ。すぐ泣くみたいだし、知識はあるし、会話の常識を知っているらしいし」

鳥彦王はすましていた。

「いや、おれは草十でいいよ。おまえくらい人間のすることにうといほうが、カラスがつきあうにはちょうどいい」

とうてい称揚された気分にはなれない草十郎だった。

抜け出したその日は正蔵《しょうぞう》と顔を合わせることがなかったが、翌朝になると、草十郎はしっかり釘を刺されることになった。

「おまえが笛を吹くのを、おれは聞いたことがなかったが、おまえというやつは、河原で見物人を集めて吹く手合いだったんだな」

正蔵の口調に、草十郎は首をすくめたくなったが、いぶかしむ気持ちもあった。

「……どうしてわかった」

「弥助《やすけ》が大さわぎをしていたから、おまえがいないのは知っていた。そして、おまえが出かけるところと言えばたかが知れている。獄門《ごくもん》か、六条河原か、どうせそのあたりだろう」

反論できずに見やると、正蔵はいつもの笑った目をしているものの、雲ゆきはけっしてよくない様子だった。

「河原の芸人には、たてついたことを猿楽《さるがく》にしてごまかす手立てがある。遊芸《ゆうげい》の民《たみ》は、世間の底辺にいるぶん、ふるまいかたは奔放だ。六波羅のほうも、本気で相手をしては体面にかかわるから、徹底的な粛正にはおよぶまい。だが、おまえがへたに顔を知られて、源氏がたの兵だったとわかってみろ。ただではすまないぞ」

もっともな話だった。軽率だったことはひしひしと感じているだけに、草十郎が気まずい思いをしていると、正蔵はさらに言葉を続けた。

「そんなに六波羅につらあてがしたいのか。おまえが望むことは、獄門の首になった連中の報復だけなのか。この先そうして、自滅する生きかた以外はしたくないと言うなら、おれのほうにも考えがある」

「ちがう」

草十郎は急いで言った。正蔵には、取り引きもできない人間だと思われたくなかった。今ここで、京へ来るために口にした約束も破るなら、草十郎は、彼の人情に甘えただけの人間になり下がってしまう。
「……平氏につらあてがしたかったのは、少しは本当だけど、ひとりで何かができる
と思うわけじゃない。ただ、義平どのには、最後の手向《たむ》けがしたかった……それだけ
だ。もう二度とばかなことはしないよ」

腕組みしてしばらく草十郎を見つめていた正蔵は、やがて、試すように言った。

「おれの京の用事はあらかたすんだ。今日明日には引き上げる。おまえも近江《おうみ》へ帰る
か」

「帰るよ」

「おまえ、ひょっとすると笛で身を立てようと思ったことがあるのか」

「ないよ」

憤慨して見返すと、相手はいつのまにかおもしろそうな表情になっていた。
「たしかに、最初から笛のことを言うやつだったがな。正直言って、もしおまえが単
身六波羅へ討ち入ったと耳にしても、おれはこれほどたまげなかった。白拍子《しらびょうし》につ
くとは恐れ入ったものだ。このおれも見物したかったものだよ。おまえ、見かけによ
らず派手好きだったんだな」

カラスと同じようなことを言わなくてもと思い、草十郎がむくれていると、正蔵は

からかい気味に続けた。

「おい、うちに美人がいないのは認めるがな。笛を吹くのは、おれのねじろへ帰ってからにしろよ」

「おれはなにも、舞《まい》が目あてじゃない」

草十郎はむきになったが、そう言ってしまうのも正確ではないことに気づいて、思わず顔を赤らめていた。

「そうか？　昨日の白拍子舞は、まるで天人を見るようだったと言うぞ」

「……そうなのか？」

聞き返すと、正蔵はあきれた様子だった。

「どれだけ巷《ちまた》の評判になっているか、知らないらしいな。まったく、おまえがその不用意さでこれ以上顔を売らないうちに、京《みやこ》を離れるに限る」

草十郎たちは、京の宿を引き払うための荷づくりをはじめた。正蔵の荷は、もってきたときは絹の反物や漆の工芸品などが多く、たぶん盗品だろうと思われたが、帰りにはあらかたなくなって荷運びが楽だった。いくらか武具や小物が増えているようだが、京での用向きは、売買でもうけることではなかったようだ。

（正蔵は、盗賊の首領になる前は、なんだったんだろう……）

いまだに彼という人物がつかめないまま、草十郎は考えてみた。

にこやかな笑みを浮かべていると、世慣れた商人に似つかわしくはあるのだが、腕っぷしの強さも、挙措《きょそ》のどこかに見てとれるものも、町屋の主人のような人々とはわけがちがう。

　京の地理を知りつくし、事情に通じているところからは、地方に住みつづけた人間ではなかったようにも見えた。廃屋にしか見えない右京の宿も、ひょっとすると、無断で上がりこんでいるだけではないのかもしれない。

　京を離れることには、たいして未練はなかった。というより、その日の午後にはむしろさっさと出ていきたくなっていた。最後の買い物に東の市《いち》へ出かけると、草十郎の顔を見てふり返ったり、袖を引きあう人々がいるのに気づいたのだ。どうやら本当に顔を売ったのだった。

　思った以上に片づけが早く終わり、翌日には出発することが決まったとき、草十郎はほっとする思いだった。人ごみはもうこりごりだという気分になっていた。

　朝になって、飛んできた鳥彦王に出発を教えると、彼もあっさりうなずいた。

「それなら、大内裏《おおうち》の雌ガラスにいとま乞いのあいさつをしてくるよ。もう一回くらいは講話を辛抱しよう」

　一行が京極《きょうごく》の大路《おおじ》に差しかかると、さすがに今日は六条河原も閑散としているのが目に入った。草十郎は思うともなく、日満《にちまん》と糸世《いとせ》は夜をどこで過ごすのだろうかと考えた。彼らのような人々が京のどこに宿をとるのか、草十郎には想像できなかった。

弥助《やすけ》は、河原の一件を根ほり葉ほりたずねて草十郎に怒られたため、かなりおとなしくしていたのだが、とうとうこらえきれなくなった様子で言いだした。

「草十郎が見物嫌いだったのは、自分で演じるほうが好きだからなのか。家では一度も笛を吹かないのに、河原でなら吹いたのは、聞く人がそろっていないと吹く気になれないからなのか」

「それは逆だ」

「もう一度くらい、演じる機会があったらよかったね。おれも行ったのに」

「しつこいぞ、笛のことはもう言うなよ」

通りがかりの人々が気になる草十郎は制したが、弥助は河原を見て、あきらめきれない気分になるらしかった。

「だってさ。今度はいつ来られるか……もうないかもしれないのに……」

五条の橋まで来たとき、橋のたもとで通行人をあらためるらしい、いかめしい表情で腰に太刀《たち》を差した五、六人の男が目をひいた。そしらぬ顔ながらも、正蔵の一行がさっと警戒したのは当然だった。男の一部は赤い狩衣《かりぎぬ》姿で、これは彼らが検非違使《けびいし》の公職にあることを示す装束だった。

たとえ平凡な庶民だとしても、京の警備取り締まり役、検非違使とかかわりたい者はいない。往来する人々も、なるべく彼らの前をよけるように通っている。橋に立つ男たちは、そのいちいちを詰問することはしなかったが、大いににらみをきかせて見張っており、通る者にはたいへん居心地が悪かった。

早く通りすぎようと、正蔵たちがわずかに足を早めたときだった。赤の装束ではなく、平服の小柄な男が進み出て、彼らの前に立った。

「もうしあげたい旨《むね》がある。御一行のあるじにごあいさつつかまつりたい」

それは丁重な切り出しで、犯罪の嫌疑をかける様子には見えなかった。正蔵は馬を離れると、愛想よく応対した。

「はて、このような場所で呼び止められる心あたりはないのだが、どのようなご用件ですかな」

男は一礼し、堅苦しい口調で言った。

「わが名は幸徳《こうとく》ともうします。さるおかたの命《めい》を受け、ただいま人捜しをしております。いかなるおかたのご要請かは、さしさわりあって明かすことができませぬが、やんごとなきかたがたのお一人とだけもうしあげる。芸能には深い造詣《ぞうけい》と興味をもたれるおかたで——」

草十郎は、いやな予感がしはじめた。小男は、見たところまったく風采のあがらない、下級の使用人の風情《ふぜい》なのだが、つとめて抑えているものながら、ただならぬ気配を感じさせるのだ。

「――先日、六条河原で行われた舞《まい》にことのほか深い関心をお寄せになりまして。このうえは、お屋敷に招待し、しかるべき御前《ごぜん》にて披露のあることを所望しておられます。つきましては、ご同行の一人を、舞の笛方としてお借り受けいたしたい」

正蔵はそらとぼけた。

「これはまた、何をもうされることやら。どうやら人ちがいをされたご様子ですな。われわれは全員、芸人などではありませぬ。高貴なかたの遊興《ゆうきょう》のご所望などには、いっこうに縁をもたない顔ぶれで」

「人ちがいではありませぬ」

まっすぐに自分を射抜いたまなざしに、草十郎は観念した。もう、まちがいなかった――この男は、覆面をしておそいかかってきた男と同じ人物だった。

「そこの若者が河原で笛を吹いたことは、このわたしがしかと確認しております」

正蔵が後ろをちらりと見た。

「万が一そうだったとしても、これはわたしが身元をあずかっている若者で、われわれは、これから国へ帰らねばなりません。ご辞退するわけにはいかないだろうか」

「なさらぬほうが、よろしかろう」

小男が冷静に言うと、狩衣《かりぎぬ》を着た大きな二人が、その両わきにずいと進み出てきた。

有無を言わせぬ態度なのは明らかだった。

「難癖《なんくせ》をつけてもつれていくと言われるのか。そのように検非違使《けびいし》を差しむけるほどたいそうな、『名の言えぬ』おかたの配下にいると、こちらは考えてよろしいのだな」

猫なで声で正蔵は言った。一見おだやかなのだが、これはこれでただならないものがある。小男は、ややなだめる口調になった。

「とらえて連行するというわけではありませぬ。ただ、それほどまで切《せっ》にお招きしたいと、わかっていただきたいだけのこと。なぜかともうせば、すでに屋敷に招いてある舞姫《まいひめ》のほうが、そちらの若者の笛でなくては舞わぬと言い張って御前《ごぜん》に召されず、ほとほと困《こう》じはてているのです」

（……あの女……）

つんとあごをそびやかした、糸世のきかん気な表情が目の前に浮かんだ。すっかり巻きこまれたのだと思うと、草十郎は腹が立ったが、それもこれも、身から出たさびにはちがいなかった。

「ほう、それは、しかし……」

正蔵は、いくらか毒気を抜かれた様子で言いよどんだ。そのあいだに、草十郎は覚悟を決めていた。これ以上この場で応酬を続け、正蔵たちに迷惑をかけるわけにはいかない。なにしろ、橋の上で周囲の注目を集めつづけているのだ。

つかつかと歩み寄って草十郎は告げた。

「お招きに応じる。それでいいんだろう」

「おい、決めるのはおれだ」

正蔵が憤慨した声を出したが、草十郎は彼に言った。

「このままではらちがあかないよ。おれが行けば気がすむようだから、とりあえず行ってくる。長居するつもりはないから、後からあんたたちに追いつくよ」

小男は、個人的には歓迎しないことをありありと示す目で草十郎を見ながら、念を押した。

「今日は乱闘はいっさいなしだ。もしもその気でいるなら、早まったまねはするなと言っておく。本来ならば、一生同じ場所に席をもてるはずのないおかたの前に伺候《しこう》するのだ。無礼は命取りと思えよ。そのかわり、御感《ぎょかん》にあずかれば報酬もひとかたではない」

草十郎は肩だけすくめてみせた。正蔵も、さすがにそれ以上は言わなかった。そうして、草十郎は近江《おうみ》へ向かう一行と別れ、立ち止まった人々が目をみはる中で、検非違使につき添われて大路へと向かったのだった。

2

男たちが向かったのは五条から下りの方角だった。

(なあんだ……)

前を行く小男をこづら憎く思いながら、草十郎《そうじゅうろう》は、幸徳《こうとく》が大げさな忠告をしたのは、自分を脅しつけるためだったと考えた。それほど身分の高い人が、河原の芸など耳にするはずがないのだ。傀儡子《くぐつ》の男から見た身分の話だったのだろう。

一行は、もと義朝《よしとも》の館の立っていた六条堀川も通りすぎ、八条大路に面するところまで歩いてきて、ようやくその足を止めた。目的の屋敷は、八条大路と堀川の角にあった。

広大な屋敷ではあり、築地《ついじ》も屋形門《やかたもん》も、光る瓦をのせたみごとな構えを見せている。だが、大貴族の邸宅と見るには、大路のきわに屋根が接して見え、桟敷《さじき》のように高くしつらえた建物が道から目にとまった。三条殿《さんじょうどの》の奥まりかたを思い出してみても、まったく異なっている。

脇門を通った自分が案内される先も、その道に面した高殿《たかどの》だとわかったので、草十郎はあまり臆さなかった。門を入ると、警護らしい武士の男を何人も見かけたが、彼らは傀儡子《くぐつ》を目にすると軽蔑したように立ち去るばかりだった。

見回すと、大きな庭園を囲んで長い渡り廊下が延び、あるじの寝殿《しんでん》や対《たい》の屋《や》はその奥にあるのが目に入る。そうとうな財力の持ち主であることは確かだった。新築したばかりの邸宅であるらしく、どこもかしこも輝くばかりだ。磨かれた柱も、金襴《きんらん》や錦《にしき》をふんだんに使った御簾《みす》や調度も、わずかに見知った内裏《だいり》と大差ないように見えてしまう。くゆらせた高価な香《こう》の匂いもだ。

検非違使《けびいし》たちは門まで送って役目を終えたと見え、側廊《そくろう》を歩んだのは、幸徳と草十郎、出迎えた屋敷の使用人だけだった。沓脱《くつぬぎ》をすぎ、階段を上って板敷きの廊下をさらに進み、庭園側の角を曲がる。

そのとたん、ぎょっとするほど派手な色彩が目に飛びこんできた。よく見るとそれらは、とりどりに装った女性たちの重ねた衣だった。

「ほら、やっぱり幸徳どのよ。とうとう見つかったのよ」

「どの人？　どの人？　押さないでよ」

面前いっぱいに、着飾った女性が四人も五人も立ち並び、草十郎たちは廊《ろう》に立ちつくした。どの顔も好奇心のとりこになり、手にした扇をかざすことも忘れて草十郎を見ようとしている。

小男が苦い顔で告げた。

「そこをどきなさい。中に入れもしないじゃないか」

「幸徳どの、その若い人が本当にそうなの」

「ちがっていたら、つれてはこない」

たいへん不愉快そうに言い、小男はわずかに開いた隙間に強引に歩を進めた。草十郎は思わずきびすを返したくなったが、後ろに屋敷の人がいるのでそうもできなかった。

「あら……ちょっと、予想外だったわ。もっとごつい人かと」

「いなかの人だと言っていなかった？」

「糸世《いとせ》ちゃんって、年上趣味じゃなかった？」

「直垂《ひたたれ》の色は、紺じゃないほうが映えると思うわ」

ささやきあう言葉のはしばしが聞こえたが、それだけでも、そうとうな言われ放題だとわかった。どういう女性たちなのだろうと、草十郎はいぶかった。

女性の壁を突破すると、もう少し色の落ち着いた五つ衣《ぎぬ》をまとった女がいて、幸徳は彼女に話しかけた。

「糸世どのは、どちらに」

「その向こうの塗籠《ぬりごめ》に立てこもってしまって。もう、天《あま》の岩戸《いわと》ごもりのようですのよ」

「この者を、案内してやっていただきたい」

草十郎は小男からさらにその女性に引き渡され、奥へと進むことになった。

さすがは貴族の御殿であり、北側の庇《ひさし》に並んで細かい部屋がいろいろとあるようだった。その隅の一室へ来て、案内の女は中に呼びかけた。

「糸世どの、ご指名の人物を、幸徳どのが捜しあててくださいましたよ。ここに参上しておりますよ」

鶴《つる》と雲波《くもなみ》が優雅に描かれている妻戸《つまと》が、最初は少しだけ開き、それから勢いよく押し開かれた。そして、目を丸く見開いた糸世が現れた。

「どうして。どうしてつれてこられちゃったの。わたし、あなたならぜったいに見つからないと思っていたのに」

開口一番のこの言われように、草十郎も忍耐が切れた。

「なに言ってるんだ。とんでもなく迷惑したのはこっちのほうだ」

「京《みやこ》には長くいないって、言ったじゃない」

「いないはずだったよ。あの、とんちきやろうが橋で待ちかまえてさえいなければ」

案内の女が咳払いをしたので、二人ははっとして、わめきあうのをやめた。

「では、わたくしはこれで席をはずしますので、お二人で気持ちよくお話をなさいませ」

ばかていねいに言われて気をそがれ、彼らは女が立ち去るのを見送った。それから糸世が「あーあ」とつぶやき、その場に座りこんだ。

今は糸世も水干《すいかん》姿でなく、表の女性たちと同じように、緋色《ひいろ》の打袴《うちばかま》の上にいろいろ重ねた衣をまとっている。そのあでやかな薄紅《うすくれない》や蘇芳色《すおういろ》が、少女が腰を下ろすとともに広がった。

「もう、これ以上いい言いわけが思いつかなくなったじゃないの……日満《にちまん》と家出までして逃げ回ったのに、つれもどされてしまったし。それでもなんとか、お召しをことわる理屈をこねていたのに」

草十郎は指摘した。

「逃げていたのだったら、河原で派手な舞《まい》など行わなければよかったじゃないか。おとなしくしていれば、隠れられただろうに」

「わたしはめったに舞わないけれど、舞わなくてはならないときは舞うのよ」

頑固そうに言って、糸世はあごを上げた。

「だって、昼日なかの処刑はひどすぎたもの……すごい人だかりだったのですって。わたしには、悲しみや無念がいつまでもあそこに巣食って、怨霊《おんりょう》に変わっていくのが目に見えるような気がした。それを少しでも晴らすことができるなら、舞うだけの意味があるでしょう。あの一瞬できちんと送ることができたかどうか、もう確かめられなくなったけれど」

　確かに意味があると、草十郎も思った。自分のすることは承知していると宣言するだけのことはあるのだ。

「あんたは……死者を送るときにだけ舞うのか」

「ちがうわ。でも、わたしが舞うことでものごとが動くと感じるときには、怖れずに舞うことにするの。それはそのときどきで、その場になったらはっきりわかるものよ」

　胸《むな》もとに差しこんであった扇を抜き、それをなめらかに開きながら彼女は言った。

「羽を広げるの……こんなふうに。でも、それは、わたしの心がそのように動いたときであって、わたしの舞は強制されてはいけないのよ。長者さまもそれをわかってくださって、気の進まないお召しはことわってよいと言ってくださった。なのに、今回は、さすがの長者さまでもおことわりできず……青墓《あおはか》からたくさん、ここに呼ばれたの。あねさまたちは、仕事と割りきっているみたいだけど」

「あねさまたちって、あのけばけばしい人たちか」

　草十郎が納得すると、糸世はいくらかむっとした顔をした。

「よりすぐりの遊君《ゆうくん》たちよ。ここにおられる上さまは、今様《いまよう》が大のご趣味なのですって。この桟敷の御殿は、そのためばかりに建てられたって信じられる？　こうして遊君を集めて今様を歌ったり、舞ったり、ときには大道《だいどう》で演じられる芸をも御覧になるためのものですって」

　自分とはまったく関係のない世界だと、草十郎は考えた。

「ともあれ、あんたにはここで舞う気はまったくないんだろう。おれも、笛を吹く気はまったくない。橋の上でさわぎにしたくなかったから、おとなしくここへ来ただけだ。いる必要がないって、あの幸徳ってやつに言って帰らせてもらうよ」

「わたしのことも、帰らせてよ」

　ふいに立ち上がると、糸世は訴えるように草十郎を見た。

「青墓へ帰りたいの。ねえ、わたしのこと、こっそりつれ出してくれない」

　草十郎はさすがにたじろいだ。

「それ、けっこう無理があるんじゃないか」

「だったら、日満に連絡をとってくれるだけでもいいの。このお屋敷の間取りを覚えていって、伝えてくれない？　きっと日満ならなんとかしてくれると思うの。こんなに端近《はしちか》くに立った御殿だもの、こっそりしのびこむことだって」

　口をつぐんだ草十郎は、罪のなさそうな顔でそう言う糸世をしばしながめた。

「もしかして……それが目的でおれを呼びつけたんじゃないか」

「ちがうわよ。あなたが見つかるとは思っていなかった。居場所も告げずにさっさと消えたくせに」

　糸世は口を尖らせた。

「でも、結局こうして来てしまったんだから、それならば、少しくらい何かしてくれてもいいでしょう」

「……おれには、得することが何もないんだが」

「あら、あるわよ。お知り合いになってあげる。あなたやあなたのお友だちが青墓の宿を通ったときには、糸世が推参《すいざん》してもてなしてあげる。自慢できるわよ」

　無邪気に自信をこめて言う少女に、草十郎は少なからずあきれたが、ややけおされて、それがどのくらい自慢になることなのか、正蔵かカラスに聞かねばなるまいと考えた。

　それからしばらく、糸世は草十郎がおととい別れた後、どのようにしてここへつれてこられたか、日満とどこで引き離されたか、先輩遊女に何を言われたか、塗籠《ぬりごめ》にこもって何を考えたかなどを、あまり脈絡なく話しつづけた。要するに、ひとりですっかり退屈していたため、おしゃべりが堰《せき》を切ったような具合だった。

　心細く過ごしたことは事実のようなので、草十郎もしばらくつきあってやる気になった。口をはさまなくても、聞いているだけで、糸世はまったく気にかけないようだったのだ。だが、先ほど案内をした女が、衣《きぬ》ずれの音をたててやって来た。

「糸世どの。御前《ごぜん》に参上する用意はととのいましたか」

彼女がそう言うのと、糸世が塗籠の戸を閉じて掛け金を下ろすのとが同時だった。扉の外に取り残された草十郎は、かなり立場が悪いながらも、しかたなく女に言った。

「……どうしても舞いたくないそうです。笛があればと言ったのは、でまかせで」

「なんという、わがままなかたなのでしょう」

「そう思います」

草十郎も同意した。女はしばらく思案している様子だったが、やがてうなずいた。

「もう、しかたありませんね。今のところは糸世どのの舞をあきらめましょう。こちらへいらしてください」

「帰らせてもらえますか」

期待して言ったが、相手は冷たい目で草十郎を見た。

「これ以上、御意《ぎょい》に反して長くお待たせもうしあげるわけにはいきません。かくなるうえは、そなただけでも顔見せしてご機嫌をうかがいなさい。そなたの来訪はすでに上さまのお耳に届き、たいそう関心をお寄せになっておられます。必ずや一曲ご所望になることでしょう」

「いえ、笛だけ吹くことはできないんです」

きっぱり告げたつもりだが、女は軽蔑するように言った。

「吹けなければ、吹けなくてもよろしいでしょう。そのように、御前にて理由をきちんともうしあげなさい。理の通らぬおかたではないゆえ、それが正当ならばおゆるしがあるでしょう。そなたまで、おとなげない塗籠ごもりをするつもりはないのでしょう」

　そこまで言われては、草十郎には逃げ隠れができなかった。どうしてこうなるのかと思いながらも、糸世のかわりに座敷に呼ばれるしかなかった。


　こういう場所ではものごとが悠長に進むらしく、草十郎はそれから、控えの間でしばらく待たされた。取り次ぎの者が何人もいて、それぞれが長い説明をするらしい。呼ばれたのは、うんざりした草十郎が、大道《だいどう》でけんかしてでも途中で逃げ去るのだったと思いはじめたときだったが、内に通されてますますその思いは強まった。広い座敷に先ほどの遊女たちが全員はべり、華やいだ笑い声をたてていた。

　あるじの座は、たいへん豪華だった。一段高くしつらえた場所に錦《にしき》べりのたたみを敷いて、背後に鳳凰《ほうおう》の描かれた屏風《びょうぶ》を立てている。脇息《きょうそく》は蒔絵《まきえ》のつくりで、そこへひじをもたせかけ、白っぽく光る綾絹《あやぎぬ》の直衣《のうし》を着た人物がいた。

　とりあえずは廊下と座敷の境にひざをつき、武家の作法で一礼する。草十郎が顔を上げずにいると、上座からものうげな声がした。

「そのように、かしこまらずともよい。この桟敷《さじき》の内では身分の上下はなきに等しいのだ。言われずともそのようにふるまう傾城《けいせい》たちを、少しは見習ったらよいぞ」

女たちがくすくす笑いあった。

「おたわむれあそばして。どのように仰せであろうと、怖いお顔の侍従のかたがたくさんひかえておられますのに」

「もの慣れぬ人に、最初からそのようにあてこすっては気の毒ですわ」

ものうい声がまた言った。

「だれよりも気むずかしい、糸世御前《いとせごぜん》が指名するほどの男だ。もの慣れぬということはあるまい」

「いいえ、わたしどももまったく知らない顔ですのよ。遊《あそび》の里《さと》でも見かけたことがありませぬ」

閉じた扇で螺鈿《らでん》の卓をたたき、あるじが草十郎に命じた。

「そのような端におらず、ここへ来なさい」

全員の目がそそがれる中、草十郎はしかたなく進み出て、居並ぶ女たちのそばまで近づいた。今度は、ひざを折って正面に顔を起こしただけであるじが目に入った。

もっと老けた顔を予想していたが、高座《こうざ》の人物はそれほど年寄りではなかった。三十そこそこと見ていいだろう。色が白く、眠そうにふさがった目と薄い口ひげをしているが、どこか愛嬌があって顔立ちは悪くない。だが、いかにも昼間から遊興にふけっている人物の顔ではあった。

「そのほう、年はいくつだ」

「明けて十七になります」

「若いな」

つくづくと草十郎を見て、あるじは言った。

「このような若さで、早々に笛の名人になれるものとは思われぬな。糸世に気に入られた理由は、もっと他にあるにちがいあるまい」

再び女たちがくすくすと笑う。

「それはもう、わたしどももそうではないかと」

「着飾らせてみとう若者でありますな」

草十郎が押し黙っていると、高座の人物はそっけなく命じた。

「よい。その笛、どれほどのものか、一曲吹いてみせなさい」

「もうしわけありませんが、ここで笛を吹くことはできないのです」

草十郎は、やっと言い出せることにむしろほっとしながら口を切った。

「今までずっと、人に聞かせるために吹いてはこなかった笛です。もともと、丘の向こうや草の原で吹いているものでした。たとえお聞かせしたいと思っても、たぶん、おれには鳴らせないでしょう。たまたま彼女が舞っているあいだは、吹くことができたけれども、それ以外で鳴ることはないと思います。ですから、参上したのは、ご期待に添えないことをおわびするためでした。おゆるしください」

いっとき座がしんとした。女たちもびっくりしているようだった。これで無礼だと思われようとも、事実しかのべていないと草十郎が考えていると、あるじが口を開いた。

「ずいぶんと異《い》なことをもうすものだな。そのほうは、糸世が舞を舞わぬかぎりは、笛はけっして吹けぬともうしたのか」

「はい」

「糸世は、そのほうが笛を吹かぬかぎりは、舞を舞わぬともうしておる。これではまるで、比翼《ひよく》の鳥、連理《れんり》の枝のようではないか」

「まあ、上さま」

女の一人が笑った。草十郎はといえば意味さえ知らなかった。首をひねっていると、あるじの男はふいに活気をおび、おもしろそうに女たちに語った。

「以前もそちたちに聞かせたことがあるな。芸能というものは、天をも地をも魅することができなくてはならぬゆえ、舞姫の生来の美しさは、もてる技量にまさることがあると。この持論は長年の見聞によるものだが、今、あらたに思いついたぞ。管弦の徒にもあてはまるのではないか。糸世の見立てはなかなかうがっているのだ。正しい芸能者であれば、たとえ楽人であっても見目《みめ》は肝心だというこの提示を、どう思う」

遊女たちは困った様子だった。

「上さま、美女の中にもそこつ者はおりますのよ。ましてや、美形であれば管弦の才能をもつとは、なかなか考えられませぬ」

「いや、そんなことはない」

あるじはやけに自信ありげだった。

「われは笛をもたしなむゆえ、よくわかっている。もって生まれた口のかたちで、笛の上達には差がつくのだ。ととのった歯並びも重要だ。この若者は、よい口もとをしている。くちびるの厚みといい左右のつりあいといい、理想的なきれいなかたちだ。色つやもよい……さぞ、幼いときから吹いているのであろうな」

草十郎はめんくらったが、自分が何にとまどっているのか、よくわからなかった。

「姿のよさも必要だ。息をまっすぐに吹きこむには、ゆがみのない体をもたなくてはならない。この若者のように、背筋《せすじ》のとおった立ち居ふるまいがあってこそだ。筋力も必要だ、たかが笛の一つと考えてはならぬのだ。ちょっと、ここへ来なさい……すぐここへ」

扇でさしまねかれて、草十郎はさらに困惑したが、応じないわけにはいかなかった。進み出て、錦べりのたたみが敷かれたそばにひざまずいた。

「手を見せなさい」

あいまいに右の手をかかげると、あるじはうなずいた。

「手のかたちも重要だ。これもまた、もって生まれるしかないものだ。思ったとおりだ」

背後がしんとしずまる中で、高座のあるじは草十郎の手を取り、ゆっくりと指をなぞるようになでた。

「……このように長い指が管弦にはことごとく必要だ。長く繊細でなくてはならない。たとえ筋力をつけても、この指が節太《ふしぶと》になってはならない。いい指だ。たとえ今、名人ではなくとも、そのほうには確かに見どころがあるぞ」

わけがわからないが、居心地が悪いのはまちがいないと草十郎は思った。ひっこめようとした右手を、あるじは放そうとしなかった。

「名をなんともうす」

「もう、失礼したいのですが」

「そなた、われのもつ龍笛《りゅうてき》を吹いてみないか。よそにある笛であれば、糸世に義理立てせずとも吹くことができよう」

これ以上この男が手を放さないと、相手が貴人であろうと振り払うことになると思いはじめたときだった。甘やかな歌声が聞こえた。

御前《おまえ》に参りては
色も変らで帰れとや
峰に起き臥《ふ》す鹿だにも
夏毛　冬毛は変るなり

「……なんと聞きしにまさる美声だな。よくとおる」

あるじは言い、草十郎の手を放した。

座敷と廊を隔てる柱のもとに、鼓《つづみ》を手にした糸世が立っていた。先ほど見た同じ衣装に、烏帽子《えぼし》だけを頭に結んでいる。そのちぐはぐさも、彼女の場合はなぜか小粋に見えた。

「手を変え品を変え、あれほどなだめすかしても頑《がん》として応じなかったものを、いったいどういう理由でそこに参上しておるのかな、糸世御前《いとせごぜん》」

高座の声には皮肉がにじんだし、その場につらなる全員がそう思っているところなのだが、糸世は平気な様子でほほえんでいた。

「遊君《ゆうくん》は、押して参るのがつねの習いです。みずからの心のままに吹き寄せられるもの。推参《すいざん》する遊《あそび》をはねつけるのは、主《ぬし》さまのご勝手でありましょう。糸世は、歌が歌いたくなったのでやって来たのですわ。よろしければこの糸世と、今様《いまよう》の歌い比べをなさいませぬか」

あるじの顔つきがにわかに明るくなった。

「それこそは、われの望むところだ。歌比べにこちらが勝ったら、あらためてそのほうの舞を所望するが、それでもよいか」

「よろしいですとも」

（……どうしてこんなに、一貫性がないんだ……）

草十郎は思わず眉をひそめていた。家出をしてまで拒んだと語っていたものを、なぜそれほど簡単にひるがえせるのか。だいたい、少しでも塗籠《ぬりごめ》から出てくる気があるのだったら、草十郎がかわりにここへ呼ばれることもなかったはずなのだ。

「真鶴《まなづる》ねえさま、鼓拍子《つづみびょうし》をお願い」

糸世は、草十郎と目を合わせずに歩み寄ってきて、並んでいた女の一人に鼓をわたした。女はやや気づかわしげに見上げた。

「糸世ちゃん……かまわないの」

糸世はどこか不敵な笑みを浮かべ、高座を見やった。

「そうそう、今様に笛は必要ありませぬな。それに、その笛方はわたしの舞にしか音を合わせようとしないはずですが、わたしのほうは、楽《がく》がなくとも舞うことができますのよ。今のところ用がないので、下がらせていただけませぬか」

あるじは草十郎をちらりと見た。

「笛がなくとも舞える？　前に聞いた言《げん》とはちがうな」

「気まぐれをもうしてみただけです。もともと、白拍子は鼓一つで舞うものです」

「では、この笛方は用なしなのか」

「気が散るばかりかと思われますわ……上さまのお歌の」

あるじは苦笑しつつもまんざらではないという顔をし、侍従を呼びつけて草十郎を下がらせた。


草十郎は絹の二巻《まき》ばかりを褒美《ほうび》に押しつけられ、あっさりと解放された。

（なんだよ、まったく……）

糸世にふり回されたとしか思えなかった。言動のすべてが気まぐれでゆるされるのが遊君《ゆうくん》というものだったら、信用も何もあったものではないと考える。

大路《おおじ》に出てあたりを見回すと、屋根から舞い降りてくる鳥彦王《とりひこおう》の姿があった。

「草十《そうじゅう》、京を離れたはずじゃなかったのか。おれが大内裏《おおうち》へ行っているあいだに、いったいどこへ入りこんでいるんだよ。舎弟が見ていてくれたからよかったものの、先に行っちまうところじゃないか」

肩にとまって鳴くカラスに、草十郎はむっつり答えた。

「五条の橋で、検非違使《けびいし》にひっぱられたんだよ。頭にくる」

「おまえ、藤原顕長《ふじわらのあきなが》の屋敷なんかで、いったい何をしてきたんだ」

「ああ、藤原顕長って名前だったのか。あの、昼間っから女を集めて遊んでいるひま人《じん》は」

憤りをこめて言うと、鳥彦王はびっくりしたように翼をふるった。

「ちがうよ、顕長は内裏の高官で今は勤務中だ。遊んでいるやつに出会ったのだとしたら、そいつは院にちがいない。上皇《じょうこう》だ」

草十郎は歩きながら鼻先で笑った。

「冗談はよせよ。どうして上皇がこんなところにいるんだよ」

「なんだ、まだ知らなかったのか。三条殿が焼け落ちて、仁和寺《にんなじ》からもどっても御所《ごしょ》がなくなった上皇は、八条の顕長邸に仮住まいしているんだぞ。と、いうよりも、前から八条邸がうらやましかったもので、これ幸いと引っ越したらしい。ここには祭見物用の桟敷殿《どの》をもうけてあるからな」

草十郎の足がぴたりと止まった。

「まさか……うそだろう、あの上さまって……」

「会ったのか、草十」

「まさか、ちがうだろう」

草十郎にはまだ信じられなかった。上皇といえば、帝《みかど》にまさる権力をもつと言われる治天《ちてん》の君《きみ》だ。だいたい皇家《こうけ》の人々は、ふつうは御簾《みす》ごしにしか姿を拝めず、下々《しもじも》には声を聞くこともかなわないという話だ。それなのに、帝の尊父《そんぷ》であり先帝でもある人物が、どうして青墓《あおはか》の遊女たち――世間の底辺にいる傀儡女《くぐつめ》たちと、同席でたわむれ遊んでいるのだ。

「そんなに年寄りではなかったし」

「上皇は、まだ三十三、四の年齢だよ。一番最初の子どもが今上《きんじょう》の帝だもの」

「でも、そんなはずは……」

「会ったのか、草十」

とまどいながら草十郎は答えた。

「そのくらいの年に見えた。でも、ちがうだろう」

「もしも今様《いまよう》を歌っていたなら、そいつは上皇だよ。親王《しんのう》のころから今様狂いで有名なんだって。大道を流している芸人でさえ、めずらしい歌を歌うようなら、かまわず面前に呼び寄せるって話だ」

とうとう草十郎も否定できなくなった。鳥彦王はその顔をのぞきこむようにしてたずねた。

「なあ、帝になる血族ってどういう顔をしていた？　特別に『竜顔《りゅうがん》うるわしい』とか言うそうだけど、他の人間とは異なっているのか」

「……ふつうに目鼻があったよ」

「声は？　話はしてきたのか」

話したどころかと思い、つい右手を見てしまう。

「もしも、引き倒すかつき飛ばすかしたら、おれは打ち首だったのかな……」

「そんなに接近したのか」

カラスは一瞬翼を立てて驚きをあらわした。

「相手が上皇とはまったく知らずに？　危ないやつだなあ、だれなのか知りませんでしたではゆるされないだろうに。どうしてそういうことになるんだよ」

「おれだって知りたいよ」

衝撃を受けている草十郎だったが、鳥彦王はさらに追い打ちをかけた。

「目をかけられたんじゃないだろうな。おまえって、うといから心配になるよ。おれが信頼《のぶより》の話をしたのを覚えているか。あの上皇は、自分の好みに合えば雄でも雌でもどっちでも手をつけるんだぞ」

ようやく草十郎にも、徐々にだがそれなりに明確に、事の次第がのみこめてきた。そして、どうしてやたらに居心地が悪かったのかも理解した。

「げ……」

「遅すぎるよ、おまえ」

口もとを押さえた草十郎に、カラスはげんなりした口調で言った。

「そんな調子で、何ごともなく帰してもらえたのがむしろ不思議かもな。どうやってかわしたんだ」

「糸世が来たんだ」

草十郎はつぶやいた。ひょっとすると自分は助けられたのだろうかと考えると、急に気持ちが混乱した。

「もともと、最初から糸世が呼ばれていたわけで、あいつがだだをこねていなければ、おれがつれてこられることもなかったわけで……」

「よかったな、間がよくて。遊君《ゆうくん》ならその方面のあしらいかたも慣れているだろうけど、草十じゃ無理だものな」

鳥彦王に明るく言われて、草十郎は黙りこんだ。いよいよ、糸世には全部わかっていたような気がしてきた。

3

「あっ、チビ助が来る。おれ、あいつが嫌いだから行くぞ。じゃあな」

鳥彦王《とりひこおう》がふいに鳴き、はばたいて飛び去っていった。弥助《やすけ》が駆け寄ってきた。

「草十郎《そうじゅうろう》」

息をはずませた弥助を、草十郎はびっくりして見つめた。

「どうしてこんなところにいるんだ」

「親方が、草十郎の入ったお屋敷を見張っていろって言ったんだ」

「そんなことをしなくても、後から追いかけると言っておいたのに」

信用されていないのかと思い、草十郎は眉をひそめたが、弥助はその手をひっぱって言った。

「よかったよ、思ったより早く出てきてくれて。親方は急に帰るのをとりやめにしたんだ。今、その先の町屋にいる。こっちだよ」

「全員いるのか」

「ううん、親方ともう一人だけだよ。修験者《しゅげんじゃ》の人」

首をかしげながら弥助についていくと、皿や椀などを売っている出店の奥に、衝立《ついたて》を立てて見えなくした狭い板間があり、本当に正蔵《しょうぞう》が座っていた。壁の隅には見覚えのある錫杖《しゃくじょう》。もう一人奥に座る人物は日満《にちまん》だった。あきれてまばたきする草十郎に、日満がきまり悪げに頭を下げた。

「とばっちりをくわせたようで、まことにすまない」

草十郎は正蔵を見やった。

「いつのまに知り合いになっているんだ。近江《おうみ》に帰るはずだったのに、どうして」

「おまえがつれていかれた先が、よりによって八条邸だったからだ」

目を細めて正蔵が言った。

「検非違使《けびいし》とおまえが行った後に、この御仁《ごじん》が声をかけてきてな。だいたいのなりゆきと、八条邸で何が起きているのかを説明してもらったところだ。そして、八条堀川の屋敷はおれにとっても関心のある場所だったから、こうしておまえが出てくるのを待っていたのさ」

「関心？」

「あそこには、上皇《じょうこう》がいただろう」

「うん……」

草十郎はとまどって、読み取りのむずかしい正蔵の顔を見つめた。

「どうしてあんたが上皇に関心をもったりするんだ。何かあるのか」

「おれは前に、京《みやこ》を牛耳《ぎゅうじ》る人間はだれかということを語ったことがあったはずだな。その中でも、飛び抜けて異彩を放っているのが今の上皇たる人物だ。おまえ、対面してきたのか」

草十郎は顔をしかめた。

「一応したけど、たいした人物には見えなかったよ。遊女をたくさんはべらせて。おれには、そういう身分の人だったとは今でも考えられないくらいだ」

正蔵は首を振った。

「意のままにそれを行うだけでも、すでにふつうじゃないってことだ。最下層の芸人を好んで、貴人の常識を無視すれば、周囲の人々の反感ははげしい。傀儡女《くぐつめ》と同席してはばからないなら、なおさらのことだ。もっとも上皇の遊び人ぶりは、親王のころから筋金入りだったがな」

「そのどこに、見どころがあるんだ」

草十郎が疑わしげに言うと、正蔵はにやりとした。

「ただの酔狂《すいきょう》な阿呆だということは、確かにありえる。どうやら、対面していい思いはしてこなかったようだな」

「今度呼ばれたら、何があっても逃げ出すよ。どうしてあんな人物が、京を牛耳っているんだ」

正蔵はあごをなでて思いめぐらすように言った。

「今の上皇は、たぶん本人を含めて、帝位につくとはだれ一人予想しなかった親王だった。おかしななりゆきで、皇太子《ひつぎのみこ》も経験せずに即位したのが、二十九歳になってからだ。一昨年譲位して上皇となったが、戦《いくさ》だなんだといざこざが続くあいだも、芸能狂いだけはぜったいにやめなかった。そして今も、やっぱりこうして遊女と遊んでいる。ある意味あっぱれだ。どこまで押しとおす力をもっているか知りたいものだ」

正蔵の口ぶりには、草十郎をとまどわせるものがあった。

「あんた、やけにくわしくないか。以前から知っていたような言いぐさだ」

「まあな、顔ぐらいは何度も見かけている。兄の御所に住みこむ、いい年をして後見人のない親王だったころにな」

あっさり言う正蔵を、草十郎は見つめた。

「……官職についたことがあったのか」

「さっさと見切りをつけたが、そのむかし、鳥羽《とば》法皇の北面《ほくめん》だったことがある」

日満が驚いて口をはさんだ。

「院の北面とはたいそうな。武士ならだれもがうらやむ地位を捨てて、なぜこのような巷間《こうかん》に」

「武士はどこまでいっても貴族の犬でしかないことが身にしみたからだ。同じく命を張るなら、自分のために張ることにした」

正蔵はにこやかな顔を日満に向けた。

「主従をなくして身分の外に立ってしまえば、上皇という雲の上の人物すら対等の目線からながめることができる。遊芸人《ゆうげいにん》とも少し立場が似ているな。そういう点でも、おれはおぬしの話に興味をもったよ。遊芸人を身近に集めたがる上皇に対してもだが」

草十郎はまだびっくりしていたが、正蔵が日満と意気投合している様子にも驚いた。日満はいくらかかしこまって頭を下げた。

「そう言っていただいて、かたじけのうござる。遊芸人全般についてものの言える立場にはないが、少なくとも糸世《いとせ》どのは、汚泥《おでい》に咲いた一輪の蓮《はす》の花のようなかたなのです。その清らかさで、上皇のお召しからも逃げ回っていたわけで、あのかたのご気性には、身分や財力は意味なきものなのです」

「性根のすわった遊君《ゆうくん》だ。それは確かだな」

正蔵はうなずいた。

「うちの草十郎が巻きこまれたいきさつも、聞けば聞くほどたいしたものだ。自分の技芸に、よっぽどの矜持《きょうじ》をかかえているのだな」

日満は気づかわしげに草十郎を見やった。

「御前《ごぜん》はどのようなご様子でおられた。お元気だったか。舞《まい》を拒んだことで責められたりはしていなかったか」

「責められてはいなかったよ。自分から籠城していたみたいだったけれど、元気はあった」

草十郎は答え、日満が安堵する前にと早口に続けた。

「ただ、おれが屋敷を出るとき、あの子は座敷に顔を見せていた。歌比べに負けたら舞を見せると、上皇に約束していた」

「いや、それは大丈夫だ。相手がどれほどの上手でも、今様《いまよう》を歌って糸世どのが負かされるわけがない。それはたぶん時間稼ぎ……あのかたには、自分のすることがわかっておられるのだ」

日満は確信ありげに言いきった。

「けれども、その場にいながら拒みとおすのは、いかに御前であっても気骨《きぼね》の折れることだろう。あのかたは、何か拙者《せっしゃ》のことを言っておられたか」

草十郎はためらいながらうなずいた。

「……屋敷の間取りを覚えて、あんたに伝えろと言われた。あんたなら、きっとなんとかしてくれるだろうと」

　日満は誇らしげに何度もうなずいた。

「当然だ。そういうことなら、してみせよう。あのかたを助け出さなくては」

「本気か、あんた」

　一片のためらいもない日満の様子に、草十郎は目をみはった。

「あの屋敷へしのびこむつもりなのか。警護の武士だってばかにならない数だったぞ」

「御前が望むなら、やらずばなるまい」

　草十郎は息を吸いこんだ。

「あんたは熊野の修験者なんだろう。どういうかかわりがあって、一介の遊女の従者なんかしているんだ」

「いきさつを語れば長くなるが、拙者があのかたに身を捧げる理由はただ一つだ。糸世どのは、現世に降臨された菩薩《ぼさつ》だからだ」

「菩薩？」

　度肝を抜かれて草十郎はくり返した。

「まさか、観音菩薩とかの菩薩……」

「そうでござる。一切衆生《いっさいしゅじょう》を救うために地上に降り立たれたかたでござる」

「ちょっと無理があるんじゃないか」

言わずにいられなかった。糸世のようにすねたり、つけつけとものを言ったり、わがままで口を尖らせる者と観音菩薩とは、どこから見ても重ならない。

日満は大まじめに目をむいた。

「無理ではござらん。あのかたは仏と同じ功徳《くどく》をもっておられる。あのかたが舞えば、天界の花が降る。おぬしもその目で見たろうに。河原で笛を吹いたあのときに」

草十郎は思わず口にした。

「曼陀羅曼殊《まんだらまんじゅ》……」

「そのとおり。なんだ、よく知っているではないか。曼陀羅華《まんだらげ》、曼殊沙華《まんじゅしゃげ》は、仏陀《ぶっだ》が霊鷲山《りょうじゅせん》で法華《ほっけ》を説かれたときに降りそそいだ天界の花々を言うのだ。そのとき大地は六種《むくさ》に振動し、風は栴檀《せんだん》や沈香《じんこう》に香ったと言われる」

仏門ならではの単語を並べられても、草十郎には半分もわからなかったが、さすがに圧倒された。

「なんだか……ごたいそうだな」

「であるからして、拙者には糸世どのをお助けする使命があるのだ。この身がどうなるかは二の次だ」

草十郎は困惑して日満を見つめた。糸世に心酔するこの男は、彼女にいくらふり回されてもありがたいと思えるのだろう。彼女の身勝手さをいろいろ指摘してもよかったが、先ほど糸世に借りをつくったことを思い出し、うっかり悪口が言えなくなった。

正蔵がこちらを見やった。

「おい、おまえは、言われたように屋敷の間取りを覚えてきたのか」

「少しは……」

屋敷を出るときにはむかっ腹を立てていたのだが、それでも言われたことが気になり、ふだん以上に見てきたのは確かだった。

「紙を手に入れたら、絵図に描けるか」

「たぶん」

「それなら描いてみろ。屋敷の内情がうまくつかめるようなら、おれが手立てをはかってやってもいい」

「まさか、加勢する気なのか」

信じられずにたずねると、正蔵は機嫌よく言った。

「八条邸は、まだ同業のだれもが手つかずだという話だ。見取図一つでも、京の連中にとってはたいしたお宝となるだろう。せっかくこんな機会が向こうからころげこんできたんだ。多少なりとも、京の同業者に名を売っておくのは悪くない」

板の間に広げた紙を前にして、木炭のかけらを手にした草十郎は、下線を引いたりそれを消したり、さんざん悩んで屋敷図を作成した。しかし、奥のほうにわからない部分がどうしてもできた。それをながめているうちに、ふと、上空から見下ろす目には隅々まで掌握できることに気づいた。

裏へ出て、屋根や木の枝を見回すと、案の定カラスがとまっている。とりあえず手招きしてみると、またたくまに飛び去った。どうやら舎弟の一羽のようだった。

ほどもなく、屋根の向こうからまっすぐ飛んでくるカラスがおり、こちらはまさしく鳥彦王だった。草十郎が差し出した腕にとまって、うれしそうに鳴いた。

「おい、そっちからおれを呼んだのって、これが初めてだぞ。何があったんだよ」

「八条堀川の屋敷を、図に描きたいんだ」

草十郎は紙を広げ、ながめるために頭の上に移ったカラスに図の意味を説明をした。

「それで、この裏側がわからないんだ。どういう並びになっているか、見てくることはできるか」

鳥彦王はくちばしを下げて、思慮深げに草十郎を見やった。

「見取図をつくっているのか。おまえのやっていること、こそ泥くさくないか」

「じつはそうなんだ」

草十郎は認めた。

「正蔵のなりわいは盗賊だ。世話になっているおれも似たようなものだよ」

「落ち着いて言うなよ。それって、ずいぶんまずくないか。そういう連中とつきあうのはやめておいたほうがいいぞ」

鳥彦王はあわてたようだった。

「おまえが義理立てしている正蔵って、いったいなんだと思ったら、そんなに柄《がら》の悪いやつだったのか。そんなやつに命を救ってもらったなんて、恩に着ていてどうするんだよ」

カラスの言うこともっともだと思いながら、草十郎は言った。

「盗賊が悪くないとは、おれも思わないよ。けれども、あいつが盗賊だから恩に着る必要がないとも思わない。正蔵は、ずいぶん変わったやつだ。武士より盗賊のほうが偉いと思いながら、盗賊稼業をしているらしい」

鳥彦王はきょとんとした。

「武士より盗賊のほうが偉いと、おまえも同じに思うのか」

「わからないよ。ただ、正蔵は理由もなくそう言っているのではないと感じる。盗賊は悪人で、武士は悪人でないとは言えないのかもしれない。おれも、ついこのあいだまでは、戦で武士が人を斬るのは当然だと思っていた……実際に斬った……」

図面に目を落とし、草十郎は小声になった。

「盗賊よりも罪がなかったとは思えない。むざんなものばかり目にした。それを思えば、今さら盗賊になったからって、おれの何かが変わりはしないんだ。似たようなものだ」

「人生、投げたら終わりだぞ、草十《そうじゅう》」

さかしげにカラスが言うので、草十郎は少し笑った。

「投げちゃいない。今は少し、正蔵の生きかたに従ってみようかと思うだけだ」

「おまえ、正蔵が気に入っているんだな」

「かもしれない」

羽をふくらませた鳥彦王は不機嫌な声を出した。

「かんべんしてほしいな。それでこの由緒ある鳥彦王を、泥棒の手下に使おうってのか。おれには、修行中なるべく人間界に中立でいるようにっていましめまであるんだぞ」

「いやならいいんだ。呼んですまなかった。もしかしたら手伝ってもらえるかと思っただけだ」

それほど失望せずに草十郎は言った。もともと、自分の記憶だけをたよりにするべきことだったのだ。

「あのなあ。あっさりしすぎているぞ、おまえってやつは」

鳥彦王ががっかりしたように鳴いたので、草十郎は少しびっくりした。

「そうか?」

「そうだよ。もう少し、切実にたのみこむとか手を尽くしてみろよ。一応呼びつけたんだからさ。そういう努力が足りないって言われたことはないか」

「……あんまり、他人に何かをたのんだことはないんだ」

自信なく言うと、カラスは尾羽をふるわせた。

「おまえのためにだけは、節《せつ》を曲げてやるかって、そういう気持ちにならせろよ。きずなってものは本来そうだろう。おれはおまえを見こんで人間界に来たんだから、屋敷の偵察くらいはわけないんだ」

しばらくどぎまぎしてから、草十郎は言った。

「ええと……ぜひお願いします」

「わかりゃいいんだよ。そういう素直なところは、けっこうかわいい気がするぞ」

カラスは放言して飛び去った。そして、わずかな時間でもどってくると、図をすべて理解している頭のいいところを見せ、草十郎の見取図を完全なものにしたのだった。

夕刻になり、灯火のもとで草十郎の描いた見取図をながめ、くわしい説明を聞いた正蔵と日満は、二人そろって穴が開くほど草十郎を見つめた。

口を開いたのは正蔵だった。

「おまえには、少々神がかったところがあると前にも思ったことがあるが、今回のこれも信じられんな。どうしてここまでわかるんだ」

「どう考えてもいいよ。おれは、あんたたちに今度のことでつかまってほしくない。だから、できるだけのことをした。それだけだ」

草十郎が仏頂面《ぶっちょうづら》で答えると、日満が感心して言った。

「おぬしもたぶん、前世に功徳《くどく》を積んだ人間にちがいない」

聞かなかったことにして、草十郎は正蔵を見た。

「これだけでは、武士の数や詰所のありかはわからないよ。手が打てるのか」

「まあ、院の警護のありようは十年前とそう変わらないはずだ。それに、ここが三条殿より手薄なのも事実だろう。潜入できないことはない」

日満も申し出た。

「多少の幻術なら、拙者も使うことができます。とっさには効かないこともあるが、いるものをいないと思わせたり、他人を仲間と思わせたり、鬼火を飛ばして目くらましをすることも」

今度は草十郎が感心する番だった。

「すごいんだな、日満は」

「修行のたまものでござる」

正蔵が図面に手をついて言った。

「よし、今夜じゅうに決行だ。この御仁《ごじん》の幻術に期待して、正面門から攻めてみるとするか」


待機していた正蔵の手下たちが呼び寄せられ、見取図に沿って要所の見張りにつくことになった。正門から侵入するのは日満と正蔵の二人のみと決まった。顔を知られている草十郎は、裏手の塀の外、もっとも無難な場所で見張りをまかされただけだった。不満な気がしたものの、しかたのない配置ではあった。

人々の寝しずまった深夜、真っ暗な裏通りは物音一つたたない。そこに待機する草十郎には、正蔵たちがいつ行動開始したかすらわからなかった。

不審な動きがあったら知らせに行く手はずになっていたが、こちらに状況を知らせてくれる仲間はいないらしい。その場を動かずにいることがつらくなるほど、すべてのものごとからはずれていた。

空に昇った月は半月に近かったが、雲が多く、ときおり月光が射したり闇になったりする。万一を考えて覆面をしてきたが、ながめやる塀の並びには犬一匹通らなかった。夜半ともなると冷えこみ、じっとしていることがさらにつらかったが、火を焚くわけにもいかなかった。

（もしも、正蔵たちがとらえられたら……）

それは図面を描いた草十郎にも責任があるのだ。もともと、草十郎が彼のもとに身を寄せていなければ、正蔵がかかわることもなかった事柄でもある。それを考えると、無理を言っても正門側につかせてもらうのだったと悔《く》やまれた。今の場所では、たとえ邸内でさわぎが起きてもまるっきり聞こえないだろう。

（せめて、動向だけでもわかったら……）

築地塀《ついじべい》に登ってみる気を起こしたのは、そういう消極的な理由からで、潜入しようとは少しも考えていなかった。何があってもいいように細縄や鉤《かぎ》などは用意していたし、どれほど待っていても、塀の外へやって来る人間はいないようだったのだ。

塀ごしに見える松の枝に縄を投げかけ、強度を試してから、なるべく音をたてないようによじのぼる。そのつもりだったが、築地の上に並べた瓦が、さわるそばからがらがらいうのは止められなかった。少々ぶざまに両手両足でとりついて中を見やると、建物の渡《わた》り殿《どの》の向こう側に、警護の兵が手にするたいまつが赤くゆらめいて見える。

聞きつけられたかとひやりとしたが、じっと身をふせていると、警護の兵はこちらへ向かおうとはせず、渡り殿に沿ってゆっくりと通りすぎた。

明かりが見えなくなってほっとし、そろそろと塀の上に立ち上がった。松の木にからめた縄を回収しようと手を伸ばす。

そのとき、塀の内側のごく近いところから、草十郎をめがけて何かが飛んできた。

はっとしたときには遅かった。左足首に何かがからみ、力をこめてぐいと引かれた。足をすくわれるかたちになったが、落ちる寸前に自分の縄をつかむ。けれども平衡をとりもどすことはできず、右足も塀からはずれた。

ぶら下がったのはほんの一瞬で、草十郎はすぐに自分から手を放した。宙ぶらりんになどなっていたら、飛び道具のいい的だ。体を丸めながら、あまりへたな落ち方にならないことを願った。

幸い、下に石などはなかったようだ。痛かったことは痛かったのだが、なんとか一回転して起きなおり、脇差《わきざし》を抜いて、相手が自分を引きずり落とした細縄を切り離した。

（うかつだった……）

警護のたいまつを気にして見送ったため、塀の下にひそむ相手は、闇に沈んで少しも見えなかった。だが、鋭い気配は感じられ、物音をほとんどたてない身ごなしからいっても、そうとうな手だれだった。

草十郎が何もできないうちに、突然手首を蹴られ、もっていた脇差が飛んだ。さらにはたてつづけに顔や腹を殴られた。塀に背中を打ちあて、一瞬息が止まる。その草十郎の胸首《むなくび》をつかみ上げて、相手が歯がみをしながらののしるのが聞こえた。

「能なしのみそっかすやろう。警備の注意を集めたら殺してやる」

蹴りかたにも殺した声音《こわね》にも、覚えがあることはあった。打たれたあごがうまく動かないまま、草十郎は不明瞭につぶやいた。

「幸徳《こうとく》……か？」

「もっとぼこぼこに殴っておきたいところだが、今はそのひまがない。とっとと敷地から出て失《う》せろ。ついでに手伝え」

（手伝え？）

ようやく闇に目が慣れてきて、小男の輪郭がいくらか浮かび、彼も覆面をしていることが見てとれた。屋敷内に顔のとおった人物のすることとは思えない。

「あんた、まさか――」

盗みをしたのかと言おうとしたとき、幸徳の背後に、やはり闇にまぎれる人影がちらりと見えた。彼より小さいその人物は、近寄ってきてこわごわささやいた。

「まぬけな泥棒、つかまえられた？」

声をひそめていても、その奥にある鈴のような響きは聞きちがえようがない。草十郎は思わずまぬけな声をあげた。

「糸世《いとせ》？」

「あらっ、これ、草十郎じゃないの」

向こうも驚いた口調になった。

「幸徳どの、今、ずいぶん殴っていなかった」

「もう少しで逃げ道をふさがれるところだったのですぞ」

幸徳は怒《いか》りをこめてささやき返し、草十郎は信じられない思いでたずねた。

「なんでこいつと行動しているんだ」

「もちろん、ここから逃げ出して青墓《あおはか》へ帰るためよ。あなた、ぶたれたところ大丈夫」

「日満はどうしたんだ」

「日満に会ったの？」

「会わなかったのか」

あきれ返って草十郎は言いつのった。

「日満に伝えろと、おれに言ったのはどこのどいつなんだ。だからこそ、日満はあんたを救い出そうと決意したのに。会いもしないってどういうことだよ」

「まあ、知らなかった。それなら日満は今夜ここへ来ているのね、たいへん」

今ごろになってびっくりしている糸世の口ぶりに、草十郎はさらに腹が立った。

「あてにしないなら、最初から言わなきゃいいだろう。これでだれかがつかまったらあんたのせいだぞ」

「そんなのひどいわ。たのみを聞いてくれるかどうか、あてにならないそぶりをするほうが悪いのに」

糸世が言い返し、幸徳がすばやく制した。

「もうそのくらいに。御前《ごぜん》のお声はよくとおる。この塀を乗り越える前に見つかってしまってはもとも子もありませんぞ」

草十郎は幸徳にもくってかかった。

「ひとをさんざん殴っておいて、敵か味方かはっきりしろよ。だいたい上皇の言いつけで糸世をつれてきたくせに、どうして今度は逃がそうとする」

「つべこべ言うな。御前を塀の外へつれ出せばそれでいいのだ」

糸世は黙っていられなくなった様子で、息を殺してささやいた。

「幸徳どのは、わかってくださったのよ。顔を合わせてよくお話しすれば、理解してくださるかただったの。ただ、じっくりお話しできたのが、草十郎の帰った後だったというだけ」

幸徳が草十郎に告げた。

「きさまとなれあおうとは思わん。だが、糸世どのは青墓へ帰すべきだと思うから帰す。自分は今ある使用人の地位を失うわけにはいかんのだ。見とがめられる前に早くしろ」

彼が押さえていた手を放したので、草十郎は取り落とした脇差《わきざし》を探してかがみこんだ。すると、幸徳がさっと拾って手に押しつけた。ここまでされては、一方的に殴られた怒りを抑えるしかなかった。

草十郎が先に塀をよじのぼり、瓦の上にかがみこんで、後から来る糸世をひっぱり上げることになった。幸徳は糸世の体を下から押し上げる。糸世はさすがに慣れない様子だったが、身軽なのは確かで、思ったほど二人に苦労をさせなかった。瓦に足をかけようとして一度すべり、草十郎があわてて支えることがあったが、そのあとふるえはじめたので、おびえたのかと思ったらそうではなく、くすくす笑いをかみ殺していた。

幸徳は塀を登ろうとしなかった。闇の中から見上げてささやいた。

「ご息災で、糸世どの。今からもどることにします。陽動で警備の目をそらせるつもりだったが、侵入者がいると聞くとこれほど都合のいいことはない」

「日満が屋敷の人たちにつかまらないようにしてね」

「努力してみます」

うなずいた後、幸徳は闇の中を音もなく立ち去った。はたで聞いていた草十郎は、だれもかれも、どうして糸世の言いなりになってしまうのだろうと首をひねった。そういう自分も、必死になって見取図をつくったので大きなことは言えないが。

最初に草十郎が綱をつたって、塀の外の地面に下り、後から危なっかしく続く糸世を見とどけた。案の定、なかば以降は落ちたに近く、ぎょっとして下で受けとめるはめになった。

少女には、菩薩や天人ではないと確信できるだけの体重があった。しかも、丸太でも受けとめるなら草十郎にも覚悟があるが、人の体は柔らかく、熱と弾力をもっているのでうろたえてしまう。かかえて飛ぶように走った日満を、今になって尊敬したくなってきた。

糸世の髪や衣からは、邸内で焚いていた香《こう》が強くただよう。けれどもそれに収まらない、温かい芳香もかぐことができた。糸世自身がもつ香りであるらしかった。

「けっこう重かったな」

草十郎が口をすべらせると、糸世がむっとしたことが、見たというより支えた腕に伝わってきた。

「それって、女君《おんなぎみ》にかける言葉としてこの前以上に失礼よ。あなたってどうしてそうなの」

「いや、日満が――」

言いかけて、弁明にならないと思い返し、いさぎよくあやまることにした。

「ごめん」

自分の足で立った糸世が、間近に草十郎の顔をのぞきこんだ。かすかな月の光を受けて、闇にも輝く彼女のくっきりした瞳が見てとれた。

「どうして、こんなところにいたの。わたしを助けに来てくれたの？」

「いや、助けるのは日満と正蔵だったはずで、おれは見張りをしていたんだ」

草十郎が事実を伝えると、糸世は当然ながら不思議そうになった。

「正蔵って、だれ」

「おれたちの頭目だ。あんたが幸徳なんかと組んでいるとわかっていたら、潜入させるんじゃなかったよ」

「その人、わたしを助けにわざわざ屋敷にしのびこんでくれたの？」

正蔵には他にも目的があったにちがいないが、今、この場で説明することではなかった。

「そうだよ。だが、あんたが外に出たことを知らないままでは、あの二人は危ないばかりだ」

「幸徳どのが、きっとなんとかしてくれるわ」

糸世が楽天的に言うので、草十郎は腹立たしくなった。

「あんな男が信用できるもんか。敵だったやつなのに」

「あら、わたしはあの人を敵だと思ったことは一度もない。同じ身の上ですもの。話せばきっとわかってくれると思ったのよ」

むだ口はきかないことにして、草十郎は少女をひっぱって歩きだした。

「今後はあんたたちが、傀儡子《くぐつ》の身内でものごとを解決してくれるよう祈るよ。巻きこまれるのはもうたくさんだ」


早急に退《ひ》くよう、仲間の見張りが合図を回したときには、正蔵たちは屋敷の奥深く踏みこんでしまった後で、応答がなかった。

夜明け直前まで、草十郎たちは死ぬほどやきもきさせられたが、やがて日満が無事な姿を現し、しばらくたってから正蔵ももどってきた。八条邸の内部がどんなさわぎになっているかをうかがうひまはなく、彼らは急いでその場を後にした。

道々日満が言った。

「いや、あの小男が、御前はすでに屋敷の外に出ていると教えてくれなかったら、さらにぐずぐずしているところでござった。手前の殿舎《でんしゃ》におられないので、奥の寝殿までしのんでいったもので……」

　糸世が非難めいた声を出した。

「それ、上皇さまの寝所《しんじょ》にまで近づいたってこと？　そんなのはやりすぎよ、日満」

「御前のためなら、この身の危険はかえりみず――」

「わたしがそこにいると考えるのが、やりすぎだと言っているのよ。いったいわたしをなんだと思っているの」

　日満が答えるすべをなくしていると、かたわらで正蔵が言った。

「足を伸ばそうと提案したのはおれだよ。決死の潜入をそんなに責めては気の毒だ。あんたが遊君《ゆうくん》の一人ならば、ときには寝所にはべる仕事も否めないのでは」

「いいえ、おあいにくさま。ほんものの遊君ならば否めますのよ。それしか能のない女ならいざ知らず、わたしたちが添い臥《ふ》すとしたら、恋するに値する殿方のみです」

　糸世がつんとして言ったときには、朝焼けの雲が薄れるころで、あたりは急速に明るくなりはじめていた。彼女の少々乱れた髪筋や、くちびるを尖らせた小さな顔が今ではよく見えた。闇にしのぶために着こんだ衣が大きすぎ、不格好に紐でくくっているのまで見てとれる。

　それでも、あらためて少女の顔を見つめた正蔵が、感心した声音《こわね》を出すさまたげにはならなかった。みずみずしい白い顔は朝日に映え、その肌の内側から輝いているかのようだった。

「あんたが恋する値打ちがあると判定した男は、そうとうな果報者だな。どういう男がおめがねにかなうのか、一つ教えてくれないか」

糸世はつかのま、しかめっ面のまま正蔵を見返したが、それからゆっくり口もとをほころばせ、打ちとけた笑顔になった。

「じつは、糸世は恋をしてはならないことになっているんです。でも、だからといって、優れた殿方を前にして何も思わないということではありません。それに、感謝知らずの身でもありませんわ。日満といっしょに、見ず知らずのわたしを助ける尽力をしてくださったこと、本当にありがたいと思っています」

草十郎の目から見ても、他の配下の男たちの目から見ても、正蔵がこの時点で骨抜きになったことは確かだった。

「見ず知らずでなくなる方法を、ぜひ探し出したいものだよ。なんなら青墓《あおはか》までうちの馬を手配するが、どうだろう、かわりにと言ってはなんだが、近江《おうみ》の家に招かれないか。幾晩でもかまわない、おおいに歓待するよ。青墓への通り道でもあるし、途中で骨休めをする場所があってもいいだろう」

糸世は案じる様子を見せた。

「なんといっても、高貴なかたの意向にそむいて逃亡している身です。滞在することでご迷惑をかけるのでは」

「いや、それなら大丈夫だ」

正蔵は力をこめて請けあった。

「おれに命令を下せる人間はいないし、力ずくでつれもどしに来るようなやつらがいれば、撃退してやることもできる。おれの家は、お上《かみ》に反目したからといって迷惑する場所ではないんだ。似たようなことをやっている」

笈《おい》を背負った日満がうなずいた。

「拙者《せっしゃ》も、そのように思いますな」

「それなら、お言葉に甘えて寄らせてもらいましょうか」

糸世は最初自信なげに言ったが、やがて、心を決めたように明るい顔になった。

「このままお別れしたのでは、なんのお礼も差し上げられないことですし。よろしければそちらのお宅で、糸世の芸を披露させてもらいましょう」

「それはありがたい。青墓屈指の遊君を席に呼べるなら、だれもが狂喜するだろう」

その後、馬に乗ってからも、正蔵の態度はずっとそんな具合だった。糸世の近くにはりついたまま、下にもおかない扱いだ。

後方からその様子を目にする草十郎は、並んで歩を進める日満にこぼした。

「正蔵がじつは女好きだったと、今になってよくわかったよ」

「いや、あのくらいはふつうだ」

日満は草十郎の顔を見て、誇らしそうにまばたいた。

「御前が心を開くと、だれもが最高の褒美《ほうび》をもらったような心持ちになる。確かに器量よしのおかただが、あのかたからにじみ出るものは、顔かたちによるものばかりではないのだ。純真なご気性があってこそ、あの笑顔がまばゆい……かたくなになれば、別人のように、ひとを寄せつけないところも見せるおかただ」

「苦労があったみたいだな、これまでに」

草十郎が指摘すると、日満はこめかみを指でかいた。

「だが、まあ、あの笑顔を一度でも向けられた者は、あのかたに尽くそうと思いさだめてしまうのだ」

糸世という少女は、彼女を前にした人々に、ほどほどをゆるさないところがある。草十郎にも、そのことがなんとなくわかるような気がした。彼女に全面的に降参してかしずくか、でなければ、遠くにいることを強《し》いるようなところがある。

(どうして糸世の舞《まい》には、おれに笛を吹かせる力があるんだろう……)

彼女から遠ざかっていようと思っても、この疑問からは逃れられなかった。そしてそのことは、糸世という少女にすでに弱みを握られているようで、落ち着かない気分のするものだった。

近江の枯れ野にある正蔵の屋敷に着いた糸世は、自分から望んで人々を楽しませようと思えば、とびっきり愛想よくなれるところを発揮した。

それはたぶん、遊《あそび》の里で幼少から育って身につけている技能なのだろう。糸世は、それほどたくさん歌ったわけではなく、舞ったわけではなかった。正蔵の座敷にぎゅうづめになるほどつめかけた人々が、自分たちの歌を披露し、自分たちで踊ってみせたのだ。糸世が彼らをうまく乗せ、鈴を振るように笑い、気のきいたことを言ってほめるからだった。

草十郎は用心して隅っこに席をとっていたが、彼が指名される心配はなさそうだった。それほどたくさんの人間がひきもきらず名乗りをあげたからで、座はにぎやかに続き、糸世のほうも、わざわざ草十郎を相手にするひまなどない様子だった。

人々の中で笑っている糸世は、草十郎の目から見ても感じがよかった。ごく自然に、心から笑うので、周囲のだれもがうれしい思いをする。もう一度笑わそうと、やっきになる人物が出てくるのは無理ないことだった。

（自分と糸世とはちがう……）

なぜかそう思えてならなかった。草十郎と似かよった、あまりふつうでない音拍《おんぱく》の才覚をもちながら、糸世はごくふつうに人々に溶けこみ、人々とともに興じることができるのだ。夜が更けるにつれて酒が回り、宴席はますます盛り上がったが、草十郎はその途中でこっそり外へ抜け出した。

厩《うまや》の馬を引き出していると、かがり火をたよりに鳥彦王が飛んできた。

「どこへ行くんだ」

「人のいないところ」

「ああ、おれもついていくよ」

「おまえは鳥目じゃないか」

「まるっきり見えないわけじゃないぞ」

カラスが言い張るので、草十郎はそれ以上とやかく言わないことにして、馬を駆って門を出た。正蔵の屋敷の周囲なら、それほど遠くまで行かなくても場所はいくらでもあった。

やがて、やや小高い丘に登って馬を下りた。梢の向こうはなだらかな草原、空には月が浮かんでいる。草十郎は月に向かって自分をとき放ち、横笛を吹き鳴らした。

やっぱり何もかも忘れられた。いつも自分という中心に縛りつけられているものが体を離れて、音色とともに夜の中に拡散していくのがわかる。考えたり感じたりしている自覚なく、木々の粗密《そみつ》やあたりの地形――この場所なら、そう遠くない位置に広がる湖面があることが、肌に伝わる感覚のようにしみ入ってくる。

風の強弱、茂みを横切るけものの気配などが、期待しなくても草十郎の音色に同調してくる。どちらがどちらに合わせているのか、もうわからなくなったころに、天がため息をついたような風が起こり、初めてわれに返るのだった。

草むらに、けものたちが急いで逃げていく足音がする。狐《きつね》と兎《うさぎ》が接近してそばにいたりすることも多いのだ。けれども、不思議とこの場で狩が行われることはなかった。補食動物のほうも、かなりぼんやりしているらしかった。

「うーん。おまえの笛を、こんなにじっくり聞いたのは初めてだが、やっぱりすごいわ」

いきなり鳥彦王がしゃべったので、いることを忘れていた草十郎は飛び上がりそうになった。つないだ馬の鞍に、ちゃっかりと黒い鳥がとまっていた。

「へたをすると天地が動きだしそうだな。おまえ、雨を降らそうと思ったことはないのか？」

草十郎は手にした横笛を見つめた。

「そんなことは思わないよ。笛を吹くあいだは考えたりできない……おれには、自分が何をしているかよくわからないんだ。いつもそうだ」

「そのほうがいいのかな。おれにもわからないや」

鳥彦王が言うので、おぼつかないまま草十郎はたずねてみた。

「最後に風が吹くだろう、いったいどこから吹いてくるんだろう。おまえにはわかるか」

「どこでもないと思うよ。あれは、ちょっぴり門が開いたからだ」

「門？」

草十郎が聞き返すと、カラスはなんでもないことのように言った。

「この世界には、あちこちに門がつくられるんだよ。鳥ならそのことをよく知っている。ときどき飛行の奥義《おうぎ》に達するやつが現れて、門をくぐったことが語りぐさになるからな」

「門をくぐると……どうなるんだ」

「いろいろ言うけれど、異界へ行くんだと思うよ。おまえも、死んだ人間はあの世へ行くと言っていただろう。そんなようなものだ」

しばらく悩んでから、草十郎はまたたずねた。

「そういえば、糸世が天を開くと言っていた。あれは、おまえの言う『門が開く』と同じ意味なのか」

「あの子が言うのならそうなのかもな。あの雌《め》の子の舞は、なんていうか、壁を薄くするところがあるものな。人間の中でもめずらしい部類だよな」

「天界の花が降る……」

草十郎は思わずつぶやいた。もしそうだとしたら、日満の言うこともそれほどまちがっていないのだ。人々が糸世の舞に魅せられるのも、そのせいなのかもしれない。

「しかし、どうして、おれの笛や糸世の舞にはそんなおかしな力があるんだ。それはなんのためなんだ」

カラスはくちばしを振った。

「なんのためなんて、知っているやつがいたら、おれだってお目にかかりたいよ。真っ先にこのおれが、どうして鳥彦王は存在するのかって聞いてやるよ」

第二部　舞《まい》と笛

第四章　最後の源氏

1

「どうだ、いけそうか」

「いける」

「よし、続け」

草十郎《そうじゅうろう》は頭に押しやっていた面《めん》をすばやく引き下ろし、同時に枯れ草の陰から飛び出した。勢いよく駆け下る斜面の先に、すでに仲間の第一陣におそれ、あわてふためいている荷馬の一隊があった。

空は暗くかげり、遠い春雷が鳴り響き、雨の降りだした効果満点の舞台だった。異《い》形《ぎょう》の面をかぶった一味に襲撃され、おびえきってただ逃げ散る者が半数以上いる。

踏みとどまって抵抗を示しても、逃げ腰で役に立たないのが三割ほど。だが、最後の二割は腕に覚えのある者たちだった。京《みやこ》へ向かう街道に盗賊が出ることはめずらしくなく、それなりの商人や地方官ならば、大切な荷を護衛もつけずに運ばせることはなくなっていたのだ。

当然ながら、運ばれる荷に値打ちがあるほど護衛の数も増える。盗賊の側に立てば、大きな実入りと相手の強さをはかりにかけた見きわめが肝心だった。

先発隊が谷間にとらえた一行に上から襲撃をかけ、おたけびをこだまさせて、いかにも多勢に見せかけると、脅しに乗らない剛《ごう》の者だけが積み荷の守りにかかる。その人数を見きわめ、退《ひ》くか進むかを決するのが、精鋭である草十郎たち第二陣の仕事だった。

上から見ていた人々の動きで、どの男が戦闘の頭《かしら》かはもうわかっている。草十郎は、わき目もふらずにその頭に立ちむかった。中年でかなり大柄、他者を威圧する構えをもっているが、草十郎の仮面と身ごなしを気味悪がり、たじろいでいることは確かだった。

これは、命を捨ててかかる戦《いくさ》ではない。立場や荷がどれほど大切でも、この街道上で積み荷をめぐって死ぬ気のある者はいないはずだった。かなわないと思わせ、あきらめさせればそれでいいのだ。

とはいえ、白刃《しらは》をかざして何度も打ちあえば、そうそう余裕のあることを考えてはいられなかった。草十郎は、面の内側に冷や汗がにじむのを感じた。相手に不安を与えるには効果のある異形の面だが、視界が狭くてたまらない。特に足もとがしっかり見えないのが不利であり、心もとない原因になった。

いちかばちかの度胸で、大きく薙刀《なぎなた》をふるい、とんぼを切ってみせた。雨の降る中、足をすべらせることもおおいにあったが、危険をおかしただけの価値はあった。得体の知れない恐怖に相手はとうとう屈したのだ。

「退《ひ》け、退け――」

自分が真っ先に逃げ出したいがために男は叫び、防戦していた護衛たちもここぞとばかりに背を向けて走り去った。たくさんの俵と長持と荷馬が正蔵《しょうぞう》たちに残された。

「やったぜ」

仲間が歓声をあげるのを耳にしながら、草十郎は自分が肩で息をしていることに気がついた。仮面をかぶった正蔵が近づいてきて、上機嫌のあまり草十郎の背中を思いきりたたく。

「手慣れてきたじゃないか、この天狗《てんぐ》の弟子め。あちらさんは本気でそう思って、『もののけにおそわれた』と言いふらすにちがいないぞ」

「慣れてないよ」

草十郎は口の中で言った。正蔵にはわからないようだったが、自分自身は肝《きも》が縮んだことを思い知っていた。慣れる日が来るとも思えなかった。

わずかでも間が悪ければ、相手を斬り殺すことも起きるだろう。草十郎がうっかり人を殺しても、正蔵たちはとがめないだろうが、すでに感触を知っている身だけに、思っただけでまた冷や汗が出そうになった。どう考えても、正当なのは相手の男であって、自分ではないからだ。

（正気のままで斬り結ぶことが、こんなにむずかしいとは……）

草十郎は考え、ふとやるせなくなった。戦《いくさ》に参加したときは、あっさり正気を捨てたからこそ力のかぎりにふるまえたのだ。

散乱した荷や馬をまとめようと走り回る人々を見ながら、まだぼんやり立っている草十郎の頭上に、つぶてのように飛んでくる黒いものがあった。鳥彦王《とりひこおう》だった。

「おいおい、見張りも立てずに油断するなよ。街道を次の一隊がこちらへ向かってきているぞ」

「見張りならいるよ。おまえのほうが目が早いだけだ。それで、どんな連中だ」

肩につかまって鳴くカラスに、草十郎はたずねた。

「やばそうな連中だ」

鳥彦王はうれしそうに告げた。カラスというのはよくよく、偵察やうわさの伝達を楽しむのだ。

「ありゃあ、襲撃したらおまえたちがイチコロだな。三十くらい頭数をそろえて京《みやこ》へ上る武士の集団だ。長持の中は鎧《よろい》や武器だと見た。そうそう、そいつらに向かっておまえたちが追い払った何人かが逃げていくから、へたをするとあいつら、盗賊を成敗《せいばい》する気を起こすかもよ」

「そいつは困る。どのあたりまで来ている」

鳥彦王が語る内容を、草十郎は疑わなかった。疑ったら最後、このカラスが協力してくれなくなることもわかっていた。手を上げて正蔵の注意をひき、駆け寄って伝える。

「急いで街道を離れたほうがいい。次に来るのは武士の一行だ」

草十郎が鳥彦王を信用するように、正蔵は草十郎の言うことを問いただすことなく聞き入れるようになっていた。指笛を鳴らし、全体に合図を回して、丘越えの道に馬たちを引き入れる。そのころになって、仲間の見張りが同じことを告げに息せききって走ってきた。

「まったく仕事を楽にしてくれるものだ」

「たいしたもんだ、大将。この若さで向かうところ敵なしだ」

「ふんぞり返った大立者《おおだてもの》が、青くなったところは見ものだったぞ」

「実際、天狗にしか見えねえ」

大量の収獲を得て浮き立った人々は、草十郎をほめそやした。盗賊仲間のあいだに、草十郎の実力が認められはじめていた。

腕っぷしをほめられれば、草十郎とて悪い気分はしない。襲撃前の緊張の反動もあり、成功に気持ちが高揚するのは確かだった。

（まだ、これが二回半だ……）

草十郎は考えた。半というのは、襲撃に加わったけれども半分見学に終わった初回があるからだった。

（平気になることができるのかもしれない。もっと技を磨いて、おれ自身が強くなりさえすれば……）

正蔵の屋敷が見えてくると、留守居をしていた人々が、こちらもにこにこ顔で迎えに出てきた。弥助《やすけ》が草十郎を見つけ、走り寄ってきた。

「お疲れでした。馬の世話はまかせてよ」

「うん」

たづなを渡し、仮面をむしりとると、思わずほっとため息がもれた。弥助はその様子をまじまじと見てから、不思議そうに言った。

「草十郎、この前も思ったけれど、お面を取ったら悲しそうな顔をしているからびっくりするよ」

「そんなことはないぞ」

自分は仲間とともに浮かれているつもりだったので、草十郎もびっくりした。

「今日の仕事は、何から何までうまくいったよ。今度弥助にも、宙返りして相手をひるませるこつを教えてやる」

「したのか、草十郎。何回だ」

「三回」

「うわあ、今夜は武勇伝が楽しみだー」

弥助は芯《しん》から幸せそうに言い、仕事を早くすませようと馬をぐいぐいひっぱっていった。気持ちがなごみ、見送る草十郎も笑みを浮かべたが、弥助のように純真に誇ることはやっぱりできない気がした。

盗賊同士でありながら、草十郎の腕前に目をみはる人々を前にすると、いかに他者を倒すためばかりに訓練したかを思い知ってしまう。そして、究極の強さを求めた先には、われを忘れ、死をも怖れずにいられたあのときの境地があった。

さらに後ろめたいことには、ともすると草十郎の体は、一度味わったあの陶酔に立ちもどろうとしているのだ。そのほうが闘うことが楽だからだ。

いつのまにか、正蔵がとなりに来ていた。

「何を考えこんでいるんだ。今日の立役者にしては、しらけた顔だな」

上背《うわぜい》のある男の顔を見上げ、草十郎はたずねてみた。

「こうして他人から奪いとる生活をしていて、正蔵は本当に満足なのか」

「今のところ、不満はないぞ。特に、今日みたいに手ぎわのいい仕事ができればなおさらだ」

「自分を生かせと、あんたは言ったけれど、盗賊になって、あんたはどこを生かしているんだ」

仲間うちで武士だった男は正蔵一人だから、草十郎としてはぜひ聞いておきたかった。正蔵は胸を張ってきっぱり言った。

「おれはだれにも税を払わん。そこに生きている」

「税――」

草十郎がけげんな顔をしたのを見て、正蔵は言葉を続けた。

「いいか、他人に支配されることが、すなわち稼ぎを上納するということだ。皇族貴族がだれかに税を納めたりするか？　今は彼らと同じにおれたちも、納めるのではなく取り上げる立場で生きている。取られる側にすれば、だれに納めたかがちがうにすぎないってことだ」

「そんな理屈、通用するのか」

草十郎は疑わしく言ったが、正蔵は平気だった。

「通用するさ。これまでの体制がゆるむご時世ならばな」


その知らせは、雨の上がった夕方にやって来た。雲が切れ、西日が射して、昼どきよりも明るくなった夕刻のことだ。正蔵の座敷では盛大に酒宴を張ることになっていたが、まだ日没に間があり、酒樽を屋敷内に運びこんでいる最中だった。

「草十《そうじゅう》、聞いたか」

飛んできた鳥彦王が勢いこんで言ったので、草十郎はなんのことだと聞き返した。ところが、カラスは急にためらった。軒先にとまって首をすくめ、用もなく空を見上げたりした。

「あー、これって、草十に聞かせないほうがいいことかもしれない。おれ、前に失敗したこと思い出した」

「なんだよ、思わせぶりに。そこまで言ったらさっさと話せよ」

草十郎は眉をひそめたが、めずらしいことに、このうわさ好きなカラスが本当に話すのをやめてしまった。

「どっちにしろ、すぐに人間同士のうわさが届くよ。おれから言うのはやめておく」

「ちょっと待てよ。おい、鳥彦――」

黒い鳥は来たときと同じあわただしさで飛び去ってしまい、つかまえようにも方法がなかった。草十郎はこのときほど、翼のあるものをいまいましく思ったことはなかった。気がかりで、じっとしていられない思いだけを残していったのだ。

（ろくでもないやつ……）

とりあえず庭に出て、酒樽や酒のさかなを運んでいる面々に話しかけてみた。そこにいる人々は何も知らない様子だったが、たまたまそこに、少し遠くまで買い出しに行っていた二人がもどってきた。

「おいおい、とんでもない話を小耳にはさんだよ。昼間、仕事の後で鉢合わせしそうになった武士団があっただろう。あれは尾張《おわり》のなにがしとかいう一行で、何をしていたと思う、不破《ふわ》のあたりで生け捕りにした源氏の御曹司《おんぞうし》を、京へ護送していく最中だったんだと。おれたちも、あのときあわてて仕事場を去らずに、ひと目拝んでいったらよかったかもな」

「御曹司……？」

顔色を変えた草十郎に気づかずに、酒樽の運び手がたずねた。

「源氏の御曹司なら、もうとっくに処刑されたんじゃなかったか」

「首がさらされたのは源氏の太郎ぎみだけだ。子息はまだ何人もいて、二郎、三郎も戦《いくさ》に加わっていたらしい。平氏はそれこそ血まなこで源氏の生き残りを捜しまわったはずだ。つかまったのはほんの少年で、どうやら三郎ぎみらしいよ。おい、もしもおれたちが御曹司をぶんどっていたなら、目ん玉が飛び出るような報償を手に入れたのに」

「はっは、無理無理。うちの親方は、そんなやばそうなものにはぜったいに手を出さないって」

手を振った一人に、その場のほとんどが同意した。買い出しに行ったもう一人は、感慨深げに言い添えた。

「手を出さないにしても、おれたちは見ものを逃したらしいぞ。この先の宿場では大さわぎで、女子どもまで道に出てひと目見ようとしたそうだ。六波羅《ろくはら》に届けられたら打ち首まちがいなしの若ぎみが、武士団に固められて街道を上るんだ。めったにあることじゃない。さぞかし哀れな様子だったろうよ」

(右兵衛佐《うひょうえのすけ》どの……)

それではあのとき、草十郎と木立をいくつも隔てない場所を、生け捕りにされた三郎頼朝《よりとも》が通っていったのだ。そう思うと、景色がゆがんでめまいを起こしそうだった。

あと少しその場にとどまったら気づいたものを、死ぬよりひどい境遇におちいった少年を、通りすぎるままに行かせてしまったのだ。草十郎は爪がくいこむほどこぶしを握りしめ、動揺に耐えようとした。

自分が助けた少年のことは、いつも心の片隅で気にかけていた。行方知れずになっていることが気がかりだったが、身を隠し名を捨てて生きるしか彼に残されていないことはわかっていたので、その名を耳にしないことは一つの救いだと、いつも考えていたのだ。

今は最悪のことが起こってしまった。彼をとらえた者に少しでも情けがあったなら、源氏の少年は自害することができたはずだ。尾張武士は、何も感じなくなった首だけをもって東海道を上ってもよかったはずだ。

なのに、生きたままその身柄を運ばれ、街道の人々に好奇の目をそそがれ、処刑を白昼にさらされた兄の義平《よしひら》以上に長い苦痛をなめさせられている――

草十郎の様子に、そばにいた男がようやく気づいた。

「おい、なんて顔だ。真っ青だぞ。どうかしたのか」

その場の人々がいぶかしげに見つめた。草十郎は彼らを見回しただけで、口を開くことができなかった。とても説明などできない。

そのとき、ふいに思い知ったのだった。自分がどれほど盗賊稼業に通じ、仲間のあいだで認められたとしても、同じ心を分かちあうことはできない。草十郎と彼らとでは、最初から異質すぎていたのだ。

とうとうひと言も言わないまま、草十郎はくるりと背を向けて駆け去った。

正蔵はそのとき、座敷で片ひざを立て、今日の戦利品に含まれていた玉飾りの厨子《ずし》をひざのあいだにすえて、見た目どおりの値打ち物かどうかくわしく調べていた。そこへ草十郎がただならない足音で駆けこんできたので、迷惑げに顔を上げた。

「ほこりを立てるな、このばか。なんだって尻に火がついたみたいに走っているんだ」

草十郎は荒くついた息を吸いこんだ。ようやく声が出た。

「右兵衛佐どのが生け捕りになった。助け出さないといけない」

正蔵は落ち着き払って返した。

「いけない？　そりゃどういう意味だ」

「まだ、京に着いていない。六波羅に入る前なら、どこかで奪う方法がある」

草十郎は言ってのけたが、正蔵の口調はのんびりしたままだ。

「右兵衛佐というのは、左馬頭《さまのかみ》義朝《よしとも》の三男だな。はあん、とうとう見つけ出されたか。ひょっとすると、前に見た、赤糸おどしの鎧《よろい》を着ていたやつがそうだったのか」

草十郎はくちびるをかんでうなずいた。

「そうだ。三郎頼朝どのだ。おれは、あの人を逃がすためにここへ残った」

「それなら、貸し借りはすでにご破算になっているだろう。見捨てられたうえで、主従を尽くす義理もない。三男坊が打ち首になるからって、おまえが何を今さらあわてさわぐ必要がある。これからは平氏の世の中だ。源氏が日の目を見ることは二度とありえないと、だれだって承知しているぞ」

ひややかに言われて草十郎はぐっとつまったが、それでおしまいにはできなかった。

「損得を言うならそうかもしれない。右兵衛佐どのを救ったからといって、恩賞や名誉があるものじゃない。ただ、おれはこのままにしておけない。一度は佐《すけ》どののために命を捨てる気でいたんだ――こんなかたちでは終わらせられない」

「おいおい」

草十郎の目の光に気づいた正蔵は、ようやく態度をあらため、厨子をかたわらに押しやった。

「しようのないやつだ、また病気がぶり返したのか。取り引きはどうしたんだ、取り引きは。まさか、このおれが損得を考えなくても動くと思っているんじゃないだろうな」

「あんたは動かないよ。そんなことはもうわかっている」

草十郎はいくらか高ぶりを抑えた。

「だけど、おれは一人でも行く。あんたの震旦《しんたん》の薬をまかなえるほど働いたかどうかわからないが、少しは実入りもあったはずだ。取り引きのことなら、おれは、だれもが死んだと納得したらあんたの好きにしていいと言った。右兵衛佐どのは、まだ死んでいない」

正蔵の顔はほほえんで見えるが、次に口を開いたとき、声はひどく硬くなっていた。

「まだ死んでいないのは、時間の問題だ。たとえおまえが相手の意表をついて、源氏の三男坊を救出することができたとしてもだ。どこへつれていく。どこでかくまう。この国じゅうに、平家に密告されずに義朝の息子が暮らせる場所などないぞ。おまえのそれは、後先を考えないただの死にたがり病だ」

「死にたがってなどいない」

「源氏に肩入れするのは、死にたがるのと同じだ」

決めつけられて、草十郎は歯をくいしばった。

「そうじゃない。三郎どのはまだ十四になったばかりだ。おれは、あの子もあの子の痛みももう知ってしまった。だから、たとえ一日一刻でも長く生きのびさせてやりたい。それに……」

言いかけた言葉はなかなか出てこなかった。草十郎は肩で息をついてようやく続けた。

「……あんたには悪いが、おれは盗賊稼業が続けられそうにない。自分が正しいと信じていないことで刃《やいば》をふるうのがつらいんだ。もしも三郎頼朝どのを生きのびさせることができたら、そのときおれは、武士だった自分に決着がつけられそうな気がする」

「討ち死にと、どこがちがうかさっぱりわからんな」

腕を袖に入れた正蔵は言った。

「少し頭を冷やして考えるんだな。どこをどうしたら、そんな捨て鉢な意見を拝聴しておれが首を縦に振ると思えるんだ。腕が立つわりに青臭いやつは、これだからかなわん」

「頭を冷やす時間なんかない。今すぐ行かないとまにあわないんだ」

草十郎が再び声を荒らげると、正蔵はいきなり鋭い指笛を吹いた。

「それならおれが、おまえに時間をつくってやるよ」

合図を聞きつけて、男たちがどやどやと座敷に集まってきた。みな、けげんそうな顔をして頭目の前につっ立っている草十郎を見やる。正蔵はおだやかな声で告げた。

「今、草十郎が若気《わかげ》の至りで熱くなりすぎたんで、みんなでふん縛《じば》って納屋につっこんでくれ」

男たちは一瞬とまどったが、それは草十郎も同じだったので、思わず逃げ遅れた。

本気であばれだそうとしたときには、もう七、八人がかりで手足を押さえこまれていた。必死でもがき、声をかぎりに正蔵をののしったところ、口まで布でふさがれてしまった。

「悪く思うな。何年か後には、おれに感謝することになる」

床に押しつけられた草十郎を見下ろし、正蔵が明るく告げた。

(どうにもならないのか、おれの思いは……)

うつろな目をした三郎頼朝の首が目に浮かんだ。確実にやって来るその光景に、絶望がふくれ上がったそのときだった。座敷に思わぬ声が響きわたった。

「お待ちください」

りんとおるその声は、さわぎを貫いて耳を打ち、男たちは驚いて動きを止めた。そして、振り離そうとした草十郎の動きまで、ひと目見て止まってしまった。

場にそぐわない優雅な衣装と衣《きぬ》ずれの音。糸世御前《いとせごぜん》が日満《にちまん》を従え、さっそうと座敷に歩み入ってきた。

2

糸世《いとせ》と日満《にちまん》が青墓《あおはか》へと発ってから、すでに半月以上がすぎていた。当然のように割って入った糸世には、だれもが一様にめんくらっていた。

「あんた、青墓へ帰らなかったのかね」

正蔵《しょうぞう》の迷惑そうな問いに、少女はすまして答えた。

「お借りした馬を返しに来たのですわ」

「馬を返しに、わざわざ二人で？」

「冗談です」

正蔵を見やって、糸世はほほえみもせずに言った。

「わたし、これから京《みやこ》へ行くんです。ここへは草十郎《そうじゅうろう》に話があって寄りましたの。この人、ちょっと放してやってくれません」

（……こんな子だったたっけか）

草十郎は思わず考えた。糸世のことを忘れたわけではなかったが、この少女には、記憶の像にとどめておけない、目にして初めてはっとするものがあるような気がした。水晶にかいま見る虹のように、一つところにさだまらず、ほのかでいながら鮮烈な何かだ。

今の彼女は白拍子《しらびょうし》の装いで、白地に紋のある水干《すいかん》と赤い打袴《うちばかま》を身につけていた。烏帽子《えぼし》はかぶらず、薄い垂れ衣《ぎぬ》のついた旅の笠を手にしている。行儀がいいとは言えない男たちを前に並べ、奇妙なほど堂々とした態度だった。彼女に比べると、正蔵でさえ多少は遠慮がちに見えるくらいだ。

山伏《やまぶし》姿の日満のほうは、勝手な乱入に恐縮した様子で、いかつい体をせいいっぱい縮めていた。糸世の威厳が、彼を後ろ盾とするから生まれるものではないことは確かだった。

軽く咳払いをしてから正蔵が言った。

「草十郎を自由にさせたら、今すぐすっ飛んでいって尾張《おわり》の武士団に斬りこむところなんだが、それでも放してやれと言うかね」

「あ、それならいいです。そのままでも」

縛り上げる手を止めていた男たちが、彼女の言葉に再び力をこめた。けれども、口をふさいだ布は取り去っていたので、草十郎は腹を立てて糸世に言った。

「加勢する気もないなら、おかしなところにつっこんでくるなよ。何さまのつもりなんだ」

糸世は進み出てくると、草十郎の前でかがみこんだ。ひざに両手をのせた子どもっぽいしぐさでのぞきこみ、相手の言いぐさにはとりあわずに言った。

「そうじゃないかと思ったのよ。あなたは、あの三郎若ぎみをよく知っているんじゃないかと。だから来たのよ、来てみてよかった」

小さくため息をついてから、少女は言葉を続けた。

「男の人が考えることって、どうしてこう、何から何まで暴力沙汰なのかしら。三郎若ぎみを襲撃で奪い返せると思うなんて大まちがいよ。尾張の弥平兵衛《やへいひょうえ》は、能なしでもなければ腰抜けでもない。武具は万端だし手の者はよく鍛錬してある。青墓《あおはか》の宿《しゅく》を通ったからよく知っているのよ」

「関係ない。おれの気持ちがわかるもんか」

草十郎はいきりたったが、そんな言葉を他人にぶつけるのは初めてだということに、言ったあとで気がついた。

糸世は哀れむような目で草十郎を見返した。

「人を斬って若ぎみを救い出すことしか、本当に思いつかないの？　あなたは、自分にはそれしかできないと本当に考えているの？　あなたがそんなふうなら、たぶん三郎若ぎみは、源氏を慕う人々がさらに死んでいくのを目にするだけで、悲惨に処刑を迎えることになるのよ」

「ほかに何ができる。おれにはこれしか——」

自分の身一つしかない。正蔵のように、率いる部下も手配する武器もない。不意打ちの機会をものにするしかないと草十郎は言いたかった。だが糸世は強い口調で言った。

「笛はどうしたの。あなたは、笛を吹く人ではなかったの」

「笛?」

意表をつかれて、まぬけな声で聞き返してしまった。これほど場ちがいに聞こえる指摘もあまりなかった。だが、言われたとたん、義平《よしひら》に『笛吹き』と呼ばれてどれほど胸が躍ったかを思い出した。すると、怒りにたぎっていたものが急速に失せ、体の力が抜けていった。

「笛を吹くからどうだと言うんだ。そんなこと、右兵衛佐《うひょうえのすけ》どのを救うなんの足しにもならない」

「いいえ、なるかもしれないのよ」

糸世はささやいた。少女が何を言おうとしているのか知ろうと、草十郎は穴が開くほどその顔を見つめた。草十郎がしずまったことを知り、押さえつけていた男たちも腕の力をゆるめはじめた。

体を伸ばした糸世は、正蔵を見やった。

「やっぱり、この体勢では話しづらいものですわ。疲れるし。草十郎にばかなまねをさせないと誓いますから、わたしと彼だけにして話をさせてくれませんか」

正蔵は思案する様子だった。

「だいぶ平静になったようだから、縄はといてやってもいい。だが、いつまた逆上するかはわからんから、おれはここにいて立ち会うぞ」

「かまいません、それでも」

糸世は答え、草十郎はようやく後ろ手に縛られることをまぬがれて、もう一度体を起こすことができた。


とりなしに感謝するべきだったが、女の子に体裁《ていさい》の悪い場面を見られた気がしてならず、正蔵へのむかっ腹は簡単におさまるものではなかったので、草十郎は仏頂面《ぶっちょうづら》だった。正蔵の部下が持ち場へもどり、日満も席をはずして座敷に三人だけになると、糸世はそっぽを向いて座っている草十郎を見た。

「あなたって人、いろいろ自分をだめにしている気がするの。わたしはとっても不思議よ。なぜ、あなたにあのような笛が吹けるのか。たぶん、あなたは、切り離す方法を覚えてしまったのね。笛を吹くあなたと、そうでないあなたとに。でも、その方法はあまり利口じゃないと思う」

草十郎がむっとしたまま答えずにいると、糸世はさらに言葉を続けた。

「なぜなら、その笛の音はあなたの命の源からしか出てこないものだから。切り離されたほうのあなたが、どんどんやせ細ってしまうのよ。命の重さもわからない、薄っぺらな人になってしまう」

草十郎のかわりに正蔵が口をはさんだ。

「こいつの笛は、それほどたいしたものなのかね。おれたちは耳にしたことがないんで、どうもぴんとこないが。登美《とみ》ばあが一度温泉でもれ聞いたと言っていたが、他はだれの前でも吹こうとしない」

「座興で吹く笛ではないんです、この人の笛は。たぶん、みんなで楽しもうなどとは思ってもみないのよ」

糸世が答えると、正蔵は首をひねった。

「楽しむ以外、なんのためにあるんだ。笛や太鼓や歌や踊りなんてものが」

「たとえば天上で飛天《ひてん》たちが舞いかなでる音楽は、人間を楽しませるためにあるわけではないでしょう」

しぶしぶながら草十郎は向きなおった。

「おれはべつに、出し惜しみをして笛を吹かないわけじゃない。聞かせたくても鳴らないだけだ。人のいるところでは鳴らないんだ」

正蔵が疑わしげな声を出した。

「聞かせようと試したことはあるのか」

「何度だってあるさ。故郷で、祭に笛を吹かないかとさそわれたこともある。でも、共鳴りしないんだ、ぜったいに……吹けたのは本当に一度だけだった」

大きな目で見つめる糸世をにらむようにして、草十郎は言葉を続けた。

「どうしてあんたが舞うときだけ吹けたのか、おれにははっきりしない。あのときだけは、人がいようといまいと周りが同じものに思えた。あんたのその舞《まい》は、いったいなんなんだ。笛で右兵衛佐《うひょうえのすけ》どのを助けられるかもしれないって、どういうことなんだ。いろいろとわかったふうなことを言うなら、まずそれを教えてくれよ」

糸世はわずかに首を傾けた。

「わかりたいと、本当に思っている？」

「いなかったら、たのんでいないだろう」

「だったら、ふてくされるのをおやめなさいよ。あなた、本当にわたしが見えている？」

ぴしりと言われ、草十郎はとまどって眉をひそめた。

「目はいいほうだぞ」

「わたしのことをきちんと見る人にしか、通じるものも通じないからよ。わかりたかったら、わたしを見て。見るときに隔てをもたないで。いい？」

糸世の真剣な表情には、草十郎にわれ知らずうなずかせるものがあった。思わずかたずをのんでいた。

「いいよ」

すると糸世は、声を高くして座敷の外にいる山伏を呼んだ。

「日満。ちょっと鼓拍子《つづみびょうし》をお願い」

正蔵が細い目を少なからず見開いた。

「今から舞《まい》を舞うつもりかね」

糸世は立ち上がってうなずいた。

「草十郎は、あなたがたの前で一度は笛を披露するべきなんです。そのために舞いましょう」

日満が袋から鼓を取り出し、張りを調節して注意深く音をととのえた。糸世には烏《え》帽子《ぼし》と扇を手わたす。烏帽子のあご紐をしめ、ふところに扇を差し、背筋《せすじ》を伸ばした糸世は、急に別格の存在になり変わったかのように見えた。座敷の外に出ていた人々も再び集まり、入りきれなかった者が縁にむらがってのぞきこんでいる。

草十郎は母の横笛をひざにおいてみた。だが、やっぱり吹けないという気がしてならなかった。正蔵の屋敷の梁は低すぎるし、座敷は狭すぎる。人々がつめかけた後に残る空間はほんのわずかしかなく、共鳴りなどはもってのほかだった。

「では」

日満がうなずいて鼓を肩にし、用意ができたことを伝えた。糸世は一つ大きく息をしたが、そのあとは妙に構えを捨ててしまい、ごくふつうの歩き方で座敷の中央へ進んだ。

舞人《まいびと》は、にっこりして草十郎をふり返る。

「わたしの舞は何かって、あなたはたずねたわね。その前に、舞とはいったい何かとたずねなくては。舞は目に見えるもので、笛は耳に聞こえるものだけど、一つ同じところに因《よ》っている――音律よ」

ゆるやかに体を回しながら、糸世は草十郎一人を前にしたようにしゃべりつづけた。

「わたしは舞が好き。歌も好きだけど、根っからの舞人なの。舞には、よけいなものがいっさいいらないから好き。音律を生み出すのに、わたしのこの体が一つあれば十分なのよ。この手が、この足が、大事な拍子をつくっていく。こんなふうに――」

軽くとんと足を踏み、糸世は腕を伸ばして四半分ほど回した。日満が少しあわてたように鼓を打ちだした。

「舞には、ひと続きの身ぶりに必ずくり返しがある。くり返すことでととのっていくものがある。厳密なくり返し、でも、本当はくり返すたびに微妙に異なっていくくり返し。なぜなら、これこそが、時の中に律を生み出す行為だから。時がただただ押し流し、どこまでも流れ去っていくものに、拍子でくさびを打って、わずかにとどめてみせるのよ。音律がこの場をつむいで、左右をととのえて、つなぎ止めていく。それは、わたしの拍子が単調すぎても取り逃がす何かよ――」

大きな花が花びらをほぐすように、糸世は扇を開いてみせた。鳥が翼を広げるよりもかろやかな動きだった。見守る人々の口から思わずため息がこぼれる。

草十郎には、糸世の言っていることがよくわかった。それは、今まで言葉にしようなどと思ってもみなかったものの、草十郎が笛を吹くたびに感じていたことだったからだ。だが、気軽におしゃべりしていた少女が、どの時点から真剣な舞人に移行したかは、微妙すぎてわからなかった。

気がついたら、糸世は語っていなかった。語りかけてくるのは、彼女のつむぐ音律だけだった。清浄で制限のない、草十郎に笛を取らせる律動だ。

前回、草十郎は、糸世の舞が河原の見物人を支配し、魅了することで場をかたちづくっていると感じた。だが、それは結果にすぎないことが今は理解できた。糸世自身は、柱も屋根も見守る人々もいっさいなくした、ここではないはるかな場所を注視していた。

(広さ狭さは、関係ないのか……)

舞いつづけながら、糸世は甘やかに歌いだした。

東《ひんがし》や

香山《こうせん》の山に生《な》るなる花橘《はなたちばな》を
八房《やふさ》ふさねて手に取ると夢に見つ

新しい音律。いざなわれていることがわかり、草十郎は逆らわずに横笛を取った。くり返しがその精妙さを保つが、同じくり返しを行《おこな》っては損なうばかりなのだ。糸世がつむいでみせたもろくて美しいものを、おかしな意地で壊す気にはならなかった。しらべをかなでるうちに、頭上の梁のどこからか、金色の花がいくつも落ちてきたのがわかった。

それらは茎をもたない多弁の花で、風ぐるまのようにゆっくり回りながら降ってくることまで見てとれたが、笛を吹くあいだは「ああ、またか」と思っただけだった。花はいっときたくさん現れたようだったが、あっというまに降りやみ、最後に四方からの風が吹くと、吹き散らされたように見えなくなった。

草十郎が笛を吹きやめ、われに返って周囲に目をやると、糸世が舞を終えて立っていた。座敷の人々は目をぱちくりさせ、草十郎と同じくらい、今やっと目がさめたような顔をしていた。

糸世が正蔵を見てたずねた。

「おわかりになりました？　草十郎の笛」

正蔵は頭を強くかき、鼻をこすった。どうやらひどく困惑したらしかった。

「いや、今のは……じつは、よくわからん。なんだか夢を見ていたみたいだ。おい、おまえがどんな曲を吹いていたのか、さっぱり思い出せないのはどういうわけだ」

草十郎は少しがっかりしたが、そんなものだろうと思わなくもなかった。

「じつは、吹いているおれにも思い出せないんだ」

そのとき、仲間うちでもっとも年配の茂松《しげまつ》という男が口を開いた。

「だが、わしは今、浄土を見せてもらったぞ。あれが浄土というものだろう？」

それが口火となって、みんなが自分の見たもの聞いたものを口々に言いはじめた。

それらは微妙に異なるらしく、世にも香《こう》ばしい匂《にお》いをかいだと主張する者まで現れた。

さわがしさの中で、正蔵が糸世にたずねた。

「こりゃあ、いったい何が起きているんだ」

「草十郎の笛を聞いてほしいと、わたしが願ったからです」

きまじめな表情で糸世は答えた。それから彼女は草十郎に目を向けた。

「これがわたしの舞よ。あなたにもようやくわかった？　わたしの舞は、祈りを届かせることができるの。わたしの舞がつむぐものは、心の望みの橋渡しになるのよ。めったに舞わないことにしているのはなぜか、それでわかるでしょう」

草十郎は、まだ釈然としないまま手にした横笛を見つめた。

「あんたはおれに、人前では吹くなと言ったくせに。あんたの言うことは、いつも一貫していない気がする」

「情況がちがうからよ。もう、石頭ね」

糸世は口を尖らせると、歩み寄ってきて腹立たしげに前に座った。

「あなたが笛でどんなことができるか知らないまま、勝手に自分を捨てそうだから、方針を変えたんじゃないの。あのね、天変の力で言えば、わたしの舞以上にその笛のほうが強いの。ただ、人の心と通路をもっていない。だからもしも、わたしとあなたが力を合わせるなら、人の運命の一つや二つは変更することだってできるかもしれないのよ」

何度もまばたきしてから、草十郎はようやく聞き返した。

「……右兵衛佐《うひょうえのすけ》どののことを言っているのか」

「最初から、それ以外どこに話題があるのよ。若ぎみのお命を救いたいんでしょう」

糸世は勢いこんで口調を強めた。

「わたしが京《みやこ》へ向かうのもそのためよ。そのために舞おうって、もう心を決めたの。

大炊《おおい》さまもそのお気持ちで、いっしょに青墓《あおはか》を出てきていらっしゃる。ただ、わたしはあなたのことを覚えていたから、日満とここへ寄り道したの」

「京で、何をするつもりなんだ。また河原で舞ってみせるのか」

思いつかないままたずねると、糸世は挑戦的な目で見返した。

「今回はそれでは効果がないわよ。直接六波羅《ろくはら》へ乗りこんでいって、清盛公《きよもりこう》の前で舞うくらいのことをしてみせなくては。あなた、死ぬ気があるくらいならわたしを手伝ってよ」

驚いた草十郎が何も言えないうちに、正蔵が口をはさんだ。

「おいおい黙って聞いていれば、おまえさんの提案、討ち入り以上に大胆じゃないのか。この草十郎に、こともあろうに六波羅御殿で笛を吹かせようって言うのか」

糸世は平然とうなずいた。

「いけませんか」

「しかし、こいつは前の戦に加わっている。あんただって、平氏にたてついた口だろうが」

「なんとでもなります。青墓の長者さまには有力者のつてもありますから」

正蔵に言い返してから、糸世はうかがうように草十郎を見た。

「あなたが加わってどうなるかは、わたしも本当はよくわからない。けれども、わたしたちは一度、死者を送り届けたことがあるはず。同じ力がもう一度発揮できるなら、同じくらい強く願うことができるなら、まだ生きている人を救うために使うべきなのよ。あなたの笛、三郎若ぎみを助けるために吹いてみたいと思わないの？」

ためらったのはわずかな時間で、草十郎はすぐにうなずいていた。

「やってやる。そうすることに見こみがあるなら、たとえ笛方だろうと曲芸だろうと、おれにできることとならなんだって」


「じつは、妙なはこびになったんだ……」

草十郎がいきさつを話すと、鳥彦王《とりひこおう》はあきれたようだったが、知らせを告げずに逃げ出したことに負い目があるのか、わりにおとなしく最後まで聞き入った。

「おまえが笛を吹いたことは知っていたよ。このあたりの鳥たちはびっくりしたようだけど、人間の前で吹こうと吹くまいと、音色はあんまり変わらなかったな」

「正蔵たちには、聞きとれないようだったよ」

「まあ、人間の耳はできが悪いからな。目も鼻もそうだが」

カラスの言葉にため息をついてから、草十郎は言った。

「これでますますはっきりしたよ。糸世が舞ったときだけ、おれは人前でもどこでも吹けるってことが。だから、この際、糸世といっしょに行動してみる。何がどうなるかわからないが」

「あの雌《め》の子が、橋渡しと言ったのはおもしろいな。音律の操作が門に通じること、あの子はちゃんと承知しているんだ。だけど、草十《そうじゅう》が巻きこまれていいものかなあ。その三郎頼朝ってのは、どうしても助けなければならないのか」

「助ける」

草十郎は言いきると、非難の目でカラスをながめた。

「おまえは見ていたはずだぞ。尾張武士の一行が、右兵衛佐どのを虜《とりこ》にして連行しているところを。どうしてあのときくわしく教えなかったんだ」

鳥彦王は首を縮め、胸《むな》もとの羽毛をつっつくしぐさをした。

「よくわからなかったんだよ。縄を掛けられてはいなかったし。ただ、従者に見えるような年の若い、身なりもよくない一人が、やけにりっぱな馬に乗って真ん中にいると思ったけど。馬のそばに四人もつき添って、本人はたづなを取らずに木箱をかかえていたっけ。思えばあれがそうだったんだな」

「きっと、身なりをやつして逃げる途中だったんだろう」

同情をこめる草十郎の口ぶりに、カラスはその顔をのぞきこんだ。

「なあ、あの雄《お》の子が助かることは、草十が生きかたを変えるほど大事なことなのか」

「生きかたと呼べるほどまっとうしたことは、おれには一つもないよ。ただ、武士として認められたかった自分は、右兵衛佐どのを逃がした時点で一度終わった」

少し口をつぐんでから、草十郎は続けた。

「……終わったと思ったのに、彼が今また命のせとぎわにいると知って、終わりたくても終われなくなった。どっちつかずにはできない」

「とらわれるたちだよな、草十は」

体をふるってから鳥彦王は言った。

「おれは、おまえが遊芸人《ゆうげいにん》に加わって笛を吹くことにしようと、特に文句は言わないよ。盗賊稼業と比べたらどっちもどっちだ。ただ、斬り死にしないで思いとどまったことだけ助かる。その点は、あの雌の子に感謝しなくちゃならないな。いつも間合いよく現れる子だよな」

カラスの言葉にふと考えこむと、鳥彦王は草十郎の頭に飛び乗り、くちばしを下げて見下ろした。

「おい、あの雌の子、おまえに気があるんじゃないのか。おいおいおい、どうなんだ」

「失せろよ」

草十郎が怒ると、実行しながらもカラスは言いおいた。

「やけどするなよ、草十。おまえって場数が足りないんだから」

大きなお世話だった。


草十郎が糸世とともに京へ向かうことに関して、正蔵があっさりゆるしたことは意外なほどだった。これも糸世の舞の効果かと思うと、少々不気味になるくらいだ。多少の旅じたくを登美《とみ》にととのえてもらいながら、草十郎はいつ正蔵の気が変わるかとひやひやしていた。

だが、結局、正蔵は何かをさとったらしかった。草十郎が鎧《よろい》と義平の太刀《たち》を残していくことに同意すると、あとは惜しみなくあれこれもたせ、砂金の小袋まで渡したのだ。

夜明けがた、門を出る三人を見送りに立った正蔵は、草十郎に言った。

「源氏を助けることに成功するにしろ、失敗するにしろ、気がすむまでやってこい。その後ここへもどってきても、おれはいっこうにかまわんぞ。鎧と太刀は質《しち》だと思ってもいい」

「いや、それはもうあんたたちのものだ。好きにしていい。売ろうと使おうと」

草十郎は答えた。未練なくそう言える気がした。正蔵にはいろいろ腹の立つこともあったが、彼や彼の仲間が自分にしてくれたことには、それだけの価値があると思ったのだ。

正蔵は、目を細めた表情の読めない顔で草十郎をながめていたが、やがて言った。

「おれはおまえの腕を買っているから、正直言って手放すのは惜しい。千里眼みたいなものまで持っているし、何かと便利で、拾い物をしたと思ったさ。だが、おまえが別のしっぽを引きずっていて、それを切らないかぎり真の仲間になれないことも、今はよくわかっている。だから、けりをつけてくるんだな。こちらへもどってくるつもりがあるなら、どんなおたずね者になっていようと、おれたちはかくまってやる」

草十郎はうなずいた。ぶっきらぼうでありながら、正蔵は取り引きではなく、好意でそれを言ってくれたのだという気がした。

3

糸世《いとせ》は栗毛の馬に乗っていた。正蔵《しょうぞう》がとうとう返せと言わなかったからだが、彼女のほうも、返却する気はさらさらなかったらしい。正蔵の貢ぎ物だと心から信じているふしがうかがえる。

日満《にちまん》と草十郎《そうじゅうろう》は徒歩だった。たのみこめば草十郎も馬を与えてもらえたのかもしれないが、厩事情《うまや》を知る身には言い出せなかった。それに、近江《おうみ》から京《みやこ》は歩いてもたいした距離ではないのだ。

　日が高くなると急に暖かくなり、街道沿いは春一色に染まっていた。桜の花はほの白く枝を飾り、芽吹きの木々もとりどりに新芽の色を輝かせている。下草には蕨《わらび》や野蒜《のびる》といった食材がいっぱいで、若菜摘みをする人々があちらこちらに見られた。

　のどかな陽気が、かえって草十郎をいらだたせていた。糸世の言動に乗せられ、勢いで同行したはいいが、この明るい光の下で思い返すと、舞《まい》を舞って三郎頼朝《さぶろうよりとも》を救出する提案がばかげて感じられてしかたがないのだ。

「このまま六波羅《ろくはら》へ乗りこんでいくのか」

　日満にたずねると、彼は兜巾《ときん》をつけた頭を振った。

「そうではござらんな。まずは青墓《あおはか》の長者どのと落ちあわなくては。京のはずれで、われわれが追いつくのを待っておられるはずだ」

「悠長なことをしていると、まにあわないんじゃないのか」

　糸世が馬上で市女笠《いちめがさ》を傾け、草十郎を見やった。

「言っておくけれど、草十郎。あなたはわたしたちについてきたんだから、勝手なことをしてはだめよ。わたしたちがするとおりにすると、約束してくれないと」

「あんたにまともな腹案があるなら、約束するよ。だが、どうやって六波羅に入りこむつもりなんだ」

草十郎が問うと、糸世はすました顔で答えた。

「わたしになかったとしても、大炊《おおい》さまがよい考えを思いついてくださるわよ。だから急いでお会いするんじゃないの」

「ひょっとして、自分じゃ何も考えていなかったのか。あれだけのことを言っておいて」

あきれ返って声を大きくすると、少女は眉をひそめた。

「あなたのことが不確かだったからよ。あのね、大炊さまがあなたを認めてくださるかどうか、まだ見当がつかないということを肝に銘じておいて。あなたって態度がよくないから、わたしも少し心配なのよ」

ぐっとつまってから、草十郎は言い返した。

「長者に認められなかったら、いったいどうだと言うんだ」

「ぜんぜんだめ。最初からすべてだめ。わたしたちで三郎若ぎみを救い出す計画はなかったことにしなくては」

「そんなこと、昨日はひと言も言わなかっただろう」

「わたしたちがどれほど途方もないことをしようとしているか、わかっていないのね。

まず、大炊さまがお味方してくださらない程度なら、何をどうしてもむだなのよ」

きっぱり言われて二の句が継げなくなった草十郎は、その憤懣《ふんまん》を日満にぶつけた。

「どういうはこびなんだ、この話は。雲をつかむような話に乗って、のこのこ出てきたおれが阿呆だったのか」

「まあ、御前《ごぜん》の言われるとおりでござるよ」

日満は首をすくめるようにして言った。

「青墓《あおはか》の長者どのは、技芸に生きる人々の元締となるおかただ。あのかたのお目を通らずに、京で遊芸人《ゆうげいにん》として認められる者はそうそうおらんよ。しかし、気をつけたほうがいいぞ、たいへんな女性だ。なんといっても年季が入っている。あのおかたの前では、糸世どのがいたいけで、無邪気で、遠慮深く見えるほどだ」

草十郎は思わず毒気を抜かれた。

「それって……そうとうすごくないか」

「うむ」

日満は力いっぱいうなずいた。

「対面すれば、おぬしにもわかってこよう。女人《にょにん》というものは恐ろしいものだと」

脅されて少しおとなしくなった草十郎は、あとの二人と道を急ぎ、その日が暮れる前に京の粟田口《あわたぐち》を通っていた。入ってすぐ、賀茂川《かもがわ》を渡る手前に祇園社《ぎおんしゃ》がある。この社《やしろ》を多くの遊芸人があがめ、神人《じにん》にも関係者が多いことは、草十郎も歩くあいだに教わっていた。

青墓の長者が宿をとったのも、やはりこの祇園社の裏手だった。行ってみると、透《すい》垣《がい》や庭木戸がととのったこざっぱりした建物がいくつかあり、その中でも一番大きな棟の庭に馬がつながれている。馬のそばに、まだ十歳くらいと思われる女の子が二人いた。

「あっ、糸ねえさま」

童女たちは糸世を目にすると歓声をあげ、木戸を開けて走り寄ってきた。糸世も笑顔で二人に手を伸ばした。

「あとり、まひわ。おかたさまのお世話は、あなたたちだけでそそうなくできた？」

「できましたとも」

異口同音に言って二人が見上げると、左右見わけがつかないほどそっくりなので、草十郎はびっくりした。双子の娘たちなのだ。女の子たちは、両側から糸世にすり寄って満足そうだったが、草十郎が見ていることに気づくと急に表情を固くした。

「どうしたの、怪しい人ではないのよ。わたしの知り合いで、草十郎というの。おかたさまに会いに来たのだから、あなたたちは取り次ぎをしてちょうだい」

糸世はやさしく言ったが、童女たちはますます顔をしかめ、糸世の袖にすがりついた。

「この人、怖い」

「ばかね、わたしが悪い人をつれてくるはずがないじゃないの。そこでぐずぐずしないで、おかたさまのところへ行って」

二人はまだ少しためらったが、糸世にさとされ、頭を並べて建物の中に入っていった。見送った糸世はため息をついた。

「やっぱりね。あなたから武士の匂いがするのよ。あの子たち過敏になっているから」

「武士だと嫌われるのか」

「あなたはこういう人だから、しかたないのよ。おかたさまがどう判断なさるやら、わたしにも弁護ができないかもしれない」

「ここまでつれてきて、ありがたい言葉だな」

草十郎が怒る気力も失せると、糸世は盗み見るようにして言った。

「でも、わたし、自分がまちがっていないことだけは知っている。どうあっても後悔しないから。あなたをつれてきたこと」

女の子の一人が再び木戸までもどってきて、長者が面会すると告げた。草十郎は女の子に続いて中に入り、板敷きの座敷に案内された。そのときになって糸世がついてこないことがわかったが、今は腹をすえるしかなかった。

青墓の長者は、几帳《きちょう》をそばにして座っていたが、わきに押しやったままで、きどって帳《とばり》ごしに会話するつもりはないようだった。蔀戸《しとみど》をほとんど下ろした室内は暗かったが、灯台に火がともり、彼女の姿はあますところなく照らされている。

あとりかまひわか判別できないが、双子の一人がかたわらにひかえており、草十郎を案内した童女も反対側に、一対の置き物のように座った。

(……いったい、いくつくらいなんだろう)

草十郎はひそかに舌を巻いていた。長者に目《もく》されるくらいなのだから、年寄りだろうと思っていたのだが、入念に化粧をほどこし、とても盛りをすぎた人には見えなかった。髪は長く、衣の色目はあでやかで、一枚だけ敷いたたたみから重ねた裾がこぼれ落ちている。脇息《きょうそく》に片ひじをあずけた姿は、ひと言で言えばなまめかしかった――なまめかしすぎるかもしれなかった。

「あなたが草十郎なのですね」

口を開くと声は意外なほど低く、ややかすれて聞こえるようだ。そして、草十郎が背をなでられたようにぎくりとしたことを見すかすように、切れ長の目もとにからかう色を浮かべた。

「糸世がさんざん悪口をもうしておりましたよ。朴念仁《ぼくねんじん》だの、口が悪いだの、ものを知らないだの。青墓にもどってきてからそればかり。まるで、ふつうの娘のように」

草十郎が返答に困っていると、大炊は言葉を続けた。

「わたくしはあの子を、できるかぎり世間の汚《けが》れに触れさせないように、清浄に育てました。神に届く舞《まい》を舞える娘を扱うには、そうするしかないのです。巫女《みこ》ではないが、巫女に通じるものがある。技芸の道はつきつめれば神性をそなえます。その大事な養い子が、取るに足らないものによそ見をしては困るのです」

この人物に気に入られなくてはならないのだろうが、草十郎は方法を知らなかった。迎合することもできない気がして、口を開いた。

「おれはこういう者です。今さら変えられません」

「人前では、笛を吹かないそうですね」

「はい」

大炊はかすかにうなずいてから言った。

「あなたのもつ笛を、わたくしに検分させてください。ここへ来て、わたくしの手に」

気が進まなかったが、この女性にはどこか逆らえないものがあった。草十郎が布袋から横笛を取り出し、進み出て手わたすと、大炊は両手で重さをはかるようにささげもった。

「軽い笛ですね。なかなかよいつくりをしていますが、この程度のものは掃いて捨てるほどあるはず。もともと笛などは、竹の節を抜いただけの単なるくだです。くだそのものに何かが宿るわけではない――」

　彼女が歌口に丹《に》のくちびるを押しあてたので、草十郎は心底あわてた。そのうろたえぶりを流し目で見るように見やりながら、大炊は三つほど音色を吹き鳴らした。

「鳴るではありませんか。どうして人前では鳴らないなどと言うのです。ほら、あなたもこの場で吹いてごらんなさい。わたくしに聞かせることができれば、認めて差し上げます」

　吹いたばかりの歌口を押しつけられるのは、さらにうろたえることだった。間近に彼女がおり、息のかかる距離でささやかれるのだから、なおさらである。だが、大炊は有無を言わせず草十郎に笛をあてがい、その手に手を添えて言った。

「さあ、息を吹きこめばくだは鳴ります。笛の音色とはただそれだけのこと。吹いてごらんなさい」

　しかたがないので草十郎は息を吹き入れ、小さく音を鳴らした。

「ほらね、鳴ったではありませんか」

「おれは、これを鳴ったとは言いません」

　横笛を離した草十郎は、今初めてわかったような気がして言葉を続けた。

「おれに鳴らせるのは、この笛だけではなくそのまわりの共鳴りです。この場所で、あなたがおれと共鳴りするとはとうてい思えないし、第一したいとも思わない。だから、鳴らせないと言うんです」

大炊はしばらく口をつぐんでいた。それからしずかに言った。

「……何一つわかっていないわけではなさそうですね。けれども、あなたという人はあちこちが閉じている。自分自身の律動も知らないまま、音律の世界へ入ろうとするのは不遜《ふそん》です。あなたのような男を、わたくしはこれまでにも何人も見聞きしてきました。閉じることで強くなろうとし、閉じることで酷薄になろうとするのです。あなたはまだまだその道をたどっている……ちがいますか」

「それは……」

草十郎は口ごもった。青墓の長者に見つめられると、糸世の舞で三郎頼朝を救えると心から信じてはいないことを、認めないわけにはいかなかった。内心のどこかでは、とにかく六波羅にもぐりこむことさえできればと、ついつい考えているのだ。

「心を開けないなら、糸世に近づくのはおやめなさい。あなたは糸世には危険に思えます。心気の流れをなめらかに流せない者は、どこかでゆがみ、とどこおったものは濁る一方ですから。たとえ力は高まっても、それが救いにはならない。もっとも――」

言いさした大炊は、何気ないように草十郎の手を取り、手首の内側に指をあてて脈をはかるようなしぐさをした。

「わたくしであれば、あなたの閉じた部分を、なめらかに流れるようにする方法を知っているのよ。あなたの律動がここにあり、どのように鳴るかをよく知れば、おのずからわたくしの共鳴りがどの部分で鳴るかを知り得るのではなくて？」

草十郎はふいに、以前上皇《じょうこう》に手を取られたことを思い出した。だが、今このときは振り放すことなど思いもよらなかった。包みこむように柔らかな大炊の存在を感じ、自分自身は熱い小さな芯になってしまったかのようだ。このままゆだねれば、信じられないような愉悦があると何かが告げている。だが、包みこまれたら最後、息ができなくなって死にそうでもあり、魅惑とないまぜになって恐ろしかった。

もう一方の手を伸ばして、大炊が草十郎の首筋をなでた。

「ほら、ここにある……」

草十郎には動けなかった。熱さが走り抜け、自分でも確かに何ものかが体を駆けめぐるのをさとったのだ。けれども同時に、この場には聞こえないはずの、遠く涼やかな律動が身の内に響くのを感じた。肌をとおしての共鳴りではなかったが、すでに知っている音律だった。

「糸世が舞を舞っている」

思わずつぶやくと、大炊のまなざしが急に鋭くなった。

「どこで」

「わからない。いつからなのか、今、聞こえた」

大炊はかたわらをふり返り、童女に問いただした。

「あの子はいて?」

「糸ねえさまなら、御社《みやしろ》へ行きました」

ちんまりと座った童女は答えた。草十郎は、女の子がそこにいることに気づかないほどわれを忘れていたことに気がつき、赤面しそうになった。

「……神に通じているなら、しかたない」

ひとり言につぶやき、大炊は胸の奥からため息をもらした。そして草十郎から身を引くと、ややそっけない口調で告げた。

「お行きなさい。糸世のもとへ行って、合格したと伝えなさい」

逃げ出すように木戸を出てきた草十郎を見て、日満がたずねた。

「どうであった。長者のおかたさまは、おぬしをお認めになったか」

「なんとかなったよ。なったと思うが、あんたの言った意味は骨身にしみてよくわかった。女人《にょにん》は怖いという意味が」

　草十郎が額をぬぐって答えると、日満は何度もうなずいた。

「そうであろう、そうであろう。拙者《せっしゃ》など、同じ建物にはけっして足を踏み入れんことにしているよ。修行の身には毒でござるよ、あの女人は」

「いくつくらいなのかな」

「それを知ったら、さらに怖い思いをしそうだから拙者は聞かん」

　そのとおりなので、草十郎はため息をついた。

「糸世はどこにいる」

「おぬしが長者どのと対面を終えたら、案内するように言われて待っていたのだ。御《ご》前《ぜん》は社の参拝だ」

　日満といっしょに鳥居をくぐると、思った以上にいくつもの拝殿があり、並びには舞殿《まいどの》もしつらえてあった。もっとも糸世は正面の石だたみにたたずんでおり、そなえものに囲まれた祇園社《ぎおんしゃ》の主祭神、牛頭天王《ごずてんのう》をじっと拝んでいた。

　二人が近づく気配を感じたのか、少女は声をかける前にふりむいた。顔に下がった髪を肩にかき上げる。どことなくすねた表情だったが、草十郎は小生意気な小さな顔を見て、ずいぶんほっとしている自分に気づいた。比べれば、糸世はいたいけで無邪気だという言葉が、今は実感できる気がしたのだ。

彼女は、妙に沈んだ口調でたずねた。

「おかたさまのお気に召された？」

「よくわからないが、合格と言われたよ」

「おかたさまはあなたに触れた？」

草十郎が口の中でごまかすと、糸世は顔をしかめた。

「いやあね、それでどうしてわからないなどと言えるの。お気に召されたに決まっているでしょう。あのかた、武士がお好きですもの」

草十郎はめんくらった。

「なんだ、それは」

「当然でしょう。源氏の殿とのあいだに子までなしたおかたなのよ。あなたって人、どの方面から見てもまるっきりおかたさまの好みなのよ」

さらにめんくらった草十郎は、反論をこころみた。

「だったら、最初から問題がなかったじゃないか。おれが気に入られてものごとが進むのなら、何があれほど心配だったんだよ」

「おかたさまに気に入られすぎて、御所《ごしょ》から出てこなくなるかと思った」

むっつりした声で糸世は答えた。

「あのかた、ご自分はそういう殿方が大好きなくせに、わたしにはぜったいに近づくなど言ってはばからないんだもの。あなたに会わせたら、横取りして今後のこころみを無効に終わらせようとなさるにちがいないと、うすうすわかってはいたの。たいていの男性はおかたさまにかかると骨抜きにされるから……いちかばちかだったのよ」

骨抜きになる理由がわかるだけに、草十郎は少女を前にしてたじろいた。長者のもつ柔らかさに包まれることを切望したのは事実なのだ。だが、そのとき、自分がどうしてその危機をまぬがれたかを思い出した。

「さっき、舞を舞わなかったか」

「心の中で舞ったかもしれない。わたしはずっと神さまに祈っていたの」

糸世は祭壇を見つめながら答えた。よっぽど真剣に祈ったにちがいないと考え、草十郎はかたわらの少女がなんとなくいじらしく感じられた。

「おれは、右兵衛佐《うひょうえのすけ》どのを助けるために笛を吹くよ。糸世の祈りは神に届くと本当に思えてきた。青墓の長者どのが言ったのは、たぶん、あんたの思いがどれほど強いかを試して、合格という意味なんだろう」

糸世はふりむき、目を見開いて草十郎を見つめた。その表情がゆるんだとき、一瞬泣きだしそうに見えたが、結局は薄くほほえんだ。

「ええ。大炊《おおい》さまは、きっと協力してくださるわ。おかたさまにも、わざわざ京へ出てくるだけの理由がおありよ。弥平兵衛《やへいひょうえ》は、青墓のわたしたちの宿に泊まって、朝《とも》長《なが》さまの墓をあばいていったの――卒塔婆《そとば》も立てないでこっそり供養していたのに、周りの女たちを脅して。三郎若ぎみはもしかすると、運ばれる首を取りもどそうとなさったのかもしれない。青墓を出てまもなくの場所でとらえられたの。たまらないでしょう、妹の姫は打ちのめされて寝ついてしまった」

草十郎は、三郎頼朝が木箱をかかえて馬に乗っていたことを、カラスが語ったのを思い出した。そういうことなら、恐らく木箱には朝長の首が入っていたのだ。どんな思いがしたことだろう。

「終わりにしたい。源氏の首がかかげられるのは」

奥歯をかみしめて言うと、糸世もうなずいた。

「そう、恨みがさらなる恨みを呼びこむだけ。わたしたちが終わらせなければいけないと思う。迷っている場合ではないのよ」

草十郎は少し意外で、少女の顔を見た。

「どうあっても後悔しないって、言わなかったか」

「それは、あなたをおかたさまにひきあわせることについてよ。わたしたちは、もう一歩先まで来たのよ。たぶん、引き返せない場所まで」

糸世は再度両手を合わせ、目をつぶった。

「だから、神さまに祈りましょう。これからわたしたちは、だれもしたことのないことをするのだから。人一人の命と引き替えに、あばかれることのなかったものをあばくのかもしれないから……」

草十郎もそのとなりで手を合わせたが、まだとまどっていた。

「おれには、よくわからないよ」

「いいの、祈って。天王《てんのう》さまと后神《きさいがみ》さまがわたしたちに力を添えてくださるように。わたしとあなたが、信じるものでつながることができますように」

もう、つながっていると草十郎は言いたかった。糸世の舞を、あのように体の内側に感じとったのだから。けれども、糸世はそれを知らないのだと気づき、少し驚いた。念じたのは彼女であっても、その結果を察してはいないのだ。

まつげをふせ、一心に祈る少女を、ずっと盗み見ているのは気がひけて、草十郎は目を閉じた。だが、本当はもっと見つめていたかった。社の祭神に集中することはできず、かたわらの少女のことばかりが気がかりだった。

鳥彦王《とりひこおう》は舎弟を動員して、集められるかぎりの三郎頼朝の消息を集めてきた。それによると、弥平兵衛に連行された三郎頼朝は六波羅に到着したが、さすがにいきなり引き出されはせず、そのまま弥平が身柄あずかり役になって、自分たちの寝泊まりする館へつれていったそうだ。六波羅御殿の周辺に密集している武士の館の一つであり、守りの固さは似たようなものだという。

「朝長《ともなが》の首は検非違使《けびいし》に引きわたされたよ。また、練り歩いて木に掛けに行くんだろう。そろそろみんな、飽きるって。これ以上首を見なくていいって声があちこちで聞こえたそうだ。もっとも、平氏の親玉の清盛《きよもり》や、弥平兵衛の直接の主人の頼盛《よりもり》がそう言ったという話は聞かないが」

鳥彦王の言葉に、草十郎はくちびるをかんでうなずいた。

「平氏が源氏の首に飽きることはないだろう。いくら年が若くても、有力な後ろ盾があって、一度は官位についたほどの御曹司《おんぞうし》だ。生かしておけないに決まっている」

「多少、気の休まる知らせもあるよ。あの三郎頼朝って雄《お》の子は、すごく評判がいいんだ。虜《とりこ》になっても上品で、田舎武士たちをすっかり敬服させたんで、あまりひどい扱いを受けてはいないらしい」

「同情しながらだって、首をはねることはできるさ」

草十郎は安堵する気になれなかったが、それでも、つらい仕打ちを受けていると聞くよりは、ずいぶんましだった。

カラスは体をふるい、つややかな頭をひねった。

「そうだな、どうあっても風前のともしびってやつかな。なあ、草十《そうじゅう》、どうするっもりなんだ。今だって、清盛がひょいとそうすると言えば、雄の子はあっというまに河原に引き出されるぞ」

「そうはならない。糸世が舞っている」

草十郎はひざに組んだ手に力をこめた。

「糸世は今日から、毎日社に舞を奉納するんだ。彼女が祈りをこめれば、そうはならない。すぐに京じゅうの評判になるはずだと、日満が言っていた。祇園社《ぎおんしゃ》は御霊《ごりょう》を祭る社でもあるから、平氏も無関心ではいられないはずなんだ。青墓の長者が裏から有力者に話をつけているし、まもなく六波羅から舞の要請が来るよ」

鳥彦王はしげしげと草十郎をながめた。

「おまえ、なんだか変わったんじゃないのか」

「変わってなどいないぞ」

「口ぶりがちがうぞ、口ぶりが。あの雌《め》の子をやなやつだと自分が言ったこと、覚えているだろうな」

草十郎はそしらぬふりをした。

「情況がちがうからだ」

「そりゃまあ、今のおまえの立場は、あの子に頭が上がらないよな。采配をとられているものな」

カラスは遠慮なく言い、草十郎の渋面《じゅうめん》を見ておもしろがった。

「まあ、あたたかく見守ってやるよ。本当にそれで、殺されるやつが殺されないですむなら、これほどたいそうな話はないからな」

草十郎は社で笛を吹くなと言われたため、数日いやになるほどひまだった。祇園社の境内には朝から人がつめかけ、奉納の舞をひと目見ようと辛抱強く並んで待っている。顔見知りがいてはまずいので、草十郎にはそばに寄ることもできなかった。鳥彦王の報告で、三郎頼朝がまだ処刑にならないことはわかっていたが、手持ち無《ぶ》沙汰《さた》はどうしようもない。あまりに所在なく宿の付近をぶらぶらしていたところ、青墓の長者が蔀戸《しとみど》に寄りかかって手まねきしたので、あわてて逃げ出すことにした。

草十郎の知っている時間つぶしといえば、体の鍛練しかなかった。遊芸人《ゆうげいにん》の多い宿の周囲で、武士らしくふるまうのは気がとがめたが、体を動かさずにいるのも鬱屈してしまってよくない。結局、日満の錫杖《しゃくじょう》を拝借して境内の裏山へ行き、わずかな空地を見つけて杖をふるった。

運動の汗が心地よかった。体をはげしく動かしながら、草十郎は思うともなく、こうして体の隅々まで勘をにぶらせないでおくのは、悪いことではないと考えた。

（これも一つの律動かもしれない――どこかで糸世の舞に通じているものかもしれない。けれども、大きくちがうことはちがう。おれの乱拍子は、相手の急所をつくためにある……）

闘えばかなり強いことを、自分は知っている。なぜ草十郎が強いかといえば、同じように闘う男たちより、ほんの少し早く前に出るからだ。ほんの少し多く捨て身になれるからだ。

（けれども、だから、閉じていると長者に言われたのだろうか。人間は本来、閉じていてはいけないのだろうか……）

ふいに背後に気配を感じ、草十郎は反射的に飛びすさった。

「だれだ。出てこい」

身がまえてにらんだ杉の陰から、大きく見開いた四つの目がのぞいていた。双子の童女たちだった。あわてて錫杖をひっこめ、これはしまったと思った。これで草十郎は完全に嫌われてしまうにちがいない。気まずいながら言ってみた。

「何か、用だったのか」

あとりとまひわは小さな手を固くつなぎあわせ、その場に立ちつくしているだけで返事をしない。弱った草十郎は、杖を地面に横たえ、二人と目線を合わせるようにかがみこんだ。

「怖かったか」

女の子たちは大きくうなずいた。糸で引いたようにいっしょだった。

「悪かった。でも、おまえたちに乱暴はけっしてしないから」

草十郎が言うと、双子はまじまじと見返した。当たり前だという顔つきだった。

「あとりが言っている。本当は怖いの、けっこう好きなんだって」

「まひわが言っている。怖いというより本当は、悲しいんだって」

二人はかわいい声で交互に言った。

「おかたさまは、武士の男の人に怖くて悲しい思いをなさったのよ」

「あとりとまひわは、みんなが泣いたのを知っているのよ」

とりあえず、しゃべってくれて助かったと草十郎は考えた。日満の杖を拾いなおす。

双子は急に活発になり、飛びはねるようにして空地に出てきた。

「草十郎はとってもひとりね。あとりとまひわは、ひとりは怖いのに」

「だれにも言わずに、何かをするのね。糸ねえさまみたいに」

「糸ねえさまも、とってもひとりよ。今もこれからも、ずうっとひとりなんだって」

「舞を舞うからそうなのよ。おかたさまのようには、なぐさめてさしあげられないの」

まるで小鳥たちがさえずっているようだった。あいづちの打ちようがない。それでも草十郎が耳を傾けていると、二人はますます気をゆるしたのか、寄ってきて甘えるように袖にさわった。

「まひわが言っている。糸ねえさまは、怖くて悲しい思いをしてはいけないんだって」

「あとりが言っている。だから、草十郎はわたしたちがお世話しようって」

（……結局、長者の小型版じゃないか）

草十郎は妙に感心してそう思った。これほど幼くても、女人《にょにん》は女人だというところがあなどりがたい。

「おまえたち、おれの後をつけてきたのか」

「そうよ」

双子は急に目をぱちくりした。

「あっ、忘れていた。おかたさまが草十郎をつれてこいとおっしゃったんだった。六波羅から依頼の使者が来たのよ」

4

六波羅《ろくはら》は、距離からいえば祇園社《ぎおんしゃ》の目と鼻の先にあった。

都大路《みやこおおじ》の一区分を下るか下らないかのうちに、清盛《きよもり》の邸宅、泉殿《いずみどの》と呼ばれる六波羅御殿の北門につきあたる。だが、一帯すべてが平氏のために平氏によって開かれた新興地だけに、空気には別天地のように異質なものがあった。

平氏が富裕な地方の国守を歴任するようになってから、地方武士が続々と家を建てめぐらせ、今では町と呼べるものになっている。鳥辺野《とりべの》の葬送地が近いため、長いあいだ手つかずだった土地に家屋敷をかまえた、平氏の先見の明とも言えた。源氏の棟梁は京区内に住まいをもったので、これほど一門で固めては暮らせなかった。

(再びこの地へ足を踏み入れる日が来ようとは……)

わかっていたつもりでも、結集した武家の匂いをかぐと、草十郎《そうじゅうろう》は自分の立場が不確かに思えてならなかった。

前回来たのは、戦《いくさ》の最終局面であり、草十郎が馬上から見たものは、御殿のはるか手前に延々と並べられた防壁の板垣ばかりだった。飛んでくる矢羽のうなり、かすめた風の感触がまざまざとよみがえってくる。熱にうかされたような男たちの怒号、そして、泥に汚れた義平《よしひら》の顔――かかげられた首には見る影もなかったその表情。

鎧《よろい》の一つも身につけず、腰刀《こしがたな》の一つも差さずにここへ来るのは、やはりまちがいだったような気がしてきた。路地には太刀を差した男たちが当然のように行き来しており、馬の口を取る日満《にちまん》と草十郎、馬上の糸世《いとせ》の三人づれに、険しいまなざしを投げてよこす。

「草十郎、妙な気を起こさないでね」

肩をいからせた様子を察したのか、糸世が小声で言った。

「わたしたちはここへ、御霊鎮《ごりょうしず》めの舞《まい》を納めに来たのよ。殺気など見せたら承知しないから。第一それでは、かなえられるものもかなえられないわ」

「知っているよ」

頭でわかっていても、体が勝手に反応するのだった。糸世はため息をつき、日満に言った。

「やっぱり、この人にうんと派手な着物を着せてくるんだった。そうしたら、顔を上げて歩けない気分になっていたのに」

今朝がた、御殿に参上するために装いをあらためろと言われ、草十郎が見せられた数着の衣装は、どれもこれも度肝を抜く柄と色合いだった。遊芸人《ゆうげいにん》たちのおしゃれの基準が、自分とは天地ほども隔たっていることを痛感した草十郎だった。

上は長者から下は双子まで女たちに必死の抵抗を示し、ようやくほどほどに地味な萌黄色《もえぎいろ》の水干《すいかん》と藍袴《あいばかま》を手に入れたのである。自分が花柄を着て歩いているところを想像した草十郎は、思わず気持ちがなえた。

（芸人だったっけな、おれは……）

遊芸人として道を歩くなら、日満のように出家者になるしかなさそうだった。しかし、好奇の目をそそがれるのとどちらがましとは言えなかった。

ともあれ、いざこざは起こさずに清盛邸の通用門に到着した。正門でなくとも見上げるばかりの大きさで、広い敷地に豪壮な建物が立ち並んでいる。貴族の屋敷に見劣りしない——帝《みかど》の行幸《ぎょうこう》があるのも少しもおかしくはない構えだった。日の出の勢いをもつ平氏一門なのだ。

野山では桜が満開を迎えており、邸内の前栽《せんざい》でも、あちらこちらで花の咲いた木が目についた。家司《けいし》が出てきて彼らを片隅の坪庭に案内し、くつろぐように言ったうえで、今日は女房がたが多数同席し、桜の花を愛《め》でての宴《うたげ》があることを伝えた。舞は屋内ではなく、庭園の遣り水《やみず》にもうけた露台で演じてほしいこと、心やさしいご婦人がたのお気に召すよう、つやっぽい内容をひかえてほしいことなどを、こまごまと指示する。

糸世がいちいちていねいに心得ましたと答えると、家司は満足したようだった。もてなしの膳を三つ運んでこさせ、呼び出しがあるまでここで待機するよう告げて、奥へとひっこんだ。

自分たちだけになると、糸世はあたりを見回し、膳にのった器のふたをいくつか開けて、中身をのぞきこんだ。

「夜まで待てと言われずに助かった。お膳はけっこういい線ね。だけど、わたしに控えの間を用意してくれないのがまだまだよ。庭先で着替えをしろと言うのかしら、若い女をつかまえて」

「まだ、着替えるのか」

草十郎は、糸世の衣装がすでに華美だと思っていたので驚いた。

「もちろんよ。今日は、とっておきの姿で舞わなくては。わたしもめったに袖を通さない金襴《きんらん》の衣装があるのよ。ねえ、日満」

「べつに金襴など着なくても――」

糸世は十分目をひきつけるではないか。着飾る着飾らないにかかわらず、糸世の舞に抗するものなどないではないか。そう言おうとして、気恥ずかしいせりふであることに気づき、草十郎は続けられなくなった。

糸世は一瞬からかうように見つめ、それからくすくすと笑った。

「とっておきの姿を見てから判定してちょうだい。遊芸人は、庭先しか与えられなくてもめげないのよ。河原でだって着替えるんですもの」

日満の笈《おい》から、糸世の衣装と以前に河原で見たような小型の天幕が、小さく折りたたまれた形で現れた。すばやく支柱をつぎあわせて幕布を張れば、糸世がすっぽり入れる大きさになる。

「手品みたいだな」

「まあ、慣れでござるよ」

ちょっとしたできごとは、糸世がその中でしばらくごそごそしていた後に起こった。何を思ったのか、少女はいきなり垂れ幕をめくって飛び出してきたのだ。

「日満、あの下紐がない」

膳とともに供された酒つぼの味見をしていた日満と草十郎は、あやうくむせるところだった。草十郎は実際にむせた。糸世は袴を身につけているものの、上は生絹《すずし》のひとえだけ、まったくの下着姿だった。

「蝶の下紐を結ばないと、験《げん》が悪いの。もう一度探してみて」

日満はあわてて笈に駆け寄り、草十郎は思わず言っていた。

「おまえ……つつしみが足りないんじゃないか」

「まあ、なによ。裸で出てきたようなことを言わないで」

むきになった糸世は、ことさらに袖を広げてみせた。

「宮中の女性であっても、真夏だったらこの程度の格好で御殿にいるって、おかたさまが教えてくださったわよ」

肌をおおっているとはいえ、絹地はごく薄く、肩も腕も色までが透けて見える。さらに腕を広げれば、襟の重ね以外は胸のかたちが透けそうだった。しかし、草十郎がそれを指摘する前に、別の声がした。

「それは事実だ、娘さん。殿上《てんじょう》の人々は思っているより好色だよ」

いつのまにか、すぐそばの渡り廊下に若い狩衣《かりぎぬ》姿の男が立ち、おもしろそうに糸世をながめているのだった。糸世は態度を一変させ、小声で悲鳴をあげると、真っ赤になって天幕へ逃げこんだ。

「かわいい子だね。今の娘が今日の舞人《まいびと》なら、わざわざ馬を回してきてよかったよ。思いもかけない目の保養をしたな、お互いに」

狩衣姿の男はゆったり言い、草十郎に同意を求めた。たいそう余裕のある言いかたで、おもしろがってはいても、それほど好色には聞こえなかった。若さのわりに背幅のあるよい体格で、どっしりかまえた風格がある。

（平 重盛《たいらのしげもり》だろうか……たぶんそうだ……）

目礼しながら草十郎は考えた。戦場では、櫨匂《はじにおい》の鎧《よろい》姿を遠くに見ただけだが、義平《よしひら》よりいくつも年上ではないはずなのに、老成した雰囲気があった。同じものがこの男からもただよう。

厚い守りにはばまれて、どうしても近づくことのできなかった人物が、今、すぐそばに、くつろいだ様子で立っていた。

「おぬし……」

何かに気づいたように重盛が言いかけ、草十郎は急いで目をふせた。心の思いが顔にあらわれたのだろうか——それとも態度に。ひやりとした一瞬だったが、重盛は思いなおしたようだった。

「いや、なんでもない。今の子に、みごとに舞ってみせたらこのわたしからも褒美を出そうと伝えてくれ」

彼が行ってしまうと、草十郎はほっとすると同時にみじめな思いがした。重盛にあるのは、勝者の余裕だった。まるで貴族のおうようさ——すでに武家のものではない。平氏嫡男《ちゃくなん》の重盛がその視野に入れているのは、今となっては殿上貴族のつどう光景なのだろう。

(終わらせなくてはいけない……)

かみしめるように草十郎は考えた。その平氏から、三郎頼朝《さぶろうよりとも》の命をもぎとらなくてはいけない。源氏に最後の光を残すためには、今ここで義平の遺志をついで重盛を討っても、なんの足しにもならないのだった。

糸世は、今度こそ完全ないでたちで現れた。金糸と朱色の糸をたっぷり使って錦織りにした衣は輝くばかりで、地紋を打ち出した水干《すいかん》は青ざめて見えるほど白い。袴《はかま》も今は葡萄色《えびいろ》で、ずっと高貴に見えた。

薄化粧をほどこし、きらびやかに着飾った糸世は美しかったが、そのぶん彼女自身の生気が失せたようにも見えた。草十郎は、下着姿で強がってみせた糸世のほうが好ましい気がしたが、これを言ってはいけないのだろうと思いなおした。

今の糸世は、ひどくしおらしかった。まなざしさえふせがちにしている。最初はめかしてすましているのかと思ったが、それだけではなさそうなのが気になった。

「さっきのこと、気にしているのか」

草十郎がたずねると、いくらかふだんの糸世にもどり、上目づかいににらんだ。

「なに言ってるのよ。他に言うことはないの」

「……きれいだよ」

ため息まじりに糸世は言った。

「どうやったら、そこまでありありと心ない言いかたができるのかしら。いっそ教わりたいものだわ」

草十郎と日満は、出された膳を空にしたが（料理は確かに上等だったのだ）、糸世は結局、ほとんど手をつけずに終わった。それればかりではなく、時間とともに顔色が白くなっていった。化粧のせいと言えないほど少女が青ざめていることに、ついに日満が気がついた。

「御前《ごぜん》……もしや」

糸世はかすかにうなずいただけだったが、世にも情けなさそうな顔をしていた。

「散薬を少々持参してござるが、召しますか」

「ううん。今は、よけいなものを体に入れたくないの」

日満は心配そうにうなった。

「懐石などで、体を温めることができればよろしいのだが。さすがに用意がありませぬ」

糸世に持病があるなどとは念頭になかった草十郎は、驚きながら近寄った。

「どこが悪いんだ。痛むのか」

糸世はおしはかるように草十郎を見上げてから、かぼそい声で言った。

「あなた……女の体には、お月さまと同じ満ち欠けがあるって、知っていた？」

たじたじとならざるを得なかった。草十郎にはおぼろにかすんで手の届かない、神秘の領域だ。

「よくわからないが、つらいのか」

糸世はためらい、それからうなずいた。

「遊君《ゆうくん》を名乗る女なら、これが芸にさしさわるなどというのは、甘えでしかないの。ただ、わたし、一世一代の舞を舞おうと思いさだめたのに……どう影響するか……」

それは困ると草十郎も思った。こんなかたちで障害が現れるとは思いもよらなかった。

糸世はくちびるをかんでしばらく黙っていたが、やがてぽつりと言った。

「わたし、おじけづいているのよ。気持ちの問題なの」

「何が怖いんだ」

「わたしの舞……思いどおりにしてしまうこと。こんなに、だいそれたことなのに。あなたを巻きこんで……」

糸世は大きくゆれるのだということを、そのとき草十郎もさとった。気丈に見えるが、本当はいつもゆれているのだ。彼女の異能は、他のだれにもまねができないのだから無理もない。神に届く舞が舞えるということは、当人にとってそれほど楽なことではないのかもしれなかった。

少女はかすかにふるえており、今にも涙をこぼしそうだった。重大な局面は、舞台上より今なのだという気がして、草十郎は息を吸いこんだ。

「舞を舞ってくれ、糸世。あとのことは、おれが引き受ける。右兵衛佐《うひょうえのすけ》どのがむざんに死ぬ運命を変えるには、おまえが舞うしかないんだ」

草十郎はひざの上にあった少女の両手を握った。言葉だけでは伝わらない気がしたのだ。白い手は思った以上に幅がなく、細い指先が冷たく感じられた。糸世が驚いた表情になったので、少しばかり言いにくくなったが、草十郎はあえて言った。

「わからないか。おれは、たぶん、おまえにつながることができる。おれの吹く笛は、舞台で舞う糸世を支えることができる。だから、怖がらないでくれ。だいそれたことをするのは、おまえ一人じゃない」

糸世はくいいるように草十郎を見つめた。それから、かすれたような声音《こわね》でささやいた。

「あなたは怖がらないの、そのこと」

「おれは、巻きこまれたとはもう思っていないよ。なるべくしてなった気がする。賀《か》茂《も》の河原で糸世に出会うずっと前から、おれはきっと探していたんだ——笛吹きとして、おれにできることをするときを」

少女をはげましたかったことも事実だが、草十郎はそれを口にしたとき、真実だと直感できた。深く埋もれていたために、自分ではなかなかわからなかった真実だった。

「おれの笛が、右兵衛佐どのを助けるために作用するとすれば、糸世の舞を通じてしかないんだ。これがどれほど不確かでも、おれは信じてみることにした。糸世が舞えば佐《すけ》どのの命が救えるのだと」

糸世はふるえる息で深呼吸した。こわばっていた少女の体が少しずつゆるんでくるのが、握った指先を通して感じられた。いくらかはにかんだように、彼女はつぶやいた。

「びっくりする人ね。わたしが一番言ってほしいことを言うのね。朴念仁《ぼくねんじん》なのは確かなのに……」

「朴念仁って、どういう意味だ」

そんな言葉は故郷で聞いたことがなかったので、草十郎はたずねた。糸世は少々困り顔でほほえんだが、それでも笑みがもどったのはしばらくぶりだった。

「知らなくていいのよ。今からは返上してあげることにします。わたしに思いがけないことを言ってくれたから」

気をとりなおし、背を向けて化粧の点検をはじめた糸世を見やって、日満が低くつぶやくのが聞こえた。

「……宿縁だな」

草十郎がけげんに思ってふりむくと、彼は大まじめな表情で見返した。

「われわれとおぬしが、賀茂の河原で出会ったのは宿縁だよ。御前が六波羅《ろくはら》で舞う気になったのは、だれのためでもなくおぬしのためだ。最初からそうだったのだ……今回、青墓《あおはか》を出ようと御前が決心なさったときから」

先ほどの家司《けいし》が顔を出し、彼らを屋敷の奥へと導いた。すでに夕刻近くなっていたが、日はまだ高く、面前に広がった広大な庭園では、ことさらにしつらえた遣《や》り水がかすかなせせらぎの音をたてていた。大きな庇《ひさし》をもつ寝殿の正面には、まるで池水に浮かべるように、真四角の露台がすえられている。丹《に》ぬりの欄干をめぐらせたその舞台には、四隅に桜の枝が飾ってあった。にわかづくりとは思えない、庭園の風景に調和した品のよさが感じられた。

「よい舞台だわ。もともと、露天のほうがわたしには都合がよかったのよ」

糸世がささやいた。彼女が落ち着きをとりもどしていることを、草十郎はたのもしく思った。

楽人《がくじん》は先に場に出るべきで、日満にうながされた草十郎は、彼といっしょに進み出て庇の下につどう人々に一礼した。中央にすわる恰幅《かっぷく》のよい中年男は、恐らく一門の頂点に立つ平清盛《たいらのきよもり》だ。だが、彼の左右には年ごろも風采も似たような男がたくさん並んでおり、一人だけがきわだった様子ではなかった。女性陣はやや奥まった場所にいるが、御簾《みす》はすべて巻き上げてあり、遊芸人《ゆうげいにん》程度に遠慮するつもりはないようだ。

二人が露台の隅に正座すると、御殿の人々は一瞬注目したものの、すぐまたお互いの話を再開させ、笑いあったり座を動いたりしはじめた。膳がいくつも並び、酒も進んでいる様子で、舞は和《なご》やかな宴の余興の一つなのだ。

それがわかると、草十郎はむしろほっとした。露台に降りそそぐ光や、すぐ下を流れる水を意識する。柔らかな午後の日射しに水がきらめき、暑くも寒くもない陽気が快かった。平氏一門を前にしても、楽人に徹せるという自信がわいてきた。

糸世は、かなりもったいをつけて現れた。少女の姿を目にすると、庇の談笑もさすがにしずまった。目もあやな朱金《しゅきん》と白に装った舞人《まいびと》が舞台へと渡っていく様子に、手にした杯をおくのも忘れて見とれる人々がいる。

舞台中央に立ち、しずかに目をふせて、何回か呼吸をはかっていた糸世は、やがて右足をとんと踏んだ。二拍めを日満が鼓で打った。舞がはじまった。

彼女の舞が舞台の一周を終えないうちに、草十郎にはわかった。周辺の木々が糸世の味方になびく。庭園に立ち並ぶのは、移植され剪定されたきゅうくつそうな木々ばかりだったが、それでも何より早く舞の音律に反応していた。

生命《いのち》ある木々は、もともと動物よりはるかに的確に音律をとらえるものだ。動物はみずからの動きにじゃまをされるが、木々は動かないぶん律動に敏感なのだ。木々が呼応して初めて動物が気づくことは、野山へ笛を吹きに行く草十郎も経験として知っていた。

木々の微細な共鳴が土を変え、水を変え、糸世に力をそそいでいる。舞台四隅に飾られた桜の枝は、まだつぼみをたくさんもっていたはずなのに、いつのまにかすっかり花開いていた。糸世はほほえみ、歌いだした。

鷲《わし》の御山《みやま》の法《のり》の日は
曼陀羅《まんだら》曼殊《まんじゅ》の華雨《はなふ》りて
栴檀《せんだん》沈水《ぢんすい》満ちにおい
六種《むくさ》に大地《だいち》ぞ動きたる

彼女が選んだ今様《いまよう》は法文歌《ほうもんか》だった。御霊鎮《ごりょうしず》めの舞なのだ。宴に華やいでいた人々も、今はいよいよしんとしずまり返るばかりだった。

空より華雨《はなふ》り　地は動き
ほとけの光は世を照らし
弥勒《みろく》文殊《もんじゅ》は　問い　答え
法華《ほっけ》を説くとぞ　かねて知る

（三郎頼朝《さぶろうよりとも》どの……）

この六波羅《ろくはら》のどこかに閉じこめられている御曹司《おんぞうし》を思いながら、草十郎は横笛を取った。

笛の音がふるえて流れ、糸世がつくり出した音律の中に吸いこまれていく。心おきなく吹き鳴らせるその共鳴に、あとはいつものように考えることを忘れた。

桜の花吹雪に似て、それよりも透明に光るものが大量に舞い落ちるのが見える。中には前に見た、風ぐるまのように回る多弁の花もあり、その様子が粉雪にまじったぼたん雪のようだった。だが、いちいち不思議だとかなぜだろうとは思わない。草十郎はさらに没頭して吹きつづけた。

糸世の姿が見えなくなるほどの花吹雪の果てに、何かの加減で視界が入れ替わったように、ちらちらする映像が浮かんできた。薄い影のようなものだったが、三郎頼朝が歩いているのがわかった。男たちにつき添われていた。

声は聞こえなかったが、少年はつれの男に何か言いかけたようだった。男はうなずき、持っていたものを差し出した。どうやら黒玉の数珠《じゅず》だった。三郎頼朝はその場にひざをつくと、数珠を繰ってしずかに祈りはじめた。彼が座ったとき、ごつごつした河原の石が見えた。

つれの男はしきりに涙をぬぐったが、それでもくちびるをかみしめ、すらりと白刃《しらは》を抜いて振りかざした。

やはり三郎頼朝は打ち首になるのだ。

それは明日の今ごろだと草十郎はさとったが、そのことに驚きはなかったし、悲しみも感じなかった。糸世の舞が門を開け、空間が変わったために、少しばかり時間もほどけてしまったのだ。それだけのことだ。

悲しんだり驚いたりしたら、草十郎には笛が吹けない。だが、そうした無我の心境にも一つだけ、ひっかかって取れないものがあった。糸世の意志を見つけ、糸世の意志につながることだ。

光のかけらが細かくらせん状に舞い、はげしく四方に散って見え、糸世の姿も背後の景色も、今ではまったく見あたらない。どこかおかしな場所にはまりこんだことがうすうすわかっていたが、それでも、糸世がこのどこかにいることは確かだった。少女は祈りつづけている。光でできた時間を、光でできた未来を、変えたいと願っている。

考えない草十郎にとって、それはさほどむずかしいことではなかった。時間すらも音律でできているなら、同じ音律でほどくことができる。光のらせんが時間を編み上げているなら、その編み目をほぐせばいい。

草十郎の笛が未来をかたちづくる光をどんどんほどいていくと、ほぐれたかけらが、尾を引いて飛び回る虹色のものに変わった。見すえることはできないが、蜻蛉《とんぼ》に似た透明な羽をもつようだった。

どこかにいる糸世と彼女のつむぐ音律が、草十郎をはっきりとうながした。

(そのかけらを数珠に集めて。三郎若ぎみが手に取るあの数珠に)

草十郎は従った。ある時点から、笛の音にかかわりなく急速に光のらせんがよじれあい、乱舞がおさまりはじめた。流れの矛先《ほこさき》が変わり、異なる未来が生まれてゆく。新しい未来は、細く長く勢いよく伸びていった。伸びゆく先に、坂東《ばんどう》の地がかいま見えたような気がした——

われに返った草十郎は、やけに驚きながら六波羅御殿の遣《や》り水の舞台にいる自分を見出《みいだ》した。しばらくは、らせん状に舞う光が空中を飛んでいるのが見え隠れしていたが、それもどうやら、自分のまぶたの裏側のできごとらしかった。

「おぬし、大丈夫か」

立ち上がろうとした草十郎がよろめいたので、日満が小声でたずねた。

「ああ」

自分の足で立ったとたん、夢が脱げ落ちたように世界が確定した。庇《ひさし》の人々は口々に糸世の舞をほめそやしている。糸世が深く礼をして、彼らの賞賛に応えている。女房たちは涙をぬぐっているらしく、だれもがしきりに袖を顔に押しあてていた。

(おれ一人で、虫のいい夢を見ただけだったかも……)

あまりに現実とは異なる体験だったために、みるみる自信をなくして草十郎は考えた。いつもなら、笛を吹いているあいだも周囲に起きていることくらいはわかったはずだった。それなのに今回、共鳴したあのらせんの光が何ものだったかさえ、自分にははっきりと言えないのだ。

だが、舞台を下がろうとそばを通ったときに、おじぎをしていた糸世がすばやくささやいた。

「だれにもわかっていないのよ、あなたの笛がしてのけたこと。三郎若ぎみはもう救われたわ」

第五章　逃避行

1

鳥彦王《とりひこおう》が、三郎頼朝《さぶろうよりとも》は死罪をまぬがれ、伊豆《いず》への流刑に減じられたという知らせをもって飛んできた。糸世《いとせ》が六波羅《ろくはら》で舞ってから数日がたっており、草十郎《そうじゅうろう》はもう驚かなかった。

「そうか、伊豆か……」

「平清盛《たいらのきよもり》は、最後まで迷っていたそうだけど、一門の女性たちがものすごい反対をしたらしいよ。あの雄《お》の子を打ち首にしたら、後生に障《さわ》ると言ってやまなかったそうだ。その筆頭が、清盛の義理の母親にあたる尼さんで、あたりかまわず言いふらしたもので、京《みやこ》じゅうの同情が源氏の若ぎみに集まったという話だよ。清盛も、とうとう外聞が悪くなったんだと思うな」

「うん……」

今一つな草十郎の反応が、カラスには不服だったようだ。羽毛をふくらませて言った。

「あのなあ、おまえ。もっと興奮するとか誇るとかしてみろよ。雄《お》の子の延命は、おまえが笛を吹いたからなんだろう。おまえの笛はすごいと、つねづね感じていた鳥の眷属《けんぞく》でさえ、あれほどのことができるとはちょっと信じていなかったよ。まったく、どはずれていると言っていい」

「おれだけの力じゃないよ」

糸世が舞い、糸世の意志があったからこその成功なのだ。その糸世は、たくさんの褒賞品をかかえてもどってきた後、気力を使いはたしたようにぐったりしてしまい、馬の鞍に身をかがめるようにして祇園《ぎおん》へ帰ってきた。

それから今日に至るまで、長者の宿舎から外へも出てこないありさまだ。せっかく成功をとげたというのに、その後草十郎に示した態度もそっけなく、それが気がかりで、草十郎はむやみにおもしろくない気分なのだった。

「なんで不機嫌なんだよ、わからないやつだな」

「べつに、不機嫌じゃないよ」

草十郎はそっぽを向いた。カラスに内心を見すかされるのもしゃくだったからだ。

鳥彦王はそんな草十郎をしげしげとながめていたが、やがて、試すように言った。

「おい、草十《そうじゅう》。おれは今度も見取図をつくれるようになったぞ」

「見取図？」

「前にやったじゃないか、屋敷を上から見た配置図ってやつ。源氏の御曹司《おんぞうし》がとらわれている弥平兵衛《やへいひょうえ》の館、舎弟とおれとで何度も探査して、いろいろくわしく覚えたんだよ」

退屈だったこともあり、草十郎はすぐに興味をかきたてられた。紙はこのあたりでは手に入らなかったので、いらなくなったぼろ布の端に、カラスに教わりながら図を描いた。

「右兵衛佐《うひょうえのすけ》どのが寝起きしているのは、この一角なんだな」

「うん、雄の子はほとんど動かずにここにいる。食事も、女たちが決まった時刻にここへ運んでいるよ」

しばらくあれこれ情況を組み立ててから、草十郎はつぶやいた。

「小路《こうじ》で怪しまれることさえなかったら、しのびこめそうだな」

草十郎のあまりの乗り気に、鳥彦王は心配になってきた様子だった。

「そうは言っても、六波羅だぞ。もしも見つかったら、検非違使《けびいし》につき出される前になぶり殺しだぞ」

「なんとかなる」

「おまえはあの正蔵《しょうぞう》とはちがうんだぞ」

「おれだって、うまくやってのけることくらいできるさ」

顔を上げた草十郎が活気をとりもどしていたので、黒い鳥はくちばしを開けただけで黙った。

「佐《すけ》どのが坂東《ばんどう》へ行くなら、ぜひ言ってやりたいことがある。おまえはいいことを教えてくれたよ」

正蔵のもとで盗賊見習いをしたことも役立つのだと思うと、ぜひとも実行してみずにはいられなかった。くさくさした心境も、平氏一門を出し抜いて三郎頼朝に会うことができたら、きっと晴れるにちがいない。

「おまえって、けっこうむこうみずな性格しているよ」

カラスはあきらめかけた様子でぼやいた。

「調子に乗って、源氏の雄の子をつれて逃げようなどと思わないでくれよ。そんなことになったら、だれにも収拾がつかないぞ」

「せっかく延命できたのに、そんなことはしないよ。正蔵も前に言っていた、源氏の御曹司《おんぞうし》をかくまえる場所など国じゅうどこにもないと。おれはただ、もうひと目右兵衛佐どのに会っておきたいだけなんだ」

　草十郎は力をこめて言った。これほど自分の運命を左右した人物なのに、三郎頼朝と交わした会話は、ごくわずかなものだったことを思い返していた。

　日が暮れてから六波羅へしのびこむとしたら、正蔵のもとで着ていた、闇にまぎれる濃紺の上下が都合よい。これは先日来童女たちがあずかりっ放しなので、草十郎が取り返しに行くと、あとりとまひわは四つの目で怪しむように見つめた。

「草十郎は、またひとりで何かしようとしているの」

「おかたさまが、ああいう人物はひまにさせるとろくなことがないとおっしゃったけれど、本当にそうなの」

　痛いところをつかれたが、草十郎はそしらぬ顔をよそおった。

「べつに、どうするわけでもないよ。自分の衣を引き取るだけだ」

「まひわが言っている。草十郎は身なりにかまわなすぎるって」

「あとりが言っている。その伸びすぎた髪もどうにかしたほうがいいって」

「うるさいぞ、おまえら」

　顔をしかめたが、双子はとっくの昔に、草十郎がどれほど怖い顔をしようと平気になってしまっていた。さんざん言いあったすえに衣類を取り返してから、草十郎は思いきってたずねてみた。

「糸世は、まだ具合が悪いのか」

何度かまばたきをして、二人はうなずいた。

「こんなに寝こむのもめずらしいの。とってもふさいでいるの。たぶん、無理がたたったからだって」

「糸ねえさまは、月の障《さわ》りが重いほうなのよ」

双子は言ってから顔を見あわせた。めずらしいことに、意見に相違があったらしい。

「そういうこと、男の人に教えてはいけないのよ。だめねえ、まひわ」

「草十郎ならいいじゃないの。心配しているんだから、教えてあげたって」

「糸ねえさま、怒るよ」

「それならあとりは、糸ねえさまの味方についたら。わたしは草十郎の味方をする」

「なによ、まひわのずる」

二人の言い争いは、他のおしゃべりにもまして際限なく続きそうなので、草十郎は途中で逃げ出した。糸世がまだ会って話せる状態ではないことだけは、だいたいわかった。

（あいつは、無理をしたのだろうか……）

あの日に起こったできごとを真に分かちあえるのは、糸世一人なのだから、いろいろ話してみたかった。糸世のほうではどのように感じているのか、聞きたかった。しかし、長者の宿舎は敷居が高すぎて、日満ではないが、奥にはどうにも踏みこめない。

糸世が会うことを望まないなら、草十郎としては近寄ることができない気がしてしまうのだった。

武家の館は、貴族の住居のように入り組んで複雑ではなく、草十郎がよく知っているものでもあり、うまく人目を避けることさえできれば、侵入はそれほどむずかしくなかった。

鳥彦王に場所を示されたときから、三郎頼朝が蔵《くら》などに押しこめられることもなく、ふつうの客人扱いで、母屋続きの離れに住まっていることがわかっていた。そして、ただの住居でありさえすれば、屋根裏も床下もすかすかに空いているものなのである。

ここが六波羅の武家町であり、部外者が寄りつかないことで、弥平兵衛《やへいひょうえ》は気をゆるませているかもしれなかった。離れに見張りがいることはいたが、事変にそなえて張りついている様子もなく、減刑が決まってからは特に、御曹司の脱走なども考えてはいないようだ。恐らく、三郎頼朝もまたそれだけ行儀のよい囚人なのだろう。

とはいえ、警備の交替を見はからうのはそんなに楽ではなかった。草十郎は植えこみの陰で辛抱強く待ちつづけた。やがて、夕食の盆をもって廊下を通った女が離れに入り、妻戸《つまど》の掛け金を掛けずに去ったのを見すました。それから、縁の下をはって御曹司の部屋に近づき、だれも見ていない一瞬をとらえてその戸にすべりこんだ。

食事の器はまだ手つかずで、三郎頼朝は灯火のもとで文机《ふみづくえ》に向かっていた。筆を持ったままふり返った少年は、少し面《おも》やせして目が大きく見える。朽葉色《くちばいろ》の直垂《ひたたれ》をこざっぱりと着ており、部屋の調度もまあまあで、待遇はそれほど悪くないようだった。

彼は最初、蜘蛛の巣をかぶった黒っぽい男にただびっくりしていたが、たちまち信じられないように大きく息を吸いこんだ。

「まさか……草十郎。そなた、草十郎なのか。生きていたのか」

「おしずかに。見張りにけどられては困ります」

草十郎は肩から蜘蛛の巣を払って、ひざをついた。

「おひさしぶりです、佐《すけ》どの。いろいろありましたが、生きています」

「そなたには、二度と会えないと思っていた」

三郎頼朝は声をつまらせた。

「だれもかれもに死に別れてしまったが、そなたのことは、父や兄と同じくらいよく思い出していた。礼も言えずにあの場で別れてしまったことを、不覚だったと何度も悔いていた。そなたが生きていてくれてうれしい」

「ありがたいお言葉です」

「よくもこんなところへ入ってこられたものだな。この場所で、源氏の味方だった者に出会うことなど思ってもみなかったのに」

　不思議そうな御曹司に、草十郎は少し笑ってごまかした。

「おれには、少々特別なつてがあるんです。そいつが、あなたはここにいると教えてくれました。さぞやご心痛が多かったことでしょう。こうしてお会いできて何よりです」

　少年はため息をついた。それから文机をちらりと見た。つられて草十郎も見やり、彼が経文を開いて写経をしていたのを知った。

「毎日毎日……経を写すことしかできなかった。河原に出るのは明日か明日かと思うのが、一番つらかった。すぐにすませてもらうほうがよっぽど楽なのにと、何度思ったことか。わしはどうやら、打ち首にはならないそうだ。どうしてなのかさっぱりわからないが。保元《ほうげん》の戦《いくさ》では、わしより年下の、戦に加わりもしなかった叔父までがみな首を斬られたのに」

「これでよかったのです」

　草十郎は力をこめたが、三郎頼朝はまだ悲しげだった。

「そういえば、頭殿《こうのとの》が近年かよっておられた九条院仕《くじょういんづか》えの女人《にょにん》には、幼子《おさなご》ばかりが三人いると聞いている。みな男子のはずだが、わしが死刑をまぬがれるなら、この幼子たちも助かるだろうか」

「くわしい話をまだ聞いていませんが、きっと助かるでしょう。身柄がどこへ渡されるかは案じられますが、命をとられはしないはずです」

三郎頼朝はうつむいた。

「わしは、伊豆へ流されるのだ」

「坂東《ばんどう》です。不幸中の幸いだったではありませんか。われわれはあの日、もともと坂東へ下るつもりでした」

草十郎が言うと、少年はきっとなって顔を上げた。

「あの日と今日とはすべてがちがう。これから坂東へおもむいたとて、源氏はもうどうにもならない。父上も兄上もおもだった家人《けにん》もすべて死んだ。わしひとり生き残って、できることといったら読経《どきょう》くらいだ」

「供養してさしあげればいい。供養も必要です」

草十郎の顔を見つめた三郎頼朝は、ふいに思いもかけないことを言った。

「そんなにわしをなだめなくてもいいのだ、草十郎。覚悟がへただと自分でもわかっているが、そなたの手にかかるなら、わしはうれしく思う。そなたならかまわないのだ、介錯《かいしゃく》をしてくれ」

「何をおっしゃいます」

草十郎は驚いたが、三郎頼朝は真剣だった。色青ざめながらもしっかりした声音で言った。

「危険をおかしてここまでしのびこんできたのは、そのためなのだろう。わしがぐずぐずして、はかばかしい自害もできないから。頭殿であれば必ずや命じているはずだ、源氏の恥をこれ以上さらさぬよう、末期《まつご》を看取れと。父や兄が天に弓引いたと罰されたのだから、わしもゆるされないのが当然なのだ」

思わず少年の両肩をとらえた草十郎は、朽葉色の衣の下の肉づきの薄さに哀れさがつのった。肩をつかんだそのままの姿勢で言った。

「おれは、あなたを死なせに来たんじゃありません。生きてくれと言いに来たんです」

「そなたは、そういう人物ではないぞ」

「ええ、以前はそうでした」

苦笑して認めてから、草十郎は言葉を続けた。

「以前はおれも、気軽に命を捨てようとしました。けれども、まちがいだったと今では感じています。生きるほうがたいへんで、だからこそ生きることを選ぶほうが正しいんです。心をあらたにして、伊豆でお暮らしください。ひなびてはいますが、冬暖かくよい土地柄です。京へ出てくるとき何人か知りあいましたが、住人も気のいい人々です」

「わしが生きて伊豆にたどり着けると、だれにわかる」

「大丈夫です。あなたは伊豆で、おだやかな生活を長く続けることができる。土地の人たちとも仲よくすることができます」

「見てきたようなことを言う」

「見てきました」

草十郎にきっぱり告げられて、三郎頼朝は目を丸くした。ようやく草十郎を刺客《しかく》とはみなさなくなったようだ。

「まったくおかしな男だな、そなたは。それをわしに言いに来たのか」

草十郎はうなずき、彼の肩からそっと手をはずした。

「このたびは、あなたも生き、おれも生きることができます。そういうことができるのだと、ある人に教わりました。おれの中にはそういう力もあって、引き出してくれた人がいるんです」

三郎頼朝はしばらく口をつぐんで草十郎を見上げていたが、やがて言った。

「そなたが変わったのは、その人のせいなのだな。生きることを選ぶほうが正しいと思うようになったのは」

「そうです。おれが生きていなければ、お互いに出会うこともありませんでした。あなたにも、きっとそういう出会いが待っています」

草十郎は答えたが、こんなことをすらすら言ってのける自分が不思議でならなかった。少年は一度目をふせてから、思いきったようにたのんだ。

「草十郎、いっしょに伊豆へ行ってくれぬか。わしの周りにはだれもおらぬのだ。母は先年亡くなっているし、平氏を恐れはばかる人たちがわしについてきてくれるはずもない。もう一度わしに、ともに坂東へ下ろうと言ってくれぬか」

草十郎はしばらくためらっていた。不遇なこの少年についていってやりたいのは山々だった。東国の生活をあれこれ教えてやれるだろう。だが、三郎頼朝は武士としての生き方を捨てて暮らさなければならない。それは、草十郎自身の身の上でもあった。口を開いたときには、自分でも驚くこんな言葉になっていた。

「おれには今、いっしょに生きてみたい人がいるんです。その人がどう思うかわからないけれど、もしも可能だったら伊豆へ下ります。今すぐのことにならなかったとしても、きっと佐《すけ》どのに会いに行きます」

（おれはいったい何をしてるんだ。今のを言うために六波羅くんだりまで出かけてきたのか……？）

三郎頼朝と別れた草十郎は、自分自身にあきれた。けれども飛び出した言葉は、じつは、かなり前から心の奥では認めていたことだった。それが明らかになってしまい、慣れない自分がたじろいでいるだけなのだ。

（現在口もきいてもらえないのに、決めつけてどうするんだ……）

だが、打ち消そうとしても打ち消せるものではなかった。これを自分に認めさせるため、わざわざ危険をおかす必要があったとしか思えなかった。三郎頼朝に、今度も命を救ったと告げる気はさらさらなかったが、どうしてそれができたかを言いたかった。

彼に生きつづけることをすすめながら、草十郎自身も、生きていく意味を見つけたことを言っておきたかったのだ。

それにしても、弥平兵衛の館は入るより出ることのほうが倍もむずかしかった。夜が更けるにつれて、館周辺の警戒が厳しくなることを考慮していなかったせいだ。たいまつがあちこちに輝き、草十郎は明け方近くなるまで出るに出られず、勢いでしのびこんだ軽率さに舌打ちしたくなったときが何度かあった。一度は、舌打ちではすまされないところだった。塀を乗り越えようとして誰何《すいか》されたのだ。

「何者だ、名を名乗れ」

ひやりとした草十郎が打つ手を考え出す前に、重たげなはばたきが聞こえ、ホーホーと鳴き声がした。詰問した見張りは小声で毒づき、もう一人が、梟《ふくろう》程度で脅かすなと不機嫌に言うのが聞こえた。なんとか無事に敷地を逃れた草十郎は、ひょっとすると今の梟は、鳥彦王の配備だったのかもしれないと考えた。

六波羅をようやく抜け出して息をついたときには、東の空が明るみはじめていた。ひと晩じゅう神経を尖らせたことに疲れきり、筋肉が痛んで、無謀な賭けのむくいがこたえていた草十郎だったが、朝の光が射してくると徐々にうれしさがこみ上げてきた。とりあえずやってのけたのであり、平氏の高慢な鼻を明かして、源氏の御曹司と対面することができたのだ。

鳥彦王が飛んでくるかと、明るくなった空を見わたしたが、カラスらしき影はあっても彼ではないようだった。山ぎわにたなびく雲が、朝焼けの薄紅《うすくれない》に染まっているのが目にしみる。草十郎はやけに高揚した気分をかかえて祇園《ぎおん》への道のりを歩いた。

こうして鳥彦王が力を貸してくれるのも、草十郎のもつ能力のうちだ。自分のもとに鳥彦王が舞いこんだのは、笛を吹くからであり、声を聞きとることができるからなのだ。自分の存在をこんなに誇らしく感じられるのも、生まれて初めてのような気がした。不可能だと思われることを、今なら次々やってのけられそうな気がする。

意気揚々とした気分がしばらく続いたため、草十郎は宿の前に糸世が立っているのを見たとき、けげんに思わず、自分が呼び出したようなつもりになった。糸世は濃い紅色の衣に薄い白を重ね着て、桃の花のようにきわだっていた。

だが、声をかけようとして、その一瞬に自信が飛び去った。彼女は両腕を強くかかえ、口をへの字にし、にらみつけるようにこちらを見すえていたのだ。愛らしいとは言いがたく、愉快な言葉が交わせる状態にはとうてい見えない。

少女の顔つきからすると、すがすがしい朝の目ざめからほど遠かったようだ。草十郎は突然、うきたって歩いてきたことが後ろめたくなった。顔を合わせないほうがよかったとさえ思ったが、自分の宿所は彼女の背後にある。しかたなく、当面のことをたずねた。

「どうしてそこにいるんだ」

「あなたはどうしていないの」

糸世は鋭く切り返してきた。数日ぶりに声を聞いたが、どうやらそうとう怒っているのだった。

「どうして朝帰りなの。かよう女の人がいるのかしら」

草十郎はげんなりした声を出した。

「いるわけないだろう。わかっていながら言うなよ」

「わからないもの。あなたのことなんてぜんぜんわからない」

糸世のまぶたが赤いことに草十郎は気づいたが、糸世はつけこむ隙を見せずに言いつのった。

「わたしに隠さずに言えるものなら言って。その武家の衣装をわざわざ双子から奪い返して、だれにも行き先を告げないで、ひと晩じゅうどこへ行っていたのか。まさか六波羅ではないでしょうね」

「そのまさかだ」

　草十郎はあっさり認めた。どこかの女性のもとだと勘ぐられるくらいなら、そのほうがましだったのだ。

「右兵衛佐どのにお会いしてきた。館にうまくしのびこめたんだ」

「どうして」

　小さな悲鳴のように糸世がその言葉を発したので、草十郎は少なからず驚いた。たいそうほめられたことではないかもしれないが、非難されるとも思わなかったのだ。

「どうしてその必要があるの。三郎の若ぎみはもう救われているのに。わたしたちの舞と笛とで、もう疑いなく命が助かっているのに。どうして」

「佐どのに、どうしても言っておきたいことがあった」

　草十郎は答え、これだけでは納得されない気がして続けた。

「見こみのないことをしに行ったわけじゃないんだ。弥平兵衛の館の見取図が手に入ったし、内部の様子も聞きこんでいたし。それほど危険をおかしたわけじゃない、現にこうして、けが一つしないでもどってきたわけだし——」

最後のほうは口の中で終わってしまった。糸世が聞いてはいないことがわかったのだ。彼女はぽろぽろと涙をこぼしていた。くちびるを強くかみ、それ以上の衝動を必死に抑えつけている。あまりにたやすくあふれる大量の涙に、草十郎は目をみはって見つめ、それから気がついた。糸世は昨夜から今朝にかけて、すでに何度も泣いたのだと。

2

糸世《いとせ》は少しのあいだ、まばたきもせずに涙をこぼしていたが、やがてこらえきれなくなったように袖で顔をおおい、むせび泣いた。草十郎《そうじゅうろう》は、初めて言葉を交わした日も糸世が泣いたことを思い出したが、自分が原因になるのとならないのとでは大ちがいだった。

「心配させたのなら悪かった。けれど、無事に帰ってこなかったわけでもないのに、そんなに泣かなくてもいいだろう」

さんざんまごついたあげく、不当な気分にさえなりかけたところへ、糸世が涙声で言った。

「あなたは少しも変わらない、変わらないんだわ。わたしがあれほどの思いをして舞ったというのに、ぜんぜん変わらない。自分を粗末にして、いとも簡単に投げ出して、どうでもいいことで死んでしまうのよ」

「それはちがうぞ」

草十郎は急いでさえぎったが、糸世はかまわず言いつづけた。

「わたしは、なんてばかなんだろう。思いが通じない人のために、いましめを破って身をさらして舞《まい》を舞うなんて。あなたみたいな笛を吹く人、どんなにつなぎ止めようとしてもむだなのに。ばかだって、はじめからわかっていたのよ。一番祈りが通じないところへ、わざわざ力をつぎこんで、むなしい思いをするだけなんて……」

「ちがうと言っているだろう。おれは命を捨てに行ったわけじゃない、その逆なんだ」

強調しながら、草十郎は糸世がこれほどわからないことに驚いていた。自分が大きく変わったからこそ、三郎頼朝《さぶろうよりとも》に言いに行くことが必要だったというのに、一人で勝手に嘆くのだ。舞と笛とがあれほどの共鳴を起こしても、こんなにまで別個の人間だったのだ。

そう考えてから、ふと思いなおした。言わなければだれにもわからないのだ。草十郎が告げに行くべき人物は、本当は三郎頼朝ではなかった。

「たのむから聞いてくれ。おれたちで右兵衛佐《うひょうえのすけ》どのの命を救ったこと、これっぽっちも疑っちゃいないよ。あのとき、おれには見えたような気がしたんだ。佐《すけ》どのの生きていく道は、長く伸びて気持ちよく、とてもきれいだった。あのときわかったんだ、糸世の祈りはとてもきれいだ。うわべだけでなく、見えるものばかりではなく、どこまでも」

糸世がしゃくり上げるのをやめるまでには、もう少し時間がかかった。草十郎は待つことにした。やがて、糸世の袖がいくらか下がり、泣きはらした彼女の目もとがのぞいた。

「……きれいだった？」

「うん。おれはおまえが好きだ、自分でもびっくりするが」

糸世のまなざしは疑わしそうだった。

「びっくりって、何」

「なんでもいいよ。おまえが好きだ」

しばらく黙ったあとに、糸世はつぶやいた。

「うそでしょう……あれから、見舞いにすら来てくれなかったくせに」

「ずっと寄せつけなかったのは、そっちじゃないか」

草十郎は言い、一歩間をつめた。

「前に、おれに隔てをもたずに見ろと言っただろう。それだったら、どうして自分はそうしないんだ。おれが本当に見えていたら、そんなに泣くのはむだだとわかったはずだぞ」

糸世はもう泣いてはいなかったが、また袖で顔を隠してしまった。両手で目を押さえたまま、困りきった声を出した。

「……どうしよう。本当に？」

その態度がまるで幼女のようだったので、草十郎には笑みが浮かんできた。今朝の糸世は、怒ったり、泣いたり、言ってみれば最初から幼女のようだった。そう思ったとき、草十郎は腕を伸ばして抱きしめていた。

「おれがおまえの意のままに笛を吹いたのに、どうして信じられないんだ」

お互いにぎこちないながらも、糸世は草十郎の腕の中にいた。少女は相手の行動に驚いていたが、いやがってはいない――それがじかに伝わってくるのがすばらしかった。彼女が自分の胸《むな》もとで、ため息のようにささやくのが聞こえた。

「草十郎は、意外にずるい。さらりと言ってしまえるなんて……」

糸世に言い返そうとしたそのときだった。草十郎は、宿の透垣《すいがい》にカラスがとまっているのを見てしまった。瞬間、見なければよかったと考えた。カラスは丸い瞳を輝かせ、腹が立つほど熱心に見学していたのだ。

（……あたたかく見守りすぎだ……）

目をそらし、無視しようとつとめたが、一度部外者を意識するともうもとへはもどれない。あたりがすっかり明るく、人々がいつ出てくるかわからないことに気づいてしまう。草十郎はしぶしぶながら糸世の肩を放した。

「続きは後で言うことにするよ。ゆうべ一睡もしていないんだ。これから寝てくる」

後ずさった糸世は、はにかんだように髪の乱れをなでつけながらも、だいぶ小生意気さをとりもどして言った。

「寝て起きたら、きっと忘れてしまうのでしょう。男の人の言葉がその場かぎりでも、わたしはちっとも驚かないわ」

「坂東《ばんどう》の男はそうじゃないよ。後で教えてやる」

草十郎はそう応じて糸世と別れ、宿に入った。


疲れきっていたため、横になったとたんに草十郎は眠っていた。途中で空腹を感じたが、さらに眠りつづけ、そろそろ起きなくてはと思ったが、さらに眠りつづけた。ようやく目を開ける気になったのは、あとりとまひわのさえずるおしゃべりが間近に聞こえるからだった。

「ぜんぜんだめねえ。きっと明日の朝まで寝てるのよ」

「つまらないねえ。お世話にならないじゃない」

「つねってみようか」

「くすぐったほうが」

急いで目を開けると、童女たちは今にも実行しそうに草十郎を両側からのぞきこんでいた。

「おまえたち……いつから入りこんでいるんだ」

「あっ、起きた起きた」

双子はそろって手をたたいた。

「糸ねえさまにたのまれて、朝ごはんを取っておいてあげたのに、もうひからびちゃったよ。わたしたちがもってきたの、夕ごはんよ」

この宿では、朝夕の二度、神人《じにん》のつくるまかないを分けてもらえる。だが、それには少し離れたまかない所《どころ》まで取りに行く必要があった。時間をはずすと食べそびれてしまう。眠りながらも気にしていた草十郎は、それを聞くなり起きなおった。

「助かる。腹ぺこだったんだ」

「わあい、それならお世話してあげる」

双子ははしゃいで手さげの桶をもってくると、飯と汁をよそった椀をそれぞれうやうやしく差し出した。

「主《ぬし》さまに、あとりの一献《いっこん》さしあげまする」

「主さまに、まひわの一献さしあげまする」

「長者どのには、そういうふうに給仕するのか」

草十郎がたずねると、双子はふくれてかぶりを振った。

「なに言ってるの。これは、特別な主さまを迎えたときの作法よ」

女の子たちのままごとにはつきあえなかったが、食べ物にありついた草十郎はありがたくいただき、もうひからびたと言われた朝のぶんまでたいらげた。草十郎が食べているあいだも、双子は他愛なくしゃべりつづけていた。今は草十郎も聞き流せるようになっていたが、糸世の名が出ると自然に耳にとまった。

「糸ねえさまはね、ぼーっとして、大事にしていたお椀を井戸ばたで欠いたのよ。いつもなら大さわぎするのに、それを見てもぼーっとしているの」

「それでも、欠いたのがわたしたちだったら、ぜったいに怒ったよね」

「糸ねえさまがあんまり変だから、日満《にちまん》は薬草を採りに行くって出かけたのよ」

「日満が今の時期、薬草採りに行くのは毎年でしょう。日満のお薬にはたくさん買い手がつくって、おかたさまがおっしゃっていたもの」

（そうだ、糸世に続きを言わないと……）

草十郎は考えこんだ。だが、続けて何を言うかは少々むずかしかった。この先彼女とともに生きると告げるなら、草十郎もそれなりの生活方法を考え出さなくてはならないのだ。

ふと気づくと、あとりとまひわが歌いだしていた。

常に恋するは
空には織女《たなばた》　夜這星《よばいぼし》
野辺《のべ》には山鳥《やまどり》　秋は鹿
流れの君達《きうだち》　冬は鴛鴦《おし》

内容に似合わないあどけない歌いかただったが、息がぴったり合っていて、節回しが回りきらないところまで二人そろうのがさすがだった。思わずほほえんでしまう。

「ねえ、上手だった」

「上手だ」

「ねえねえ、草十郎の笛もご披露してよ。わたしたちも草十郎の笛が聞きたい」

くったくなく言う二人を前にして、草十郎は急に、吹こうと思えば吹けるのではないかと思いはじめた。笛を聞きたいと思う人々の耳に届くように、聞く人々の耳を喜ばせるためだけに、自分も笛を吹くことができるのではないだろうか――

実際には、横笛を手にするとためらってしまったが。以前に何度かこころみてあきらめてしまったその思いを、双子を前にして再びいだいたのは確かだった。

「……いつか、聞かせてやるよ。今ではなく」

草十郎が言うと、あとりとまひわはませた口調で残念がった。

「草十郎は、はにかみ屋さんだったのね。知らなかった」

「へたでも笑わないから、いつかは吹いてね。応援するから」

童女たちから長者が外出していると聞きこんだので、草十郎は安心して糸世に会いに出かけた。宿舎の裏手に回ると、わりと簡単に糸世の寝泊まりしている部屋まで行けることがわかった。双子は、草十郎を宿に招き入れることまでは念頭になかったらしいが、そこは小さな子どもであり、いくらでもやりようがあったのだ。

星月の見えない曇り空だったが、そのぶん夜気の暖かさを実感できた。ときおり吹く風は湿りをおび、冬にはない香りを運んでくる。明日には雨が降るだろうが、草木が喜び、生き物が動きだすのがわかるようだった。草十郎は軽々と庭の垣根を乗り越え、しのびこみばかりがうまくなったような気がしながら、蔀戸《しとみど》のはじをたたいた。

糸世は予期していたようで、すぐにわきの戸を開けて庭へ下りてきた。彼女がそこにいるだけで、草十郎は胸が躍るのを感じた。暗がりで、表情などはよくわからなかったが、たとえ彼女がどんな気分であろうとも、そばに来てくれるだけでよかった。ためらいがちな態度で、糸世は少し離れて立ち止まった。草十郎は口を開いたが、言おうと用意したことを忘れたことに気がついた。

「あれから、いろいろ考えたんだが……いろいろ考えると腹が減るんだな。初めてわかったよ」

双子に食事をもらった後、特に体を動かしたといえば水浴びをすませたくらいなのに、空腹なのが自分でも意外だった。糸世に言うことを一心不乱に考えるという、ふだんやりつけないことをしたせいとしか思えなかった。

一瞬の間があいて、糸世がぷっと吹き出した。

「もしかして、あなたって大食らいだった？」

「ひと働きするとき、武家では一日三食とるんだ。正蔵《しょうぞう》のところでもそうしていた」

家の中に引き返した糸世は、笑いながら小ぶりの握り飯と煮つけた蕗《ふき》の椀をもってきた。草十郎の手に押しつけ、からかうように言った。

「いつもよりお腹がすくようなら、恋わずらいはしていないってことね」

「恋わずらいかどうかは知らないが、おれは、飯について考えていたんだ。自分の食いぶちを稼がなくちゃならない。生きていくとはそういうことだろう、今まで深く考えたこともなかったが」

とりあえずは、もらった握り飯をきれいに食べ終わってから草十郎は言った。

「……おれは今まで、けんかの技しか身につけてこなかった。この技で生きていこうとするなら、やとわれる主人を見つけるか、主人をつくらないなら盗賊にでもなるしかない。けれども、糸世のそばにいようとするなら、これは似合わないだろう。どうすればいいかまだ見つからないが、糸世のそばにいることだけは決めたんだ」

糸世は息をのんだ。

「そんなこと、言ってしまっていいの。わたし、遊君《ゆうくん》として育った女よ」

「糸世が青墓《あおはか》で暮らすなら、おれもそこで暮らすよ。おまえのいる場所にいることにする。人前で笛が吹けるようになるなら、そうして稼いでもいい。芸人の暮らしはまだよくのみこんでいないが」

かすかにかぶりを振って糸世は言った。

「あなたは、遊《あそび》の里にいる人ではないと思う。逃げ出したくなるに決まっているわ。どこにも実《じつ》のない世界よ――力のある人に迎合するだけ、へつらうだけでものごとが動いていく。あそこは華やかで、訪れる人には一夜の夢だけど、居つづける者はその泡のはかなさを見つづけなければならないのだから」

「しかし、おまえは逃げ出さないのだろう」

草十郎の指摘に、糸世はしばらく黙りこんだ。それから、低い声でゆっくりと語った。

「打ちあけると、わたしね……生まれは、富士の裾野の小さな村なの。生んだ親はだれだか知らない。赤子のうちに、竹やぶに捨てられていたんですって。拾って養ってくれた夫婦はやさしかったけれど、もう年寄りだったので……わたしが四つになったとき、次々死んでしまったの。それで、売られたのよ」

ため息をはさんで、糸世は続けた。

「青墓の長者さまがよいおかたで、わたしはとっても幸運だったと思う。舞を習わせてくださって、ずいぶんわがままもゆるしてくださって。でも、実の娘でないわたしは、育ててもらったご恩があるし、引き取ってもらった代金を、遊君として働いてお返ししなければならないの。小さなあとりとまひわもそう、わたしたちに勝手はできないの……」

草十郎には、糸世がそれほど縛られているとは思えなかったので驚いた。

「それは、一生遊君をしなければ返せない代金なのか」

糸世は小さく、あまりおかしそうでなく笑った。

「一生遊君でいられる女がいると思って？　容色がおとろえたら遊君はそれで最後よ。もてはやされて売り出す年月は、容姿の盛りのわずかなあいだでしかない。蝶や花にたとえられるのももっともなの」

「糸世は、ただの遊君ではないだろう。おれにはわかる、おまえの舞はただの舞ではないはずだ。長者どのもそれを承知しておられるようだった」

草十郎が言うと、糸世は間をおいてから悲しげに告げた。

「わたしは、もう二度と人前で舞わないわ。自分のために舞ってはならなかったのに……どう考えてもわたし、今回はそう言いきれないの。源氏の若ぎみにかこつけたけれど、あなたに会って……あなたを失いたくなくて……」

「人を救ったんだ、悪いことをしたわけじゃない」

草十郎は口をはさんだが、糸世は早口になって続けた。

「悪いことをしたわけじゃなくても、あなたに好きになってほしかったのよ。どうかしている、わたしって。あなたをその気にさせたって、どうしようもないというのに。それでも……好きだと言ってもらえてうれしいの。そばにいると言ってもらえて、ばかみたいにうれしいの。遊君だれもの夢なのよ、まじめな人に心からそう言ってもらうことが」

少しのあいだ、草十郎は言われたことに混乱して立ちつくした。自分が目ざめたこの気持ちは、みずから起こしたものではなく、糸世の力によるものだったのだろうか。いくらか不安になって心の内をさぐってみたが、とてもそうだとは考えられなかった。これは、草十郎が笛を吹いて見出したものだ。笛の音と同じくらい、自分自身のものであるはずだった。

「おまえがどう言おうとかまわないよ、おれは気持ちを変えない。これからも、糸世ともっと笛を合わせてみたいと思う。それには、とりたてて人前である必要はないんだ。山奥だっていい」

深くため息をついてから、糸世は言いづらそうに言った。

「わたし、今こそばちがあたっていることがよくわかるわ。自分で望んでおきながら、拒む立場になるなんて。あなたは青墓などにいてはならない、わたしのそばになどいてはならない人よ。その笛にとって、わたしは毒であり危険なものなの。そしてたぶん、わたしにとってもあなたの笛は危険なの。周りにあまりに大きな力をおよぼしてしまうから。わたしたち……本当は出会うべきではなかったのよ」

「そんなはずはない」

「あなたにその命を大事にしてほしかったの。なんだか、放っておけばすぐに死んでしまいそうな気がして。でも、わたしのために生きさせるのは天にゆるされないことなのよ」

「他に考えられないよ。糸世といっしょでなければ、どこへも行けない」

草十郎は言いつのった。

「本当は、坂東へ下れたらと思っていた。もしも糸世がそれでもいいと言ってくれるなら。だが、だめならだめで他の方法を探し出すよ。用心棒でもなんでもいいんだ」

「あなたは坂東へ帰ったほうがいい。わたしは無理だけど」

「糸世」

草十郎は腕を伸ばしたが、今朝とちがって糸世はすっと避けた。わずかな時間のうちに、相手がこれほど硬化してしまったことが、草十郎にはどうしても解《げ》せなかった。

「なぜなんだ」

「ごめんなさい」

泣くような声で糸世は言い、ふいにきびすを返して部屋へと駆けもどった。草十郎が後を追えないうちに、戸に掛け金が下りる音がした。思わずその戸をたたくと、板一枚隔てて糸世が苦しげに言うのが聞こえた。

「帰って。全部わたしが悪かったの。わたしのこと、憎んでいいから……」

3

外は雨が降っていた。草十郎《そうじゅうろう》はふてくされて、寝床から起き上がることもせずに腹ばいになって横たわっていた。

他には何も手につかなかった。どうして糸世《いとせ》が拒むのか、何がいけなかったのかわからなかった。草十郎が望んで、糸世も望んでいるなら、いったい何がじゃまをするというのか。立ちむかう対象があればしゃにむに向かっていくこともできるが、その正体が見きわめられない。

糸世にふり回されっ放しなのが、いいかげん情けなくなってはいたが、今でもやっぱり彼女を抱きしめたかった。彼女を手に入れたかった。

（だれかが何かをあきらめなければ、手に入れられないものだとすれば、それはなんなんだ。それとも、強く説得すれば糸世の気持ちは変わるのだろうか……）

同じことをぐるぐる考えつづけていると、はばたきの音がして、蔀戸《しとみど》の隙間から鳥《とり》彦王《ひこおう》がすべりこんできた。

「ひゃあ、ぬれたぞ。おまえ、雨降りだからって戸くらい上げておけよ」

草十郎が答えもせずにいると、カラスは続けて文句をたれた。

「ふて寝か、草十《そうじゅう》。いい身分だな。こんな雨の中を飛んできてやっている、こちらを少しは思いやれよ。カラスの羽毛は上等だけど、ぬれつづけるとやっぱり寒いんだぞ」

「何か知らせがあるのか」

草十郎は、棚にとまって羽《は》づくろいする鳥を見上げたが、いかにも気のない聞きかただったので、鳥彦王はあきれたようだった。

「何かじゃないだろう、源氏の雄《お》の子が伊豆へ下る日取りが決まったというのに。どうしたんだよ、そのふぬけた態度は……あっ、わかった」

翼を広げた鳥彦王は、ずばりと言った。

「ふられたんだな」

「そうじゃない」

草十郎はむきになって言い返していた。

「まだ、ふられたと決まったわけじゃない。糸世はうれしいと言ったんだ。けれども、おれには青墓《あおはか》へ来るなと言うんだ」

カラスははばたいて床まで飛び降り、草十郎のそばへはねながら寄ってきた。そして、たいそううれしげに告げた。

「おいおい、雌《めす》への求愛にかけては、このおれに一家言あるんだぜ。雌《め》の子に本当に脈があるかどうか、おれが判定してやるからくわしく話してみろよ」

カラスの求愛と同列にされてたまるかと思った草十郎だったが、結局はおおかたのことを話していた。一つには、順を追って話すともう一度頭を整理できそうな気がしたからで、一つには、単純にだれかに聞いてほしかったからだった。話題にするというそれだけでも、糸世に接していたい自分がいた。

時間をかけて草十郎の話を聴取した鳥彦王は、最後にはうーんとうなった。

「なかなかむずかしいんだな、この件は」

「糸世は、カラスなどとはわけがちがうよ」

当然という口ぶりで草十郎は言ったが、鳥彦王は切り返した。

「知りもしないでカラスの雌をばかにするなよ。求愛季節のかけひきのすごさといったら、鈍《どん》なおまえだったら毛が抜けるぞ。こちらが熱くなって近づいても、思わせぶりな態度で逃げるわ、冷たいそぶりでじつはさそっているわ、平気で二羽以上の雄を闘わせるわ、ありとあらゆる手くだをもっているんだ。さらには、雌同士で結託して情報交換しているが、雄のほうは単独で試練をくぐり抜けなきゃならないし。あいつらはいい卵しか産まないと決めているから、こちらが知力体力しぼらされるのも、ある程度はしかたないが」

「おれは卵の話をしているんじゃない」

「根っこのところは同じだよ。生き物なんてものはさ」

草十郎がむっとしていると、翼をふるってから鳥彦王は言った。

「まあまあ、おまえが言いたいこともわかるよ。おまえの雌の子が態度を左右するのは、そういうかけひきじゃなさそうだ。問題はあれだな、おまえたちの舞と笛だ。あの子には起きたことがわかっていて、危険にも気づいているというのに、とうへんぼくなおまえが能天気だからかみあわないんだよ」

草十郎は起きなおってカラスを見つめた。

「どうしておれが能天気だよ。危険ってどういうことだ」

「だから、おまえ、何も感じていないのか。自分が源氏の雄の子の未来を取り替えてのけたってことに」

少し困惑して、草十郎は考えてみた。

「……いいことをしたと思っているぞ。気持ちがよかったし。あれほど心おきなく笛が吹けたこともめずらしかった。おかしなものをいろいろ見たような気がするが、全部がきれいな彩りで、ものごとが悪い方向じゃないとわかったし。後悔するようなことはしていないはずだ」

鳥彦王は、首をひねって草十郎を見た。

「頭にわた毛のはえたひな鳥みたいにぽやぽやだな。そういえば、笛を吹いているあいだは何も考えないって言っていたっけ」

「そうだよ、おれは考えない。自分に考えがあったりしたら、一番かすかな共鳴りがわからなくなる」

草十郎は断言したが、それからふと心もとなくなった。

「……考えるべきなのか？」

「まあな。あの雌の子は自分をなくしたりしないんだから、その気持ちが知りたければな。それにおまえは、二人が舞と笛を合わせたら、未来がどんどん変わっていくかもしれないということを、いったいどう考えているんだ」

考えもしなかったことを草十郎は認めた。糸世が「周りにあまりに大きな力をおよぼす」と言ったことを思い出したが、たいしたことには思えなかったのだ。

「べつに悪いようにはならないだろう。おれは、糸世が祈ったとおりにしか笛を吹かないんだし。糸世は、悪だくみをもって舞を舞うような娘じゃないし」

「おまえのそこが、危ないんだよ。だいたいその態度、あの子におぶさりっ放しってことじゃないか。自分では判断もせず責任もとらずに、周りの運命を変えるのか」

鳥彦王の指摘に、草十郎は黙りこんだ。糸世に負担をかけていたとは、思ってもみないことだった。だが、言われてみればそのとおりで、なんの気がねもなく糸世に心をあずけられたからこそ、草十郎にはあの笛が吹けたのだった。

「おれたち二人に未来を変える力があるなら、おれたちはどこでも幸福に暮らしていけると思うのは……やっぱり能天気なんだろうな」

「うん、おめでたすぎる。そう考えるようだと今後は救いがないな。おまえの笛は、穏便に扱うにはすごすぎるんだよ。そこまで強い力があるとは、あの雌の子も今回まで知らなかったんじゃないかな。しかもご本人はけっこうなむとんちゃくで、どんなことにでも乗ってしまうときている」

「おれを、頭の足りないでくのぼうみたいに言うのはやめてくれ」

草十郎はうなった。自分でもそんな気がしはじめたので、そうでないことを急いで示す必要があった。

「わかったよ、糸世がそばにいるなと言った意味が。糸世が望んだものを、おれがほいほいとかなえてしまうからだろう。もしも彼女がまちがったことをしても、おれにはただせないからだ。糸世はおれを従属させたくないと言っているんだ」

カラスはくちばしを振った。

「おまえは、その笛を制御できるようにならないといけないよ。せめて、あの子の舞に笛を合わせても何も起こさずにいる方法を見つけるとか」

われを忘れ、音律の世界に体を遊ばせることの爽快さを草十郎は思い返した。日ごろの憂《う》さや悲しさをふり払い、何も考えない境地を味わいたいがために、笛を吹きつづけてきたはずだった。だが、それだけではだめだと言われれば、納得するしかなかった。

「……おれにその能力があれば、糸世のそばでも暮らせるようになるだろうか。人前でふつうの笛を吹いて、ふつうに芸として売れるようになったなら」

丸い目で見やって鳥彦王は言った。

「おまえに芸人の暮らしができるかどうか、少々怪しいのは別として、何ごともこころみるのは悪くないと思うぞ。先を長く考えるならな」

もうしばらく草十郎は考えた。今すぐ糸世を自分のものにし、そばを離れたくない思いは、なかなか思いきれないほど切実だったが、草十郎も望みを長期の見とおしではかることを学んだはずだった。長く続く未来に目をすえることを覚えたはずだった。手放さなくてはならないのは、今すぐというこの性急なもの思いかもしれなかった。

ついに草十郎は口を開いた。

「右兵衛佐《うひょうえのすけ》どのは、いつ伊豆へ向かうって」

「三月十一日。あさってだ」

鳥彦王は草十郎の次の言葉を待ったが、すぐには何も言わないので、あきらめたようだった。蔀《しとみ》を上げるように催促してから言った。

「おまえが決めろよ、草十。おれはどこへ行こうとついていってやる」

「うん」

草十郎が蔀戸を押し開くと、カラスは雨の中へ飛び出していった。降りやまない雨のけぶる景色を、草十郎はそのままながめつづけた。

一昼夜がすぎた早朝には、草十郎にも結論が出ていた。今は、糸世にどのように別れを告げるかを考えはじめていた。

三郎頼朝とともに坂東へ下るのがもっとも賢明だった。いっしょに伊豆へ向かえば、彼の心細さも減じるだろうし、自分にはついていくだけの甲斐《かい》がある。

しばらくは伊豆で、少年が暮らしになじむまでともに過ごし、彼に笛を聞いてもらおうと草十郎は考えた。流刑地ともなれば、周囲に人の少ない場所だろうし、練習して徐々に人前で吹けるようになるかもしれないのだ。

故郷の人々にも消息を伝え、できることなら三郎頼朝の住みかのそばに、自分もしっかりした足場をもちたいと思った。万一芸人として身を立てられなくても、糸世を呼んでこられるように――糸世が遊君をやめる日が来るそのときには。

とはいえ、糸世に面と向かって別れを告げることを思うと、強く胸がうずいて気持ちがなえそうだった。いっそこのまま、顔も見ずに去ったほうがいいかもしれないと思ったりした。

会おうと思ったり、会うのはやめようと思ったり、まだどちらとも心が決まらないうちだった。宿の戸を、音をしのばせながらもせわしくたたく音が聞こえた。あたりは明るくなったばかりであり、あとりとまひわが来るには早すぎるころあいだ。けげんに思いながら草十郎は戸を開けた。

糸世が立っていた。

彼女の装いがあまりに地味だったためもあり、草十郎は目を疑って見つめた。糸世は髪をまとめ、なえた白の衣に浅葱《あさぎ》の水干《すいかん》という、まるで草十郎が選びそうないでたちをしている。そして、青ざめた顔色で緊張しきって目を見開いていた。

「わたしと逃げて。身を隠して」

「えっ……」

草十郎がへどもどしているうちに、糸世はさらにせっぱつまった口調で言った。

「検非違使《けびいし》が動いているのよ。今、おかたさまの仕え人《つかえびと》が知らせに来たの。わたしたち、このままではとらえられてしまう」

「どうして急に。何もしていないのに」

「言いがかりなんて、どうにでもつくわ。遊芸人なんて、もともとうさんくさいと思われているんだもの」

糸世はすがりつくように、草十郎の袖をぎゅっと握った。

「日満《にちまん》がいないの。こうなるとは知らずに吉野《よしの》のほうまで出かけたままなの。ねえ、あの馬を出せる。急いで走らせることができる？」

「だれに向かって言っている」

とるものもとりあえず宿を出た草十郎は、糸世とともに、栗毛をつないだ庭へ急いだ。草十郎もよく知っているこの馬は、年をくっているものの体は頑丈で、おだてれば二人乗りでも走ってくれるはずだった。

前日の雨は上がって、白くもやのかかった朝だった。馬に鞍を乗せ、手早く装備をととのえた草十郎は、ほとんど時間をとらずに糸世を前に乗せて道へ出た。だが、宿をいくらも離れないうちに追っ手を目にすることになった。馬に乗った検非違使の赤い狩衣《かりぎぬ》、その他にも黒っぽいいでたちの集団が七、八人、朝もやをついて駆けてくる。いまだに半信半疑だった草十郎も、あわてて顔をひきしめた。

栗毛は最初しぶっていたが、草十郎が本気で駆りたてると、なかなかしっかり走りだした。一時は追っ手を引き離したとまで見えたが、そのまま街道へ駆け抜けようとしたところで、ぎょっとしてたづなを引いた。粟田口《あわたぐち》には先回りした検非違使たちが、こちらも手下をかかえて待ちかまえていた。

（これはまずい……）

双方にはさみ討ちにされたらつかまるしかなかった。栗毛は突然の停止にたたらを踏み、前脚を上げ下げし、鞍から落ちそうになった糸世が悲鳴をあげる。だが、草十郎が片腕を伸ばしてふせぎ止めた。もう一方の手でたづなをあやつり、栗毛を前進でも後退でもない山越えのわき道へ飛びこませる。

しばらくは、無理やりに細い山道をつき進んだ。しかし、この道は馬で通るにはまったく不向きだった。左右に生い茂る木々の細枝が道に交差し、顔や体を打たれた糸世が、痛さのあまりに馬の背に身をふせる。草十郎はその上におおいかぶさって、できるだけ木の枝からかばおうとしたが、馬が通り抜けるにつれて踏み折る小枝のそうぞうしさは、少しでも追跡に慣れた者なら、必ず聞きつけるだろうと思われた。

「糸世、馬を下りるんだ」

「えっ、でも……」

「馬を捨てないと望みがない。いいから下りて」

草十郎が鞍袋をはずし、馬の後ろに回って思いきり尻を蹴飛ばすと、憤慨した栗毛はそのまま駆けていった。糸世の手を引いて道をはずれ、崖下につれ下ろし、枯れた蔓草《つるくさ》のからんだ下藪の中に二人でもぐりこむ。藪はまだ湿っていたが、とやかくは言えなかった。息をひそめ全身を耳にして隠れていると、案の定、山道を駆けてくる複数の足音が響いてきた。

「こっちだ」

「まちがいない、あれなら遠くはないぞ」

口々に言い交わしながら、何人もの男たちが細道を通りすぎていく。すべて見送って、あたりに再びしずけさが訪れてから、草十郎は糸世ににっと笑ってみせた。

「よし、これで少し時間が稼げた」

やぶからはい出て立ち上がると、糸世は言った。

「草十郎……左のほおのところ、大きなひっかき傷になった。血がにじんでいる」

そんなものは傷とも思わなかったので、草十郎は気にかけなかった。

「このまま東の街道方面へ行っても、読まれていそうだな。別の方角へ逃げたほうがいい」

「その鞍袋に、傷薬が入っているのよ」

「けがをしてから言ってくれよ。あんなに大挙して検非違使がやって来るなんて、いったいどういうことになっているんだ。まるでおれたちは極悪人じゃないか」

袋を肩にかついだ草十郎が、斜面を下るほうへ歩きだしたので、糸世はあきらめてため息をついた。

「おかたさまが出先からもどられなかったときから、悪い予感はしていたのよ……」

「長者どのは、あのまま外出したっきりなのか」

「そうなの。明け方におつきの一人だけ、こっそり知らせにもどってきて」

足もとが険しかったので、草十郎が先に立ち、続く糸世にはときどき手を貸してやらないと進まなかった。そうして道のない場所を下りながら、糸世が知らせの前から逃げる用意をはじめていたこと、今朝の事態を知るなり、親しい神人《じにん》にあとりとまひわをかくまってもらったことなどの話を聞いた。

「こうなることは、はじめから予想がついていたのか」

「予想したわけじゃないの。だけど、最悪のことはいつも考えておかなくてはならないから。ごたごたから身を隠すのは慣れているけれど、ただ……」

岩を下りるために一度息をつめてから、糸世は言った。

「今回、そうとう困ったことになったかもしれない。たぶん、おかたさまの援助ももう受けられないわ。きっと、わたしたちをつかまえる人々に協力なさると思う」

「どういうことなんだ。養い親なのに」

「わたし、あなたにお話ししたでしょう。遊《あそび》の世界に生きる者は強い人になびくばかりだって。一介の傀儡女《くぐつめ》には、権力者に逆らうことなどとてもできない――陰で従者をよこしてくださったのも、おかたさまにはせいいっぱいなのよ」

草十郎はしばらく考えてみた。

「青墓《あおはか》の長者どのには、有力者のつてがあると言ったな」

「ええ、清盛公《きよもりこう》が一も二もなく採用するような口ききのできる人物が、何人もいるはずはないのよ。おかたさまは、そのかたへ気をそそる便りをお出しになったにちがいないの。今回の外出も、たぶんそちらのお屋敷へ……」

「おれも悪い予感がしてきた」

草十郎はうなった。これは確かに、降ってわいたような事態とは言えないのかもしれなかった。

「前にも、検非違使を使って屋敷へ呼びつけたやつがいたのを思い出したぞ。まさか……あれなのか」

糸世はうなずいた。

「たぶんそうね。あのときもおかたさまは、糸世が勝手に逃げ出したという、そしらぬ態度を押しとおされたのよ。表面上は仲よしなの」

「冗談じゃない。あの遊興好きな上さまは、公《おおやけ》の検非違使を使えるだけ使って、単なる自分の趣味を満足させる気なのか」

「そうだとしても、いけないと言える人はいないわ。帝《みかど》のご尊父よ」

糸世は言い、眉をひそめて声を落とした。

「もしもそうなら、つかまるわけにはいかない。拒めば今度こそ首が飛ぶのでしょう。やりかたを見ても、前回のようなふざけ半分ではなくなっているし……わたし、他人に臆することはあまりないけれど、あのかたは怖いと内心では思ったの。あの、一見眠たそうな目が怖いのよ」

「ただの好色中年だ」

草十郎は言ったが、少し不安にはなっていた。平氏の権力でさえ足もとにもおよばない、国土のすべてを掌握できる人物、京《みやこ》を牛耳っている人物だということが、わずかながら実感できた。もちろん、つかまるわけにはいかなかった。

このまま山を下れば京側にもどってしまうことはわかっていたが、草十郎は密生した木立を抜けることにした。鳥彦王に自分を見つけてもらおうと思ったのだ。カラスの協力をあおげば、追っ手の居場所を知ることができる。

カラスの舎弟たちは、やはり忠実に見守っていてくれたようだった。山裾の空地に出ると、輪を描いて飛ぶカラスの姿が見え、少し待つと鳥彦王が飛んできた。

糸世は、草十郎の手首にカラスがとまり、草十郎が小声で話しかけたあとに心得顔で飛び去るのを目にしても、ほとんど驚かない様子だった。しばらくしてもどってきた鳥彦王の情報として、検非違使が京の東の出口をすべて押さえていると草十郎が告げても、やはり驚かなかった。

あまりに糸世が平然と受け入れるので、草十郎はたずねてみた。

「ひょっとすると、カラスの言葉が聞こえるのか」

糸世は笑ってかぶりを振った。

「ううん、でも、あなたには聞こえるのね。そんな感じだわ」

「なんだ、聞こえていないのか」

草十郎は本気でがっかりした。糸世が鳥彦王と話せるもう一人の人物だとしたら、どんなに楽しいだろうと考えたのだ。

「あなたがカラスと話せても、ぜんぜん不思議に思わない。それがおかしくないくらいに変わった人だもの。あなたもどこか鳥みたいだし」

糸世が言うので、草十郎はぶぜんとした。

「おれのどこが鳥だよ。今までそんなことを言ったやつはいないぞ」

「類は友を呼ぶのでしょうよ、きっと」

くすくす笑ってから、糸世は真顔になって言った。

「あなたは、わたしから見れば大空にいる人よ。わたしはちがうの。いろいろ自由になれなくて……」

「ちがうよ、おれは。今後は地道に生きるつもりだ」

草十郎は、糸世に別れを言おうとしていたことを思い出したが、それもこれも、現在の難局を抜け出してからのものごとだった。

「追っ手のつかない場所まで逃げきるには、一度京をつっきるしかなさそうだな。人の多い通りへまぎれこめば、なんとかなるかもしれない。どの方面へ行く？」

少し考えてから糸世は言った。

「むずかしいかもしれないけれど、できれば平城《なら》へ抜けたい。日満に会えたら一番だし、すぐに会えなくても、春日社《かすがしゃ》あたりには同業が多くいるから、かくまってもらえるの」


大路《おおじ》を南へ歩きだしたときは昼近く、日も射してたいそう暖かになっていた。陽気につられた大勢の人々が道に繰り出している。草十郎は、雑踏が苦手だったことをいきなり思い出してしまった。人目をはばかって歩くとなればなおさらだ。行き会う人のだれもかれもが、自分たちに目をすえているような気がしてくる。

しばらくは耐えながら進んだが、どうも、それが気のせいばかりではないとわかってきた。すれちがう人間がやたらにふり返るのだ。

糸世が人相を隠すつもりで、妙な頭巾をかぶっているのが逆効果なのだった。顔半分しか出さず、装いは少年のように地味な水干《すいかん》姿だというのに、彼女はやっぱり目立っていた。

隠されたものは、かえって人々の気をひいてしまうらしい。それも、わずかな目もとや袖口から見えるものが、まぎれもなく美質であるとすれば。こんななりをしていても、糸世のすんなりした肢体は見てとれたし、姿かたち、歩くしぐさのどこかから、これは美しいと思わせるものがただよい出すようだった。道行く人が、その覆面をはぎとりたいと思う様子がありありとうかがえる。

とうとうたまりかねて、草十郎は言った。

「その頭巾、目立ちすぎだ。取ったほうがいい」

「目立っていないじゃない」

「みんな見てるじゃないか」

糸世は頭巾をそのままに、横目で草十郎を見やった。

「あなたと歩くから、みんなが見るのよ。これで頭巾を脱いだら、この比ではないわよ」

「おれがなんだって」

草十郎が問うと、糸世はため息まじりの声を出した。

「そういうところが、あなたって人は鳥みたいなのよ。あの女の人たち、あなたを見てわたしが気になるというのに。顔にそんな傷までつくっているし」

初めてほおにさわってみたが、血もすっかり乾いているし、どうということのないものには変わりがなかった。とまどっている草十郎に、糸世が言った。

「だめね、二人で覆面をすればなおさら怪しい人になってしまうし。このまま行きましょう、うわさになるとしても、今すぐではないはずよ」

ともすれば早足になる足取りを、努力して抑えながら草十郎はたずねた。

「……顔をさらして歩くとき、おまえはもっと人に見られているのか」

糸世は少し黙ってから、直接には答えずに言った。

「きれいな羽をもつ蝶や鳥を見ると、決まった理由もなしにつかまえたくなる人間は必ずいるものよ。言ってみれば上皇さまも、そういう人かもしれない」

鳥羽作道《とばのつくりみち》が見えてくるまで、二人はどうにか大路《おおじ》を下ってきた。だが、草十郎は、懸念が懸念に終わらないのを感じていた。雑踏の中から見つめる目のうち、一人また一人とついてくる人物がいる。検非違使の身なりの派手さはなく、上空のカラスにはわからない程度の動きだが、確実に数を増やしていく。

ふり返らずに歩きつづけた草十郎だが、彼らがいきなり囲むように寄ってきたので、足を止めざるを得なかった。あらためて見回すと、風体《ふうてい》のよくない、だが大路の角にはよくたむろしているたぐいの車夫たちだった。

「よう、遠くまで出かけるところかい、色男のにいさん。駄賃をお安くしておくから、おれたちの馬か車に乗っていかないか」

なれなれしい口調には、自分のなわばりにいる者のふてぶてしさがある。そして、ただの客引きにはとうてい思えない、威嚇の態度がひそんでいた。

「乗り物に使う金はない」

「そう言わずにどうだい。おつれさんは足弱《あしよわ》なんだろう」

以前から、どういうわけかからまれやすい質《たち》だということは承知していた。この男たちにも、草十郎を殴り倒したがっている様子があからさまに見える。だが、ただからまれたのか、彼らが裏をもっているのかは、慎重に見わけなければならないところだった。

「先を急いでいるから、どいてもらおう」

「車が必要な、足弱の女の子だろう。そうだよな、なあ、おつれさん」

男は糸世に向かうと、さわりたくてならないように腕を伸ばした。

「およしなさい」

糸世は後ずさりながらもきっぱり言ったが、鈴を振るような声が、ますます少女ときわだたせるのはやむを得なかった。

「おい、姫さまみたいにきどるなよ。地べたに寝ている遊芸人《ゆうげいにん》のくせに。金がないなら、おまえの芸を買ってやってもいいんだぜ」

「やめろ」

あいだに割って入りながら、草十郎は、もしも自分が日満のようなこわもてだったら、この事態は起こらなかっただろうかとついつい考えた。一見強そうに見えない点が、連中になめられる原因なのだ。

「だめ、草十郎。こんな人たちを相手にしないで」

草十郎の肩の後ろで、糸世がのどのつまった声を出した。だが、そのときには、草十郎は相手の鼻先まで踏みこんでいた。

「侮辱したければ、それなりの覚悟をしろ」

この間合いで男同士が向きあえば、返答は言葉ではありえなかった。相手が動くその一瞬に、草十郎は思いきり蹴り上げていた。

けんかは最初の数呼吸がものを言う。そこでやりすぎるくらいにやっておかないと、多勢の相手をひるませることはできないのだ。草十郎が攻撃に徹する様子に、糸世は小声でつぶやいた。

「もう……しかたない人ね」

それから、草十郎におそいかかろうとした一人に足払いをくわせた。要所要所で、鞍袋をふるって殴りつけもする。

（いい動きだ……）

目の隅にとらえた草十郎もちょっと感心した。人の拍子をよくついている。さすがは舞の名手なのだった。

男たちが、思わぬ返り討ちにたじたじとなったのは確かだったが、それだけですべてがすんだかどうかは疑問だった。だが、草十郎よりさらに手早く相手を殴り倒すもう一人が現れ、かなわないと見た男たちはあわてて逃げ去った。

小柄ながら恐ろしく手慣れたその男を見て、糸世がうれしげな声をあげた。

「幸徳《こうとく》どの。よかった、来てくださって」

「立回りをしている場合か。あきれてものが言えん」

くってかかる勢いで幸徳は草十郎に言った。

「一刻も猶予はならん。早く逃げろ、おまえたちには広く手配がかかっている」

彼らは鳥羽《とば》方面へと駆けだした。並んで走りながら、草十郎はたずねた。

「あんた、こんなことをしていていいのか」

「いいわけがなかろう」

鳥羽作道《とばのつくりみち》は京の外ではあるものの、朱雀大路《すざくおおじ》そのままに広大でまっすぐ延び、目をさえぎるものなく続いている。摂津《せっつ》の港や平城《なら》方面と行き交う荷馬や荷車がひきもきらず、左右にはなだらかな田畑が広がるだけに、隠れどころもなく始末が悪かった。

糸世は早くも遅れがちになり、それを見やった幸徳がたずねた。

「きさま、馬をどうしたのだ」

「なくした」

「まぬけが。馬がなくてはどう見ても逃げきれん」

農家の並びを見つけて、その裏手に回りこむと幸徳は言った。

「今殴ってきたやつらを脅しつけてでも、馬を取ってこよう。それまでここを動くなよ。まったく、一挙一動目立たせるのはたいがいにしろ」

たいへん気にくわない様子でぶつぶつ言いながらも、彼は京へ引き返していった。その後ろ姿を、糸世は感心した目で見送った。

「本当にいいかたね。ここぞというときには、あの人がいるのよ。いつもだと思わない」

「あいつが事情を知っているのは、自分の主人がことを起こしているからだろう」

おもしろくない気分で草十郎は答えた。あの小男に出会うと、いつも割の合わない思いをする気がしてならなかった。

二人はしばらくたたずんでいたが、農家には人影一つ見えなかった。そばで動くものといえば、牛囲いの牛がしっぽで虫を追うくらいだ。糸世は、ハコべの咲くあぜの若草にすわりこんだ。

「待つ時間ができて、ちょうどよかった。おすわりなさいな、今度こそ傷薬の出番だから」

草十郎はしぶしぶ腰を下ろした。確かに、一発も殴られなかったというわけにはいかなかったのだった。

切れたくちびるやほお骨のあたりに薬をぬってから、糸世はしみじみ言った。

「少しはれそう。まったくこの顔を大事にしないのね、あなたって人」

「おれは遊君をするわけじゃない」

「遊君にだって、顔より大事なものはあるわ。だけど……」

しばらく口をつぐんでから、糸世はしずかな口調で言った。

「もう二度と、わたしのためにはけがをしないでね。それだと、わたしたち、いつかとも倒れになってしまうから」

「どういう意味だ」

たずねたが、糸世は答えなかった。草十郎は、自分が何をするかを考えるより先に、糸世の覆面を取りのけていた。彼女の表情が見てみたかったのだ。現れた小さな白い顔は、ひどく悲しげだった。

「あなたがそばにいると、わたしはきっとけがをしてしまうのよ。わからない？」

「危ないから、そばにいてほしくないのか」

「わからない？　あなたがけがをするより自分がしたほうがましなのよ」

草十郎は息を吸いこんだが、とりちがえてはならないと思い、何度か再考した。

「……ひょっとして、おれが好きか」

「今薬をぬったところ、ぶってやりたくなる、あなたって」

　糸世は口を尖らし、草十郎の見慣れた表情になった。その顔が一番魅力的だと思い、まじめでいようとしたが笑ってしまった。

「安心したよ。好きなのがおれだけじゃなくて」

「初めてわかったなどと言ったら、もう口をきかないから」

　糸世は憤然としたが、草十郎はその手を取った。

「おれは必ず、おまえが安心してそばにいられる人間になるよ。今すぐにではなくても、この先必ず――」

　羽がはえて飛んでいきそうな思いは、その次の瞬間立ち消えになった。糸世の背後のあぜ道に、手下を引きつれた検非違使の狩衣《かりぎぬ》姿が見えた。あわてて逆方向を見やると、こちらからもぞろぞろと男たちがやって来た。

　うってかわって青ざめ、なすすべなく立ち上がった二人に、胸を張って近づいた検非違使が告げた。

「抵抗しなければ、手荒なまねはせん。神妙に縄につけ。そのほうら二人、畏《おそ》れおおくもかしこき上皇であらせらる君《きみ》に対し、厭魅《えんみ》を行《おこな》った疑いで召し捕る」


（下巻に続く）

本書は2014年3月に刊行された徳間文庫の新装版です。

徳間文庫

風《ふう》神《じん》秘《ひ》抄《しょう》 上

〈新装版〉

2025年2月15日　初刷

著者　荻《おぎ》原《わら》規《のり》子《こ》

発行者　小宮英行

発行所　株式会社徳間書店

東京都品川区上大崎三−一−一
目黒セントラルスクエア　〒141−8202

電話　編集〇三(五四〇三)四三四九
販売〇四九(二九三)五五二一

振替　〇〇一四〇−〇−四四三九二

印刷
製本　株式会社広済堂ネクスト

ISBN978-4-19-895000-2　（乱丁、落丁本はお取りかえいたします）